Nadja Quint
Das Mädchengrab

Bisher von der Autorin bei KBV erschienen:

Verachte nicht den Tod
Das Mädchengrab

Nadja Quint wurde 1959 in Herford geboren. Sie lebt in Düsseldorf und arbeitet als Fachärztin für Psychiatrie, Psychosomatische Medizin und Psychotherapie. Bevor sie sich dem Krimi widmete, veröffentlichte sie TV-Sketche, u. a. für die Serie »Sechserpack« (Sat1).

Nadja Quint

Das Mädchengrab

Historischer Kriminalroman aus der Eifel

KBV

Originalausgabe

www.kbv-verlag.de
E-Mail: info@kbv-verlag.de
Telefon: 0 65 93 - 998 96-0
Fax: 0 65 93 - 998 96-20
Umschlaggestaltung: Ralf Kramp
unter Verwendung von: © Cherick · www.fotolia.de
Redaktion: Volker Maria Neumann, Köln
Druck: Aalexx Buchproduktion GmbH, Großburgwedel
Printed in Germany
ISBN 978-3-942446-81-5

»Vorüber! Ach, vorüber!
Geh, wilder Knochenmann!
Ich bin noch jung, geh Lieber!
Und rühre mich nicht an.«

aus: *Der Tod und das Mädchen*
Matthias Claudius (1740-1815)

PROLOG: 1851

Noch war es dunkel. Der Mann und die Frau machten sich mit Pechfackeln auf den Weg – trotz der Panik, die ihre Herzen ergriff. Bald kroch das erste Licht durch den Wald, und sie fürchteten sich vor diesem Tag, der vielleicht der längste ihres Lebens sein würde. Sie liefen die Gartenwege zwischen den Häusern entlang zur Fahrstraße. Von dort, aus Richtung Blankenheim, hätte am Vorabend ihre Tochter zurückkommen sollen.

Sie begegneten keinem Menschen. Das machte ihnen Angst, und gleichzeitig waren sie dankbar, mit niemandem aus dem Dorf reden zu müssen. So hielten sie den Blick auf die Wege gerichtet, auf die Sträucher, auf die Stämme der Bäume.

Die beiden waren Köhler. Von ihrer harten Arbeit blieb ihnen nicht mehr als ein bescheidenes Auskommen. Gestern hatten sie bis tief in die Nacht bei ihrem Meiler im Wald ausharren müssen, denn das Holz unter den Schichten von Lehm und Laub wehrte sich und wollte nicht so recht verkohlen. Also errichteten sie den Meiler neu und konnten erst am frühen Morgen nach Hause gehen. Aber ihre Tochter trafen sie dort nicht an.

Sechs Kinder hatte die Köhlerin zur Welt gebracht, drei davon überlebten. Die beiden erwachsenen Söhne fanden Arbeit in den Minen in Westfalen, wo man die Kohle tief aus der Erde förderte. Ganz anders als Holzkohle war dies schwarze Gold: fest und glänzend und dafür gedacht, Eisen zum Schmelzen zu bringen, um daraus Maschinen zu bauen.

Mit fast vierzig Jahren gebar die Köhlersfrau ein Mädchen. Lisbeth kam viel zu früh auf die Welt und kämpfte sich ins Leben. Und nun, fünfzehn Jahre später, in dieser einen Nacht, lag sie nicht im häuslichen Bett. Dabei war sie immer verlässlich gewesen.

Die Erde auf dem Weg war ausgetrocknet.

»Hier«, sagte der Mann nur, seine Stimme klang hohl. Er beugte sich hinab, rot durchtränkter Sand blieb an seinen Fingerspitzen kleben.

Mit ihren Fackeln leuchteten sie die Büsche ab, schließlich knieten sie nieder. Das Feuer warf einen warmen Glanz auf Lisbeths bleiches Gesicht. Darunter klaffte halbrund die Wunde.

Der Friedhof

Das Korn war schon in die Scheunen eingefahren, da verabschiedete sich der Sommer mit stürmischen Tagen. Vieles deutete auf einen verfrühten Herbst hin. In dieser Nacht, es ging im Jahre 1856 bereits auf Ende September zu, überzogen fliehende Wolken den Himmel, nur manchmal blinkte ein Stern hervor. Der Morgen begann mit grauer Kälte, doch dann blinzelte durch den Nebel eine milde Sonne, die den Raureif rasch zum Schmelzen brachte.

Reetz hieß das Eifeldorf, in dem nicht einmal zweihundert Seelen lebten. Es lag südöstlich des Orts Blankenheim in einem Talkessel. In den benachbarten Wäldern entsprang ein Bach, der sich zwischen den Häusern entlangzog und später in die Ahr mündete. Die Mitte des Dorfes bildete die Pfarrkirche Sankt Magdalenen, umgeben von einem recht weitläufigen Friedhof. An der vom Kirchenportal abgewandten Seite stand ein alter Eichbaum. Durch den zeitig angebrochenen Herbst hatte er bereits den größten Teil seiner Blätter an den Wind verloren, der in dieser Ecke des Kirchhofs besonders heftig blies. Eine Schar von Raben ließ sich im nahezu kahlen Geäst der Eiche nieder. Die Vögel saßen dicht beieinander und hatten ihre Köpfe und Schnäbel in Richtung der Grabstätte ausgerichtet, die dem Baum am nächsten lag. Es sah aus, als würden die Raben das Grab betrachten und dabei lauschen, was von den umliegenden Häusern und Plätzen zu ihnen drang.

Laut tönte der Taktschlag der Drescher, die mit ihren Flegeln auf das ausgelegte Getreide einschlugen. Bald klang es wie ein rascher, sich überstürzender Wirbel, bald lang und müde nachschleppend, bald knatternd und dann wieder dumpf und hohl. Manchmal waren nur noch einzelne Schläge zu hören, und dann wieder fiel alles erneut ein in die wilde Melodie von da und dort.

Von dem Lärm ließen die Raben sich nicht stören. Sie hielten ihre Köpfe dem Grab zugewandt, als warteten sie auf etwas, das sich ereignen sollte.

Dort unten ruhte ein junges Mädchen. Noch am Vortag hatte seine Mutter in ihrem anhaltenden Schmerz bunte Astern auf den Grabhügel gepflanzt. Nun verfingen sich welke Eichenblätter, vom Wind getrieben, zwischen den Blumen. Am Kopfende des Grabes lag ein einfacher Sandstein, von der Natur geformt und nur wenig bearbeitet: Ein Steinmetz hatte den Namen des Mädchens und seine Geburts- und Sterbetage eingemeißelt. Die Mutter säuberte den Stein regelmäßig mit einer Bürste, damit sich weder Staub noch Moos ansetzten. So blieben die Lettern gut zu entziffern. Jedermann, der hier verweilte, konnte sich überzeugen, dass die Tochter nicht in Vergessenheit geriet. Denn ihr gewaltsamer Tod war seit fünf Jahren nicht geklärt. Die Polizeistellen in Blankenheim und sogar Bonn suchten nach dem Mörder. Noch war er nicht gefunden.

Die Kinder

Mittags in milder Herbstsonne wanderten zwei Kinder durch die Gartenwege von der Schule zum Dorfrand hinaus. Das achtjährige Mädchen hielt Schiefertafel und Bücher unterm Arm. Der zwei Jahre jüngere Knabe trug seine Schulsachen in einem Beutel aus grauem Leinen. Er lief ohne Mütze, während seine Schwester ihren Kopf mit einer Haube aus weißem, gedrilltem Tuch bedeckte. So oft es der Weg erlaubte, gingen die Kinder Hand in Hand nebeneinander. Wo aber die Hecken zu dicht am Weg standen, ging das Mädchen voraus. Sie hieß Josefine und wurde Fine gerufen. Mütterlich kümmerte sie sich um ihren Bruder, dessen Taufname Sebastian die Menschen im Dorf zu Basti verkürzten.

Auf dem welken Laub an den Sträuchern lag ein schwerer Duft, und die Früchte der Stauden, allen voran Maulbeeren und Hagebutten, sahen wie abgestorben aus. Wenn die Kinder sich den Hecken näherten, zwitscherten die Sperlinge und stoben in unruhigen Gebilden auf. Später setzten sie sich wieder, bis sie von Neuem aufschwirrten und ihren Platz in den Gärten hinter den Hecken suchten. Eine Elster flog rasch vom Weg auf und fand in einem alten Birnbaum Zuflucht, wo schon einige Krähen hockten. Die Kinder aber gingen ihres Wegs, bis sie am Weiher bei den Erlen die Fahrstraße erreichten.

Heute war es kein leichter Gang, mit dem sie sich dem elterlichen Haus näherten. Eine schleichende Krankheit der Atmungsorgane hatte schon vor einigen Tagen den Vater niedergeworfen. An diesem Morgen, als die Kinder von zu Hause in die Schule gezogen waren, hatte nun auch die Mutter schlimm gehustet und sich kaum aus dem Bett erheben können.

Fine spürte, dass Bastis Gedanken bei den Eltern hingen. Auch sie selbst war tief besorgt, doch versuchte sie, den kleinen Bruder von seiner Schwermut abzulenken. »Ich will dir ein Rätsel aufgeben«, sagte sie mit scheinbar leichter Stimme. »Welches Holz macht heiß, ohne dass man es verbrennt?«

»Des Schullehrers Lineal, wenn man es auf die Tatzen kriegt«, erwiderte Basti.

»Nein, das meine ich nicht.« Fine schüttelte den Kopf. »Ich meine das Holz, das man spaltet. Denn Holzhacken ist anstrengend. Dadurch heizt das Holz dem Hacker ordentlich ein. Es macht heiß, ohne dass man es verbrennt.«

»Ach so, ja«, meinte Basti verständig. Doch er schien enttäuscht darüber, dass er die Aufgabe nicht hatte lösen können.

»Dann gebe ich dir eben noch ein Rätsel«, sagte Fine aufmunternd. »So höre: Es sitzt auf einem Stöckchen, hat ein rotes Röckchen, und das Bäuchlein voll Stein, was mag das sein?«

Basti tat, als denke er ernsthaft nach, dann rief er: »Halt. Du darfst mir nicht sagen, was es ist. Ich weiß es. Das ist eine Hagebutte.«

Fine nickte anerkennend und machte ein Gesicht, als hätte sie ihm das Rätsel zum ersten Mal aufgegeben. Wobei sie es doch schon oft getan hatte und es immer wiederholte, um ihn zu erheitern.

Sie passierten die Straße und gingen auf ein niedrig stehendes Haus am nordöstlichen Rand des Dorfes zu. Das Grundstück lag leicht abfallend zum Bach hin. Hier wohnten die Kinder mit ihren Eltern Franz Aldenhoven und seiner Frau Wilhelmine. Franz war Holzhauer im Walde, dabei aber auch geschickt in allerlei Handwerk. Das Haus hatte er in verwahrlostem Zustand gekauft, es selbst verputzt und das Dach neu eingedeckt. In diesem Herbst wollte er noch die Innenwände frisch weißen. Der Kalk dazu lag schon neben dem Garten in einer mit rötlichem Reisig überdeckten Grube. Wilhelmine galt als eine der besten Tagelöhnerinnen im Dorfe. Tag und Nacht in Leid und Freud, bei jeder Arbeit, die anfiel, half sie den Nachbarn. Denn sie hatte ihre Kinder, und besonders das Mädchen, schon früh daran gewöhnt, für sich selbst zu sorgen. Fleiß und Sparsamkeit hatten die Familie zu einer der glücklichsten im Dorf gemacht.

Wie die Kinder nun voller Sorge vor dem Haus standen, drückte Fine die eiserne Klinke. Doch die Tür gab nicht nach. Erschrocken wandte sie sich ihrem Bruder zu und erblickte die Angst in seinem schmalen Gesicht.

Sie klopfte an die Tür. »Vater! Mutter!«

Dann hörten die Kinder, wie innen die Riegel aufgeschoben wurden. Die Tür öffnete sich, und eine junge Frau trat ihnen entgegen. Sogleich erkannte Fine die um fünf Jahre ältere Ulla. Sie war ein Mädchen aus dem Dorf, das noch bis Ostern desselben Jahres die hiesige Schule besucht hatte. Seit dem Frühjahr stand sie als Jungmagd beim Oberlandbauern in Diensten.

Sie hob den Zeigefinger an die Lippen.

»Ulla?«, flüsterte Fine erschrocken. »Was tust du hier? Warum hast du abgeriegelt?«

»Ich will euch Bescheid geben«, antwortete Ulla ernst und dabei liebevoll. »Eure Eltern sind nun beide schwer krank. Sie liegen in hohem Fieber.«

Aus dem Innern des Hauses hörte Fine ein Geräusch. Dort trat eine alte Frau von der Schlafkammer in die Küche, das schlohweiße Haar nachlässig gebunden und die Wangen voll aufgeworfener Falten. Sie hieß Marianne Kürten, und da sie stets schwarz gekleidet ging, nannte man sie die Schwarze Marjann. Im Dorf sprachen die Kinder sie mit »Tante« an, obwohl sie mit keinem hier verwandt war. Vor mehr als zwanzig Jahren hatte sie ihren Mann verloren, und zwar durch tragische Umstände, an denen Marjann selbst unschuldig gewesen war. Alle Kinder kannten die Geschichte von Marjanns Mann Berthold. Sie wurde auch nach zwei Jahrzehnten immer noch im Dorf erzählt, um die nachfolgende Generation zu lehren und zu warnen. Denn Berthold hatte gegen die Gebote der Kirche sowie das irdische Gesetz verstoßen und dafür seine Strafe bekommen: Er war bei einem räuberischen Überfall, den er mit seinen Kumpanen auf die Postkutsche gemacht hatte, erschossen worden.

Marjann trug ein Kind unter dem Herzen, als die Leiche ihres Mannes ins Dorf gebracht wurde. Um sich für den Überfall zu tarnen, hatte er sein Gesicht mit Ruß schwarz gemalt. Damals behielt Marjann in beachtenswerter Weise die Fassung. Sie wusch ihrem toten Mann das Gesicht rein, als könnte sie damit auch seine schwarze Schuld abwaschen.

Obwohl sie danach im Dorf nur noch wenig gelitten war, blieb sie wohnen und gab sich freundlich zu jedermann. Anfangs sah es so aus, als wäre das Schicksal milde zu ihr, denn einige Monate nach dem Tod ihres Mannes brachte sie einen gesunden Knaben zur Welt. Doch schon bald darauf überkam viele Bewohner des Dorfes eine schwere Krankheit. Alle drei Töchter von Marjann starben, und nur das Kind, mit dem sie damals beim Tod ihres Mannes schwanger gewesen war, blieb am Leben. Ihr Sohn Hannes wuchs heran zu einem schmucken Burschen, wenn auch mit seltsam dunklem Gesicht. Zu der Zeit, als die Eltern von Fine und Basti in schwerem Fieber lagen, weilte Hannes schon lange in der

Fremde, doch seine Mutter sprach oft von ihm. »Mein Hannes« hörte man in jeder ihrer Reden.

Marjann selbst war ihr Leben lang nicht aus dem Dorf fortgekommen, nicht einmal auf eine kürzere Reise. Sie hatte auch kein Verlangen danach. Man sollte es kaum glauben, aber sie war eine der heitersten Personen im Dorf. Nie sah man sie traurig. Fast kam es den Bewohnern so vor, als gönnte sie es ihnen nicht, Mitleid mit ihr zu haben. Und darum erschien sie einigen unheimlich. Sie war im Winter die fleißigste Spinnerin im Dorf und im Sommer die emsigste Holzsammlerin. Derartige Mengen trug sie zusammen, dass sie noch einen guten Teil davon verkaufen konnte.

An diesem Septembertag also tat Marjann ihren Dienst im Haus des Hauerfranz und seiner Frau. Als sie die Kinder auf der Türschwelle mit Ulla redend bemerkte, trat sie zu ihnen.

»Eure Mutter hat heute Morgen, nachdem ihr zur Schule gegangen wart, noch beim Köhlmattes Bescheid gegeben. Sie hat um Hilfe gebeten, weil ihr Fieber immer höher stieg. Ich pflege nun eure Eltern.«

»Danke«, Fine nickte, obwohl sie nicht recht verstand, was hier im Hause vor sich ging.

»Ihr könnt zu ihnen«, erklärte Ulla. »Doch nur kurz, damit ihr euch nicht ansteckt.«

Fine überkam ein tiefes Gefühl der Angst, und als sie zu Basti hinübersah, erkannte sie, dass es ihm wohl noch schlimmer erging. Da griff Ulla die Kinder an den Händen und führte sie zur Schlafkammer, blieb aber mit ihnen im Türrahmen stehen.

Sie erschraken, als sie ihre Eltern dort mit hohen, von vielen Kissen gestützten Oberkörpern in der Bettstatt sahen. Der Vater wie die Mutter schliefen, doch nicht friedlich, wie die Kinder es gewohnt waren, sondern mit rasselndem, schwerem Atem und Schweißperlen auf den bleichen Gesichtern.

Die Schwarze Marjann trug kaltes Bachwasser herein. Sie tränkte weiße Leintücher damit, drückte sie aus und legte sie den Eltern auf die heiße Stirn, um ihnen Linderung zu verschaffen. »Kommt«, sagte sie, nachdem sie diese Arbeit verrichtet hatte.

Sie schloss die Tür zur Schlafkammer und setzte sich mit den Kindern und Ulla an den Küchentisch. Dort erläuterte sie, dass Fine und Bastis Eltern unter einer schweren Lungenentzündung litten, die nun auskuriert werden müsse.

»Aber im Sommer waren beide doch noch ganz gesund«, wandte Fine ein.

»Sicher«, sagte Marjann. »Aber ich weiß noch gut, wie eure Eltern an Schwindsucht erkrankt sind, damals während der schlimmen Hungersnot. Inzwischen hatten sich ihre Körper wieder erholt. Aber wer einmal an Schwindsucht litt, der zieht sich umso eher eine Lungenentzündung zu.«

»Das stimmt«, sagte Ulla zu den Kindern gewandt. »Und ich bin hier, um euch zum Oberlandbauern zu bringen. Solange eure Eltern krank sind, ist er euer Vormund und nimmt euch vorläufig bei sich auf, weil euer Vater sich vor vielen Jahren als fleißiger Knecht bei ihm verdingt hat.«

Sie ließ die Kinder einige Nachtwäsche in zwei kleine Sacktaschen packen und führte sie die Oberdorfstraße entlang zum Gehöft ihres Dienstherrn. Als Fine und Basti in das Haus eintraten, staunten sie über die großzügigen Räume und den vielen Zierrat. In der Küche brannten unter einer gewaltigen Esse gleich zwei Herdfeuer, und an den Wänden hingen kupferne Töpfe und Pfannen. Ulla zeigte den Kindern das Speisezimmer mit den Schränken und Truhen aus Eichenholz. Darin lagerten Tischtücher und Servietten aus feinstem Linnen, wie sie es noch nie zuvor gesehen hatten.

Der Oberdorfbauer kam kurz herein. Er fuhr den Kindern tröstend über das Haar und sprach: »Ihr sollt wissen, vom Gemeinderat habe ich mich zu eurem Vormund bestellen lassen. Denn in der Gegend hier habt ihr ja keine Verwandten mehr, und eure letzten beiden Paten sind schon vor Jahren nach Amerika ausgewandert.«

Ohne abzuwarten, ging er wieder hinaus. In Fine war ein seltsamer Stolz, als sie erfuhren, dass dieser fürnehme Herr ihr Vormund war.

In den folgenden Stunden versuchten sie, sich mit den Gebäuden und Plätzen des Hofs vertraut zu machen. Basti sah den Knechten auf der Tenne zu. Fine hingegen stand vor dem großen Fachwerkhaus und las immer wieder den Bibelspruch über der Pforte, der lautete: *Durch Weisheit wird ein Haus gebaut und durch Verstand erhalten*. Er stammte aus den Sprüchen Salomons. Zwar verstand Fine den Sinn nur grob, aber sie fühlte sich darin gestärkt, dass es etwas Besonderes sein musste, ein Mündel des Oberlandbauern zu sein.

Am Abend wies Ulla den Kindern eine kleine Schlafkammer unter dem Dach zu – im Gesindetrakt, wo auch die Mägde schliefen. Zwei einfache, aber recht großzügige Holzpritschen standen in der Kammer, darauf mit Rosshaar gestopfte Matratzen und ein Deckbett mit Gänsefedern. Beides kannten die Kinder von zu Hause, denn Vater und Mutter hatten mit ihrem Fleiß dafür gesorgt, dass alle Mitglieder der Familie bequem schlafen konnten. Doch in Gesindekammern seien derartig gut ausgestattete Betten keineswegs selbstverständlich, erklärte Ulla. Die meisten Knechte und Mägde im Dorf mussten auf Stroh ruhen und hatten oft nur eine grobe oder löchrige Decke aus Wolle oder Filz. Doch der Oberlandbauer und seine Frau achteten darauf, dass auch dem Gesinde eine gewisse Behaglichkeit zustand. Denn nur durch guten Schlaf bei Nacht konnten die Mägde und Knechte am Tag ihre Arbeit nicht nur mit Schweiß, sondern auch mit Freude erledigen. Das jedenfalls war die Ansicht des Oberlandbauern.

Und abermals erfüllte Stolz Fines Herz, als sie sich gewahr wurde, das Mündel eines solch fürsorglichen Mannes zu sein.

So vergingen zwei Tage, an denen die Kinder sich auf dem Gehöft einlebten. Fine erkundigte sich ständig nach ihren Eltern, und immer bekam sie zur Antwort, dass man abwarten müsse. Die Eltern seien in guten Händen, denn Tag und Nacht wechselten sich die Frauen im Dorf mit der Krankenpflege ab.

Sie wandte sich an Ulla, um zu fragen, ob es denn nicht doch irgend möglich sei, den Eltern einen Besuch abzustatten.

Aber auch Ulla konnte nicht anders, als den Kopf zu schütteln: »So leid es mir tut, Fine. Aber die Gefahr ist zu groß, dass ihr euch an der Krankheit ansteckt. Und das wollen eure Eltern ganz sicher nicht. Solange die beiden in hohem Fieber liegen, würden sie euch ohnehin nicht erkennen.«

»Aber vielleicht von außen. Wir könnten doch einfach ans Fenster der Schlafkammer treten und ihnen winken.«

Doch wieder musste Ulla das um fünf Jahre jüngere Mädchen enttäuschen. »Damit wäre zwar die Wahrscheinlichkeit nicht groß, euch an der Krankheit anzustecken. Doch trotzdem solltet ihr das nicht tun. Es würden euch bloß die Herzen schwer werden, wenn ihr eure Eltern in dem hohen Fieber seht.«

»Aber wir haben sie doch schon so gesehen, als du dort warst und uns von ihnen weggebracht hast. Geht es ihnen denn inzwischen noch schlechter?«

Ulla sah Fine ernst an und nickte. »So ist es wohl, nach allem, was die Frauen im Dorf mir zutragen. Vertraue deren Urteil. Und sobald eure Eltern wieder bei Kräften sind, dürft ihr ihnen einen Besuch abstatten. Wenn auch anfangs nur durch das Fenster.«

Fine wurde noch ängstlicher zumute. Zaghaft brachte sie hervor: »Basti und ich, wir möchten doch so gern etwas tun für unsere Eltern.«

Da nahm Ulla das Mädchen fest in den Arm und sprach ihm gut zu. »Ihr könnt doch etwas tun. Ihr könnt hoffen und beten, dass es Vater und Mutter bald besser gehen möge. Das wird euch Kraft geben, diese schweren Tage zu überstehen.«

Fine nickte und bekräftigte, dass sie nicht aufhören wolle, daran zu glauben, dass es den Eltern bald besser gehe. Mit Fleiß und Eifer erledigte sie kleine Arbeiten in Haus und Hof, mit denen die Mägde sie beauftragten. Und auch in der Schule gab sie sich alle Mühe, dem Lehrer zu folgen.

Am dritten Tag, den Fine und Basti von den Eltern getrennt waren, klopfte jemand gegen die Tür des Schulraums. Es war der Oberlandbauer. Kurz besprach er sich mit dem Lehrer, dann ließ er die beiden zu sich kommen.

Mit großem Ernst sagte er: »Ich bringe euch eine traurige Nachricht. Eure Eltern sind heute Morgen gestorben. Es war Gottes Wille, sie zu sich zurückzunehmen in sein Reich, wo sie nun nicht mehr leiden müssen.« Er legte den Kindern tröstend eine Hand auf die Schulter und nahm sie im Fuhrwerk mit auf seinen Hof, wo Ulla ihnen eine stärkende Suppe reichte.

Alles ging so schnell. Fine und Basti verstanden lange nicht, was geschehen war. Die Mägde und Knechte hatten manch gutes Wort für die Kinder. Doch immer, wenn sie diese Tröstungen erfuhren, konnten sie nur stumm nicken, so fremd war es ihnen.

Schließlich fragte Fine, ob sie ihre Eltern noch einmal sehen dürften. Doch auch das musste ihnen leider verwehrt bleiben.

»Eure Eltern litten an Tuberkulose und Stickfluss der Lungen«, erklärte die Oberlandbäuerin. »Wir wollen weiterhin sicher sein, dass ihr euch nicht ansteckt. Behaltet sie in Erinnerung als die gottgefälligen und liebevollen Menschen, die sie waren. Damit tut ihr ihnen die größte Ehre.«

Wieder nickte Fine, aber noch immer nicht begriff sie die Vorgänge um sich herum. So gut sie konnte, versuchte sie ihrem kleinen Bruder zu erklären, was geschah.

Im Dorf bereitete man die Trauerfeier vor. Der Köhlmattes räucherte die Schlafkammer von Franz und Wilhelmine Aldenhoven zur Vernichtung der Krankheitskeime mit Wacholderholz aus. Derweil tagte der Gemeinderat, um die Angelegenheiten der Kinder zu regeln. Das Haus des Hauerfranz musste der Hypothekengläubiger wieder an sich ziehen. Die Anzahlung, die der Verstorbene darauf geleistet hatte, ging verloren. Durch die zahllosen Auswanderungen nach Amerika war der Häuserwert in der Eifel beispiellos gesunken. Es standen viele Gebäude im Dorfe leer, und auch das Haus des Hauerfranz würde unbewohnt bleiben. Alle bewegliche Habe sollte verkauft und daraus ein kleines Erbe für die Kinder erlöst werden. Aber auch das würde bei Weitem nicht reichen, das Kostgeld für sie zu erschwingen. Da Fine und Basti nun einmal Kinder der Gemeinde waren, musste die Steuerkasse für sie sorgen. Die Männer des Rates beschlossen, sie bei denjenigen Dorfbewohnern unterzubringen, die das geringste Kostgeld nahmen.

Am dritten Tage nach dem Tod von Franz und Wilhelmine Aldenhoven fand die Beerdigung statt. Von den Nachbarn hörte man lautes Weinen, sie rühmten die Verstorbenen. Die Oberlandbäuerin führte die Kinder an der Hand, als sie hinter den Särgen ihrer Eltern gingen. Noch am Grabe verhielten sich Fine und Basti still und fast heiter. Jedermann war überaus freundlich zu ihnen. Und als sie bei der nachfolgenden Feier vom Tisch aufstanden, bekamen sie noch kleine Kuchen in ein Papier gewickelt. Die durften sie mitnehmen.

Doch ihre Freude über die Süßigkeit sollte nicht lange währen. Der Oberlandbauer als Vormund nahm die Kinder zur Seite, dabei machte er ihnen eine Ankündigung: Basti sollte ab sofort beim Ravenzacher und Fine bei der Schwarzen Marjann unterkommen. Dies sei der Entschluss des Gemeinderates.

Der Bauer achtete nicht darauf, wie die Kinder diese Nachricht annahmen, sondern schloss mit den Worten: »So, nun geht mit Ulla noch einmal auf meinen Hof zurück. Packt eure Sachen, die ihr dort habt, und dann wird mein Großknecht euch zum Ravenzacher und zur Schwarzen Marjann bringen.«

Es fuhr ein Schreck in die Kinder, als sie diese Sätze hörten. Aber sie mussten gehorchen, auch wenn weder der Schwarzen Marjann noch dem Ravenzacher der Ruf vorauseilte, dass sich dort ein Kind auf Anhieb wohlfühlen konnte.

Der Ravenzacher, ein Mann um die fünfzig Jahre, stellte sich vor der Welt gern großzügiger dar, als er in Wirklichkeit war. Er tat so, als wäre er der gutmütigste Allesverschenker, im Geheimen aber knuffte und piesackte er seine Angehörigen. Eigentlich hieß er Zacharias und hatte seinen Spitznamen, weil er einst seiner Frau ein paar fein hergerichteter Tauben als Braten heim gebracht hatte, die in Wirklichkeit aber keine Tauben, sondern bloß gerupfte Raben waren. Eine Base seiner Frau, die zufällig zugegen war, erkannte die Täuschung sofort.

Solch eine Aufschneiderei mochte beispielhaft sein für das Gemüt des Ravenzachers, allerdings war seine Frau durchaus wohlwollend. Sie hatte immer dafür gesorgt, dass er seinen Jähzorn nicht gegen seine Kinder ausließ. Die waren inzwischen erwachsen und hatten längst das Elternhaus verlassen. Vor vielen Jahren war der Ravenzacher mit dem Fuß in eine Fuchsfalle geraten, seitdem trug er einen hölzernen Stelzfuß. Seine meiste Zeit verbrachte er damit, wollene Strümpfe und Jacken zu stricken, und so saß er mit seinem Strickzeug überall im Dorf herum, wo es etwas zu plaudern gab. Dieses Geplauder, bei dem er allerlei hörte, diente ihm zu einträglichen Nebengeschäften. Er war der sogenannte Heiratsmacher in der Gegend. Denn bei den großen Gutshöfen geschahen die Heiraten in der Regel durch Vermittler, die die Vermögensverhältnisse vorher auskundschafteten. Und wenn dann eine solche Heirat zustande gebracht war, spielte der Ravenzacher noch bei der Hochzeit die Geige auf, denn darin war er ein Meister. Er verstand aber auch, die Klarinette und das Horn zu blasen, wenn ihm die Hände vom Geigen müde waren.

Des Ravenzachers Frau hatte schon oft gesagt, dass sie sich die Gegenwart eines Kindes wünschte. Sie selbst hatte zwar fünf gesunde Kinder geboren. Doch von denen gab es bisher nur zwei Enkel, die noch dazu einige Tagesmärsche entfernt bei Monschau lebten.

So ließ der Ravenzacher gegen geringes Kostgeld den Knaben Basti bei sich unterkommen, Fines Aufnahme hingegen lehnte er ab mit den schroffen Worten: »Ein Kind reicht. Zumal ich ja doch nur draufzahle bei den paar Groschen, die ich dafür bekomme.«

Dabei wussten alle Leute im Dorf, dass Bastis empfindsames Wesen nicht zum Ravenzacher passte, erst recht nicht, wenn er sich von seiner Schwester trennen musste. Doch darauf nahm niemand Rücksicht, die Schonung der Gemeindekasse war nun einmal wichtiger.

Das neue Quartier

Wie ihnen befohlen war, kehrten die Kinder mit schwerem Herzen zurück zum Gehöft des Oberlandbauern.

Fine ging zu Ulla in die Küche und nutzte die Gelegenheit, sich der jungen Frau anzuvertrauen. »Sag, Ulla? Warum können wir denn nicht hier auf dem Hof bleiben?«

Ulla lächelte mitfühlend. Sie verstand, was in den Seelen der Kinder vor sich ging. »Ich weiß nicht viel darüber, was der Oberlandbauer entscheidet. Aber soweit ich gehört habe, meint er, als Vormund tut er schon viel für euch. Da möchte er euch nicht auch noch in seinem Haushalt aufnehmen.«

»Aber warum können Basti und ich nicht zusammen bleiben?«, fragte Fine weiter. »Warum muss er zum Ravenzacher und ich zur Schwarzen Marjann?«

»Auch dafür gibt es Gründe.« Ulla seufzte. »Niemand im Dorf hier will euch beide gleichzeitig aufnehmen. Zwei zusätzliche Kinder für knappes Kostgeld, das ist allen zu viel.«

»Ja dann«, sagte Fine traurig und sah Ulla fest an, denn jetzt kam die entscheidende Frage. »Stimmt es denn, was manche Leute sagen? Dass die Marjann eine unholde Frau ist?«

»Aber nein!«, rief Ulla aus. »Nein, Fine, das stimmt gewiss nicht. Und es sind törichte Leute, die so etwas meinen. Die Schwarze Marjann hatte ein schweres Leben, aber sie ist sicherlich keine Hexe. Und bestimmt auch keine unholde Frau, denn damit ist ja nichts anderes gemeint als eine Hexe. Die armen Frauen, die man früher verfolgt hat, die sind ganz zu Unrecht hingerichtet worden. Es gibt keine Hexen. Das wissen wir doch nun sicher, und das sagt auch der Herr Vikar.«

»Also muss ich mich nicht fürchten vor der Schwarzen Marjann?«

Ulla schüttelte entschieden den Kopf. »Nein, Kind. Schau, wie die Marjann überall im Dorf zugegen ist und hilft, wo sie nur helfen kann. Immer macht sie ihre Sache gründlich, und die Leute sind zufrieden. Du wirst es sicher gut haben bei ihr, daran habe ich keine Zweifel.«

Fine nickte erleichtert. Zusammen mit Ulla suchte sie aus den Schlafkammern noch ihre und Bastis Habe zusammen und legte sie zurück in die mitgebrachten Sacktaschen. Dann schickte Ulla nach dem Großknecht, der Fine und Basti zurück ins Dorf begleiten sollte.

Als es nun daran ging, die zwei bei ihren Quartierseltern unterzubringen, ließ Basti sich durch allerlei Ablenkungen beschwichtigen. Er fügte sich rasch den Anweisungen des Ravenzachers und seiner Frau.

Fine hingegen musste trotz Ullas guter Rede über die Schwarze Marjann mit Gewalt gezwungen werden. Ja, das Mädchen wollte sich nicht vom Fleck bewegen, und der Großknecht des Oberlandbauern trug Fine schließlich auf dem Arm ins Haus. Dort fand sie zwar ihr Bett aus dem Elternhause vor, doch sie wollte sich nicht hineinlegen. Schlussendlich schlief sie vom Weinen müde auf dem Boden ein, und Marjann steckte sie mitsamt den Kleidern ins Bett.

Die alte Frau hatte Fine nicht bloß aus Gutmütigkeit zu sich genommen, ihre Gründe waren durchaus eigennützig: Sie wollte ein lebendiges Wesen um sich haben und verlangte dafür nur geringes Kostgeld. Gerade weil sie um ihren schlechten Ruf wusste, tat Marjann gern nach außen hin Barmherziges und war stolz darauf, besser zu sein, als sie galt. Und als nun Fine bei ihr einquartiert war, tröstete sie das Kind, gab ihm etwas Gutes zu essen und erzählte einige lustige Geschichten aus dem Dorf. So bewies Marjann schon an diesem ersten Tag, wie bedacht sie mit ihrem Pflegling umging.

Sie stand in ihrem sechzigsten Lebensjahr und hatte schon lange kein Kind mehr in ihrem Hause gehabt, denn ihre Töchter waren ja alle drei gestorben, und ihr Sohn war ausgewandert.

Wie Fine nun in Kleidung im Bett lag, wachte sie bald wieder auf und weinte. Marjann nahm sie in den Arm, sprach ihr gut zu und gab ihr einen honigsüßen Tee zu trinken. So konnte Fine sich beruhigen. Sie ließ es sogar zu, dass Marjann sie auskleidete und ihr ein Nachthemd überzog. Als die alte Frau ihr dann jedoch ein Schlaflied sang, musste Fine an ihre Mutter denken und schluchzte heftig auf. Da streichelte Marjann ihr die Wangen, bis sie wieder einschlief.

»Glücklicher Kinderschlaf«, sprach Marjann voller Rührung zu sich selbst. »Das Mädchen weint noch, und gleich im Umdrehen ist es eingeschlummert.«

Am anderen Morgen ging Fine frühzeitig ins Haus des Ravenzachers zu ihrem Bruder und half ihm beim Ankleiden und tröstete ihn über das, was ihm geschehen war. Es sei ihm bisher nicht schlecht ergangen, erzählte Basti über die erste Nacht unter dem fremden Dach. Er fühle sich recht wohl, auch wenn der Ravenzacher poltrig sei und manch grobe Scherze mache.

»Na also«, meinte Fine aufmunternd. »Dann hast du es doch gar nicht schlecht angetroffen.« Doch sie spürte, dass sie selbst nicht an das glaubte, was sie da sagte.

Dann gingen die Kinder hinaus zur Schule und des Mittags wieder gemeinsam zurück. Wenig später besuchte Fine den Garten ihres Elternhauses. Sie setzte sich auf einen der ausgegrabenen Baumstümpfe, die rings um den Stamm einer Eberesche lagen. Die roten Beeren des Baums prangten in der Nachmittagssonne. Voller Andacht heftete Fine den Blick auf die Haustür. Es schien ihr unbegreiflich, dass ihr altes Zuhause verschlossen bleiben sollte.

Fine stand auf und ging zum nahe gelegenen Teich, um flache Steine auf dem Wasser tanzen zu lassen. Das lustige Spiel lenkte sie von ihrer Trauer ab. Bald jubelte und lachte sie, denn es gelang ihr manch guter Wurf. Und doch kam ihr das Spiel am alten Elternhaus so traurig wie seltsam vor.

Am Abend besuchte Fine ihren Bruder beim Ravenzacher und verabschiedete sich herzlich. »Morgen auf dem Weg zur Schule hole ich dich wieder ab«, versprach sie.

Ihr war, als hätte Basti doch große Furcht vor der raubeinigen Art des Ravenzachers. Und da sie ihrem Bruder nicht noch mehr helfen konnte, als sie es bereits tat, blieb ihr nur die Hoffnung, dass er sich an sein neues Heim schon gewöhnen würde.

Fine nahm Basti auch oft mit ins Haus der Schwarzen Marjann, die nichts einzuwenden hatte gegen den kleinen Gast. Doch einmal, als Fine den Mut fasste, zu fragen, ob Marjann nicht auch Basti ganz bei sich aufnehmen könne, wehrte sie entschieden ab.

Fine wagte nicht, weiter nachzufragen, aber sie dachte sich ihren Teil: Vermutlich war es wegen Hannes, der nach Amerika ausgewandert war. Marjann sehnte sich so nach ihrem Sohn, sicherlich scheute sie sich, nun einen anderen Jungen in ihrem Haus wohnen zu lassen. Das konnte Fine verstehen. Darum fragte sie nicht weiter, sondern nahm es hin, dass Basti abends immer wieder zum Ravenzacher zurück musste.

Allerheiligen

Es war kurz vor Allerheiligen, als die Schwarze Marjann zu den Kindern sagte: »Jetzt holt ordentlich Vogelbeeren, wir brauchen sie auf dem Friedhof, um die Gräber schön herzurichten. Ihr wisst: Zu Allerheiligen und Allerseelen wollen wir der Toten gedenken und ihnen einen Ehrentag bereiten, deswegen schmücken wir ihre Ruhestätten.«

»Ich weiß, wo ich Vogelbeeren holen kann«, rief Basti mit wahrhaft gieriger Freude und rannte so schnell zum Dorf hinaus, dass Fine ihn kaum einholen konnte. Als sie am elterlichen Haus ankam, saß Basti schon oben in der Eberesche und neckte Fine stolz, sie solle nur heraufkommen. Denn er wusste, dass Fine das nicht konnte, sie war im Klettern ungeschickt. Er pflückte nun die roten Beeren und warf sie hinab zur Schwester, die so viel sammelte, wie sie in ihrer Schürze tragen konnte. Damit kehrten die beiden Kinder ins Haus der Schwarzen Marjann zurück.

Freundlich nahm die alte Frau die Kinder an der Hand und führte sie hinaus zum Friedhof. Die beiden Erdhügel, unter denen die Eltern lagen, waren wieder kahl. Kränze und Blumen, die noch zur Beerdigung die Grabstätte geschmückt hatten, waren inzwischen verwelkt. Der Friedhofsdiener hatte sie abgeräumt.

Mit einem Stock machte Marjann nun Furchen in Kreuzesform auf die Gräber und wies die Kinder an, die Beeren dort hineinzustecken. Basti erledigte hastig die Aufgabe und triumphierte, als er früher damit fertig war als seine Schwester. Die schaute ihn nur groß an und erwiderte nichts.

Erst als Basti sagte: »Das wird den Vater freuen«, schlug Fine ihm ärgerlich auf den Rücken und rief: »Sei still!«, und Basti begann zu weinen.

Marjann, die alles gut beobachtet und längst verstanden hatte, was in den Seelen der armen Kinder vor sich ging, ermahnte Fine in gutmütiger Weise: »Er ist noch ein wahres Kind, dein Bruder. Er begreift noch nicht, dass eure Eltern nie mehr wiederkehren.«

Da schlang Fine die Arme um Basti und bat um Verzeihung. »Ich verspreche dir, dass ich für dich mein Leben lang alles tue, was ich kann, und dir alles geben will, was ich habe. Und ich will dir nie wieder weh tun, mein lieber Bruder«, und sie wandte sich zu den Gräbern, auf denen die roten Beerenkreuze prangten und rief: »Oh Mutter, oh Vater, ich will brav sein, ich verspreche es euch.« Sie konnte nicht weiterreden, weil ihr die Gefühle die Worte nahmen, aber auch weinen konnte sie nicht.

Die Schwarze Marjann sah, dass ein Herzstoß nach dem anderen das Mädchen durchfuhr, und erst als die alte Frau selbst zu weinen begann, konnte auch das Mädchen seine Tränen laufen lassen.

Gemeinsam brachten sie Basti zum Haus des Ravenzachers. Beim Gute-Nacht-Sagen raunte Fine ihm ins Ohr: »Du musst endlich begreifen, unsere Eltern sind tot. Wir sehen sie nie mehr auf dieser Welt.«

Und er nickte, als würde er es jetzt annehmen können.

An diesem Abend saß die Schwarze Marjann lange bei Fine am Bett und hielt ihre Hand.

»Ich meine, ich falle und falle immerfort, bleibt nur bei mir, Tante«, jammerte Fine. Sie hielt die Hand der alten Frau fest und begann zu schlummern.

Aber so oft die Quartiersmutter auch ihre Hand zurückziehen wollte, haschte Fine wieder danach. Marjann verstand, was das Empfinden vom endlosen Fallen bei dem Kind zu bedeuten hatte: So erwachsen Fine auch zum Bruder geredet hatte, musste sie doch selbst noch den Tod der Eltern begreifen und die Angst darüber bewältigen.

Erst spät gegen Mitternacht konnte Marjann das Bett des Kindes verlassen. Ein strenger Trotz lag auf dem Gesicht der schlafenden Fine, und als die alte Frau ihre eigene Hand von der des Kindes endlich zurückzog, sagte sie halblaut vor sich hin: »Möge nur immer ein Auge über dich wachen und eine Hand dir helfen, so wie dir jetzt der Schlaf die Schwere vom Herzen nimmt.«

Am nächsten Tag feierte man Allerseelen. Noch vor der Dämmerung weckte Marjann das Mädchen und wies es an, sich anzukleiden und mit auf den Friedhof zu gehen.

Fine hatte den Kummer des Vortages schon hinter sich gelassen, so erquickend war ihr Schlaf gewesen. »Warum denn so früh, Tante?«

»Ich leide es nicht, heute vielen Leuten zu begegnen«, erwiderte Marjann. »Ich will im Geiste bei den Menschen weilen, die ich noch immer liebe und die von mir gegangen sind. Dabei brauche ich keine große Gesellschaft.«

»Ist gut, Tante«, sagte Fine, obwohl sie nicht recht begreifen konnte, was Marjann da sagte. Doch sie fügte sich, zog ihr Sonntagskleid an und ließ sich das dunkelblonde Haar zu einem kräftigen Zopf flechten. Dabei fragte sie: »Letzte Nacht war doch die Seelennacht, nicht wahr, Tante? Die Nacht zwischen Allerheiligen und Allerseelen.«

»Aha!«, Marjann horchte auf. »Ich ahne schon, worauf du hinaus willst, Kind: Du möchtest wissen, ob ich daran glaube, dass in dieser Nacht die Seelen der Verstorbenen zurückkehren. Und ob ich im Haus geblieben bin, weil draußen die bösen Seelen mir etwas antun könnten. Und ob ich die ganze

Nacht das Herdfeuer habe brennen lassen, damit die guten Seelen sich hier aufwärmen konnten.«

»Ja«, sagte Fine eingeschüchtert. Denn genau das hatte sie tatsächlich fragen wollen. Und nun wunderte sie sich, dass die alte Frau das so gut hatten wissen können.

Marjann nahm Fines Anliegen tatsächlich ernst. »Es ist wohl so, Kind. Viele Leute glauben an das nächtliche Treiben der Seelen.«

Fine musste daran denken, dass die Schwarze Marjann tags zuvor so seltsame Worte gesprochen hatte, die sich wie Zaubersprüche anhörten. Darum fragte sie jetzt schüchtern: »Und du, Tante? Glaubst du auch daran, dass die Seelen in dieser Nacht herumgeistern?«

Statt zu antworten, gab Marjann eine Frage zurück: »Wie haben es denn deine Eltern gehalten, Fine? Haben die an den Spuk der Seelen geglaubt?«

»Bestimmt nicht«, erwiderte Fine voller Inbrunst. »Unsere Mutter hat immer gesagt, das sei alles Aberglaube, darauf sollte ich nicht hören. Denn eigentlich sei es so: Die Seelen warten auf den jüngsten Tag, dann erstehen sie auf. Und vorher ruhen sie einfach, aber sie geistern nicht.«

»Richtig«, Marjann lächelte. »Genau das denke ich auch. Die Seelen der Toten sind bei Gott. Dort bleiben sie und haben es gut. Sie kehren nicht zurück, um sich auf der Erde herumzutreiben und die Lebenden zu erschrecken. Das ist schlimmer Aberglaube. Und genau darum habe ich das Herdfeuer letzte Nacht gelöscht so wie immer. Ich bin auch ohne Angst noch einmal hinausgegangen, um nach den Hühnern zu sehen.«

Marjanns Antwort stimmte Fine froh. Die alte Frau dachte in Glaubensdingen so, wie Mutter und Vater es auch getan hatten. Erleichtert wechselte Fine das Thema und griff ein

Stichwort auf, das Marjann ihr gerade gegeben hatte: »Nach den Hühnern habt Ihr heute Nacht gesehen, Tante? Was war denn mit denen?«

»Sie waren unruhig. Und ich wollte sicher sein, dass sich da kein Fuchs vom Wald her eingeschlichen hatte.«

»Gab es denn einen Fuchs?«

»Nein, Kind. Und auch keine böse Seele, die mir begegnet wäre.«

Wegen des festlichen Tages schloss Marjann den Zopf mit einer schwarzen Samtschleife ab. Aufmunternd griff sie die Arme des Kindes. »Nun lass uns gehen.«

Sie banden sich wollene Tücher um die Schultern und traten an einen kleinen Tisch. Dort hatte Marjann ein Tablett mit sechs Windlichtern und vier kleinen Sträußen bereitgestellt. Wie die Kreuze, die Fine und Basti am Vortag auf das Grab der Eltern gelegt hatten, bestanden auch die vier Sträuße aus gestielten Vogelbeeren. Für die Lichter hatte Marjann helles Bienenwachs in Gläser gegossen und mit einem baumwollenen Docht versehen.

Marjann entflammte einen Kienspan am Herdfeuer und wollte schon die Kerzen anzünden, da fragte Fine: »Bitte, Tante, darf ich das tun?«

»Ja sicher.« Marjann gab ihr den brennenden Span in die Hand.

Kerze um Kerze brachte Fine zum Brennen. Ein Leuchten lag aber auch in den Gesichtern der beiden, als sie nach draußen traten.

Der frühe Morgen war dabei, trübe Sonnenstrahlen über das Dorf zu breiten. Das Tal stand seit einigen Tagen unter einer milden Witterung, wie sie Anfang November selten vorkam. Auf dem Weg begegnete ihnen niemand, und sie schwiegen. Wie nun Fine auf die Sträuße und Lichter schaute, die Marjann vor sich hertrug, konnte das Mädchen verstehen, warum die alte Frau niemandem begegnen wollte. Auch der freundlichste Bewohner des Dorfes hätte in dieser Feierlichkeit nur gestört.

Zunächst gingen sie zum Grab von Fines Eltern. Das Kreuz aus Vogelbeeren war durch die Kühle der Nacht frisch geblieben. Rot leuchtete es im Morgendunst. Sie setzten zwei Windlichter auf das Grab und blieben dort eine Weile stehen, still versunken, jede für sich im Gebet.

»Komm weiter«, sagte Marjann schließlich. »Wir gehen zu meinen Mädchen.«

Fine nickte stumm. Wie alle Leute im Dorf wusste sie von Marjanns drei kleinen Töchtern. Um sie nicht zu verletzen, hatte Fine sie nie darauf angesprochen. Auch Marjann hatte die Rede bisher nicht darauf kommen lassen. Aber an diesem Morgen zeigte die alte Frau keinerlei Befangenheit, als sie Fine zur Ruhestätte der Töchter führte. Das gemeinsame Grab, mehr breit als tief und ganz von Efeu umwuchert, lag gegenüber dem Seitenausgang der Kirche. Sie verharrten in Andacht, bis Marjann zu Fine hinüber sah.

»Meine drei Kleinen sind fast gleichzeitig gestorben«, sagte Marjann zärtlich und wurde gleich darauf wieder ernst. »An Schwindsucht.«

»Also ist die Krankheit wirklich so schlimm?«

»Ja. Viele Kinder starben damals innerhalb von wenigen Monaten. Wir litten unter ständigen Missernten, es ging uns elend. Die Armut brachte den Hunger, der Hunger die Krankheit und die Krankheit den Tod. Es ist ein Wunder, dass Gott mir meinen Hannes gelassen hat. Ich trug ihn damals unter meinem Herzen, als mir mein Mann genommen wurde.«

Fine nickte. Sie wusste, dass Berthold Kürten ein Räuber gewesen und durch den Henker zu Tode gekommen war.

Deswegen wollte sie Marjann nicht näher nach ihm fragen.

Doch Marjann sprach nun ganz unbefangen von ihm. »Wir wollen auch meinen Berthold besuchen, meinen guten Bert.«

»Aber wo ist denn sein Grab?«, fragte Fine erstaunt.

»Nicht auf dem Friedhof, Kind. Das hast du schon richtig erkannt«, Marjann zog bedeutungsvoll die Stirn hoch, doch sie sprach mit milder Stimmen. »Ich weiß, wo er liegt. Auch wenn der Scharfrichter ihn hat verscharren lassen, nicht anders als einen räudigen Hund.«

Aufrecht trug Marjann das Tablett vor sich her, auf dem noch ein Strauß und ein Windlicht standen. Die Morgendämmerung setzte ein, noch waren die Wege menschenleer. Doch wenn jemand in diesem Moment der Schwarzen Marjann begegnet wäre, hätte er sehen können, dass sie sich nicht für ihr Schicksal schämte.

Sie gingen zum Dorf hinaus. Fine wusste, wohin Marjann sie führte: Zum Schindanger, einem gerodeten Landstück neben dem Bach. Dort begrub man Vieh und andere Tiere, die der Abdecker nicht nutzen konnte. Auch gehenkte Verbrecher fanden hier ihre letzte Stätte, denn die Erde war ungeweiht.

Fine war nicht oft hier gewesen. Ihre Eltern hatten sich bemüht, die Kinder vor diesem unwürdigen Platz zu schützen. Wie sie nun über das nebelverhangene, kahle Feld blickte, wurde Fine bang zumute. An der einen oder anderen Stelle ließen sich im Boden dunkle Rechtecke erkennen. Feuchte Erde hob sich von der Umgebung ab. Vermutlich waren hier kürzlich noch Tierkadaver verscharrt worden.

Fine schauderte bei dem Gedanken, was alles unter der dünnen Deckschicht des sandigen Bodens liegen mochte. Marjann sah wohl, welche Ängste der Ort in Fine entfachte. Wie selbstverständlich und ohne jede Furcht nahm sie das

Kind bei der Hand und führte es zu zwei großen Buchen am Rande des Schindangers.

Nichts wies hier auf ein Grab hin, dennoch sagte Marjann überzeugt: »Darunter liegt er, mein Bert«, sie zeigte auf das kahle Gestrüpp zwischen den beiden Buchen. »Er und seine beiden Kumpanen. Wenn er nicht die Postkutsche überfallen hätte, dann würde er wohl noch leben.«

Dank Marjanns Sicherheit überwand Fine ihre Furcht und wurde neugierig. »Warum hat er das denn bloß getan?«

»Nur für das Nötigste«, antwortete Marjann. »Um Brot zu kaufen. Für sich und seine drei Töchter und für mich, seine schwangere Frau.«

Fine warf ihr einen zweifelnden Blick zu.

»Ich weiß schon, was du sagen willst, Kind«, in Marjanns Stimme schwang kein Groll. »Viele Menschen haben damals gehungert und dennoch keine Postkutsche überfallen. Dasselbe hat der Scharfrichter auch gemeint, als er meinen Bert dem Strick des Henkers übergab.« Schweigend stellte sie den letzten Strauß Vogelbeeren und das letzte Windlicht auf das feuchte Laub zwischen den Buchen.

»Aber hier ist doch ungeweihte Erde«, wunderte Fine sich.

»Und wenn schon«, Marjann lächelte. »Die Lichter und die Sträuße. Das sind Gaben für die Seelen, die bei Gott sind. Du denkst sicher, mein Bert und seine Kumpanen, die sind ja wegen eines Verbrechens gehenkt worden. Und deswegen hat Gott ihre Seelen nicht zu sich genommen.«

»Der Vikar sagt das«, wandte Fine zaghaft ein. »Und der Lehrer auch.«

»Keiner kann das mit Sicherheit sagen. Auch die Gelehrten nicht. Und so lasse ich mir nicht verbieten, meinem Bert an Allerseelen diesen Gruß zu bringen. Wer von uns Menschen will schon mit Gewissheit beurteilen, ob ein Raub in schlimmster Hungersnot richtig ist oder falsch. Darüber mag es einen höheren Richter geben, und wenn es ihn gibt, dann wird er verstehen, dass ich meinen Bert geliebt habe und immer noch liebe. Ganz gleich, ob die Erde, in der er liegt, geweiht ist oder nicht. Sein Grab ist und bleibt sein Grab.«

Fine schwieg berührt.

Marjann sprach ein Gebet für ihren Mann und ihre drei Töchter. Auch ihren Sohn Hannes, der schon vor vielen Jahren ausgewandert war, schloss sie in das Gebet ein. Und als sie beim Amen ankam, sagte auch Fine: »Amen.«

Die Briefe

Hand in Hand gingen sie heim. Inzwischen hatte der Kachelofen ausreichend Zeit gehabt, das Haus zu erwärmen. Beim Betreten der Küche fühlte Fine sogleich eine tiefe Behaglichkeit. Dieses Gefühl steigerte sich noch, als Marjann einen frischen Tee aus getrockneten und zerstoßenen Hagebutten bereitete. Wie jeden Morgen gab es Eier zum Frühstück. Heute, am Feiertag, tischte Marjann auch einen Ziegenkäse auf, den sie selbst geschöpft und im Keller des kleinen Hauses zur Reife gebracht hatte.

»Bitte, Tante«, meinte Fine, nachdem sie gegessen hatten, »Euer Hannes in Amerika, der schreibt Euch doch immer. Darf ich die Briefe wohl einmal sehen?«

»Natürlich.« Marjann strich Fine durchs Haar. »Es ist richtig, wenn du mir sagst, was du auf dem Herzen hast. Denn wir wollen einander gut verstehen.«

Die alte Frau stand auf, ging hinüber zur Schlafkammer und zog eine kleine Truhe unter ihrem Bett hervor. Damit kehrte sie in die Küche zurück.

Es kam Fine wie ein feierlicher Moment vor, als Marjann den Deckel der Truhe aufklappte und daraus einen Stapel Papier holte, umwickelt mit einem breiten, roten Seidenband. Sie öffnete das Band, darunter kamen alle Briefe zum Vorschein, die Hannes aus Amerika geschrieben hatte. Insgesamt waren es einundzwanzig, und jeden einzelnen Umschlag hatte Marjann noch einmal mit einem schmaleren, grünen Band eingefasst.

»Rot ist die Liebe, die uns trotz der Trennung immer verbindet. Und grün ist die Hoffnung, dass es ihm gut geht, und die Hoffnung auf ein gesundes Wiedersehen«, erklärte sie die Farben der Bänder.

Das Papier war mit schwarzer Tinte beschrieben, in einer leicht zu entziffernden Handschrift. Eine stille Begeisterung umfasste das Kind und die alte Frau, während sie Schleife um Schleife lösten und die Briefe lasen. Jeder begann mit den Worten *Portland im Staate Maine, USA*, dann folgte das Datum. Der älteste Brief war beinahe acht Jahre alt, der jüngste erst einige Monate.

»Portland, das ist eine Stadt am Atlantischen Ozean, dem größten Meer der Erde«, erzählte Marjann. »Hannes arbeitet dort im Hafen. Es gibt viel zu tun, denn die Menschen betreiben einen regen Handel.«

Unter den Briefen zog Marjann eine Landkarte hervor, die sich breit auffalten ließ. So etwas hatte Fine noch nie gesehen. Sie kannte bisher nur die großen Karten aus der Schule. Man konnte sie an einen hohen Ständer hängen und entrollen. Drei davon gab es im Klassenzimmer: Eine zeigte die Eifel, die zweite das Königreich Preußen und die dritte Europa. Wer etwas über die entfernteren Länder erfahren wollte, musste auf den Globus schauen. Fine hatte zwar eine Vorstellung davon, wo Nordamerika lag, aber hier in Marjanns Küche sah sie zum ersten Mal eine Karte, die das Land in solch großem Maßstab abbildete.

»Da lebt mein Hannes.« Marjann wies auf die Stadt Portland.

Portland war die Hauptstadt des Staates Maine, der im Norden an ein anderes Land grenzte. Auch davon hatte Fine schon gehört. Es hieß Kanada und war noch größer und wilder als die Vereinigten Staaten von Amerika.

Bei allem, was Marjann erklärte, kam Fine nicht mehr heraus aus dem Staunen. Die alte Frau band jeden einzelnen

Brief auf. Gemeinsam lasen sie, wie es Hannes in der Ferne erging. Mit klaren und immer herzlichen Worten schrieb er von den Menschen und den Gebäuden, von seiner Arbeit im Hafen und den Freunden, die er dort gewonnen hatte.

»Wann wird er denn wiederkommen?«, fragte Fine. »Ich würde ihn zu gern persönlich treffen, dann könnte er mir von Amerika erzählen.«

Marjann schossen Tränen in die Augen. »Er wird heimkehren, das hat er mir fest versprochen. Und er wird Geld mitbringen, um mich zu ernähren, wenn meine Knochen nicht mehr können. Aber vorher will er viel arbeiten, denn neben der Rente für mich muss er ja auch das Geld für die Überfahrt verdienen. Da kann es noch lange dauern, bis er kommt.«

Fine strich mit ihrer weichen Kinderhand tröstend über die aufgerauten Hände der alten Frau. Dann schlossen sich die beiden zum ersten Mal fest in die Arme, so wie Großmutter und Enkelin es tun.

So fand Fine ein neues Heim bei der Schwarzen Marjann. Die Leute im Dorf sahen, wie gut sie trotz des schmalen Kostgelds für das Kind sorgte. Dennoch stand sie weiterhin im Ruf, eine Eigenbrötlerin zu sein. Wie bei solchen Frauen üblich, so meinte man, hatte die Schwarze Marjann allerlei Besonderheiten.

In anderen Familien bereitete man junge Mädchen darauf vor, mit einem tüchtigen Ehemann einen eigenen Hausstand zu gründen. Doch wenn Marjann und Fine sich hierüber austauschten, folgte die alte Frau nicht dem Ratschlag üblicher Mütter und Großmütter.

Oft sagte sie: »Häng dich an nichts, Kind. An keinen Menschen, an keine Sache, dann kannst du fliegen.«

Einmal fragte Fine nach: »Aber Tante, Ihr habt doch auch geheiratet. Und Ihr ward glücklich mit Eurem Bert bis zu dieser schlimmen Sache. Warum ratet Ihr mir dann, mich nicht an einen Menschen zu hängen?«

Marjann sah das Kind bedeutungsschwer an und seufzte. »Sicher sollst du dich an einen Mann binden, wenn ihr beide euch nur recht tief liebt. Doch denke immer daran, wie flüchtig das Glück ist und wie rasch der Tod kommen kann. Darum halte in deinem Herzen einen Platz für dich selbst frei. Damit du aus deiner eigenen Kraft schöpfen kannst und gewappnet bis, wenn das Schicksal es schlecht mit dir meint.«

Fine schloss diese Worte in ihre Seele ein, und je älter sie wurde, umso besser verstand sie, was Marjann ihr damit sagen wollte.

In Fines neuem Zuhause verging die Zeit. Das Bett aus ihrem Elternhaus stand jetzt in der winzigen Schlafkammer neben Marjanns Bett, denn für mehr als eine Kammer bot das Haus nicht genügend Platz. Es fand sich auch keine Gute Stube. Außer der Küche und dem Schlafraum gab es noch den Dachboden und – als Besonderheit für ein solch kleines Haus – einen Keller. Immerhin spendeten nicht nur die Kochstelle, sondern zusätzlich ein Kachelofen ausreichend Wärme. Im Sommer sammelte Marjann große Mengen von Reisig und Kienholz, um Herd und Ofen während der kalten Monate emsig zu befeuern.

Aufmerksam sorgte sie für ihren Zögling, obwohl das Kostgeld von der Gemeinde gerade dazu reichte, Schulhefte und Kinderschuhe zu kaufen. Doch Marjann besaß allerlei Geschick. Sie fand noch Hemden von Hannes, die änderte sie um zu Mädchenblusen. Aus ihren eigenen abgelegten Kleidern schnitt sie die noch gut erhaltenen Stoffteile heraus und nähte daraus Röcke für Fine.

Zu essen gab es ohnehin genug: Im Garten, der das Haus umgab, zog Marjann Obst, Gemüse und Kräuter, die sie teils auf dem Dachboden trocknete, teils mit Zucker oder Essig in Gläser einkochte. Sieben Hühner und eine Ziege lieferten Eier und Milch. Auch hing in der Küche unter der Decke stets eine Seite Speck. Marjann erhielt sie als Lohn, wenn sie beim Schlachten in der Nachbarschaft half.

Auch Fine übte sich in mancher Fertigkeit. Schon bei ihrer Mutter hatte sie einiges gelernt über das Haltbarmachen und Zubereiten von Lebensmitteln, konnte häkeln, stricken und stopfen. Marjann unterstützte sie dabei, ihre Kenntnisse zu verfeinern. Im Gegenzug half Fine nachmittags der alten Frau bei deren Tätigkeit als Tagelöhnerin.

So fand Fine in Marjann eine Vertraute. Basti, der einige Häuser weiter beim Ravenzacher wohnte, gewöhnte sich ebenfalls an das neue Zuhause. Dabei fühlte er sich zwar nicht rundherum glücklich, aber doch zufrieden. Die Geschwister teilten tagsüber viel Zeit miteinander. Deswegen fiel es ihnen nicht schwer, die Nächte unter getrennten Dächern zu verbringen.

Die Entdeckung

Es folgten vier Winter und vier Sommer. Fine wuchs heran. Als sie ihr zwölftes Lebensjahr vollendet hatte, wandelte sich ihr kindlicher Körper hin zu den Formen einer schlanken und dennoch kräftigen, jungen Frau. Sie erblühte in gefälliger Anmut. Dabei lehrte Marjann ihren Zögling, was sich schickte. Die alte Frau achtete auf sittsame Kleidung und flocht Fines Haare jeden Morgen zu einem Zopf. Wenn sie Seite an Seite mit ihr durchs Dorf wanderte, entging es Marjann nicht, dass der eine oder andere Mann einen Blick auf Fines knospende Schönheit warf.

»Du wirst eines Tages aus all den Männern denjenigen herausfinden, der dich ehrlich liebt«, meinte Marjann dazu. »Doch vorher hüte dich vor ihnen.«

Und Fine, die mit ihrer Ziehmutter die Dinge des Lebens offen besprechen konnte, war dankbar für Hilfe und Anleitung.

Bei aller Fürsorge, die sie von ihr empfing, vergaß Fine nicht ihre Eltern. Immer wieder, vor allem des Nachts, rüttelte heftiges Weinen sie auf.

Dann tröstete Marjann sie: »Weine nur, Kind. Trauer braucht ihre Zeit, und die Tränen helfen dabei. Du wirst niemals vergessen, was du mit deinen Eltern verloren hast. Aber mit den Jahren wird dein Herz leichter sein, wenn du an sie denkst.«

Mehrmals die Woche besuchte Fine das elterliche Grab. Auch ging sie oft zur Ruhestätte von Marjanns drei kleinen Töchtern.

Lediglich das eine bestimmte Grab unter der Eiche, das Grab der jungen Lisbeth im hinteren Teil des Friedhofs, nah an der Mauer – dieses Grab entdeckte Fine nicht.

Im September 1860 jährte sich zum vierten Mal der Todestag von Fines und Bastis Eltern. Die Kinder begingen ihn in aller Stille. Gemeinsam mit den Dorfbewohnern gedachten sie des Hauerfranz und seiner Frau Wilhelmine. Unter den Trauernden fand sich allen voran der Oberdorfbauer als Vormund der Kinder, daneben die Schwarze Marjann und der Ravenzacher. Zusammen beteten sie am Grab.

Fine befand sich in ihrem letzten Schuljahr, und wie nun der Herbst kam, war ihr oft seltsam zumute. So als kündigten sich große Veränderungen an, die sie noch nicht fassen konnte. Mit träumendem Blick starrte sie in den Himmel.

Er war in diesem Oktober so hell und so frei von Wolken wie nur selten. Im Dorf blieben die Wiesen lange grün, und der Flachs lag zum Dörren darüber ausgebreitet wie ein feines Netz. Zwischen den trocknenden Halmen lugten in hellviolettem Schimmer die Herbstzeitlosen hervor. Die Raben flogen über die Wiesen hinweg, ihr schwarzes Gefieder glitzerte im Sonnenlicht. Kein Luftzug wehte, die Kühe weideten auf den Stoppeläckern, Peitschenknallen und Singen tönte von den Feldern, und die Bäume schüttelten in sanftem Wind ihre Blätter ab.

Als der November näher rückte, verabschiedete sich der alte Dorflehrer in den Ruhestand, denn er hatte sein siebzigstes Lebensjahr vollendet. Ein neuer Lehrer war gekommen, der am Pädagogischen Seminar in Bonn soeben seine Ausbildung beendet hatte. Er war noch jung und sah so aus, wie man Lehrer im Bilderbuche zeichnete: Er trug kurze, braune Locken, einen kleinen Spitzbart und eine gerundete, golden umrahmte Brille. Er hieß Schneider. Die Kinder mochten ihn, denn er war durchaus streng, dabei aber freundlich und wohlwollend. Wenn es nötig war, ermahnte er sie, doch im Gegensatz zum alten Lehrer schlug er sie nicht. So blieb der

Rohrstock die meiste Zeit neben dem Pult stehen und wurde nur dort gebraucht, wo es an der Tafel etwas zu zeigen gab.

Anfangs kannte der Lehrer Schneider sich noch nicht im Dorfe aus. Überhaupt war es ganz ungewohnt für ihn, auf dem Land zu leben, denn nicht nur seine Studienzeit, auch seine Kindheit und Jugend hatte er in Bonn verbracht. Um sich selbst rascher im Dorf einzuleben, wandte er eine neue Lehrmethode an. Für die Kinder war dies unüblich, denn der frühere Lehrer hatte es nie so gemacht. Doch als Herr Schneider ihnen sagte, was er vorhatte, stimmten sie begeistert zu: Einen Teil des Unterrichts wollte der neue Lehrer nicht im Klassenraum, sondern an anderen Orten im Dorf abhalten. Damit schlug er mehrere Fliegen mit einer Klappe: Er selbst lernte das Dorf kennen und erfuhr auch gleich, welches Kind in welchem Haus wohnte. Und er konnte die Erklärungen der Kinder mit dem Lernstoff verbinden. So nutzte er die Erkundungen des Dorfes als lebendigen Unterricht in Heimatkunde und Geschichte.

Einige Tage vor Allerheiligen ging Herr Schneider mit den Kindern auf den Kirchhof. Umringt von vierzig Kindern zwischen sechs und zwölf Jahren stand er zwischen den Grabreihen. Gemeinsam traten sie an manche Ruhestätte. Er ließ sich berichten, wessen Angehörige hier begraben lagen und welche Geschichten es zu den verstorbenen Dorfbewohnern gab. Basti und Fine zeigten ihren Mitschülern die Gräber von den Eltern und von Marjanns drei kleinen Töchtern. Dabei erzählte Fine über die Lungen-Krankheiten namens Stickfluss und Tuberkulose, die alle fünf Menschen dahingerafft hatten.

Nach einem Gebet ging die Klasse weiter zu den Gräbern auf der anderen Seite der Kirche. Basti trug an diesem Tag eine brauen Kappe. Weil es für die Jahreszeit recht warm war, hatte er sie nur locker auf den Kopf gesetzt und nicht über die Ohren gezogen. Gerade stand die Schulklasse vor einer aufwändig gestalteten Grabstätte, sie gehörte der Familie des Oberlandbauern. Ein Wind zog auf, und eine plötzliche Böe riss Basti die Kopfbedeckung weg. Die Kinder machten sich einen Spaß daraus, der Kappe nachzulaufen, die nun zwischen gefallenen Blättern über den Boden trudelte. Jeder versuchte, sie zu ergreifen, doch der Wind war schneller. Mit einem Stoß auf den anderen trieb er die Kappe mal hierher, mal dorthin, und jagte die johlende Kinderschar quer über den Kirchhof. Erst an der Mauer, ganz am Rande der Gräberreihen blieb die Kappe zwischen reichlich Laub liegen. Basti bückte sich und hob sie auf. Während er seinen Rücken wieder nach oben streckte, fiel sein Blick auf den Gedenkstein dicht neben einer alten Eiche.

»*Elisabeth Breidbach*«, las er halblaut, und gleich darauf entfuhr es ihm: »Den Namen habe ich ja noch nie gehört.«

Neugierig traten nun auch die übrigen Kinder an das Grab und betrachteten die Inschrift.

Flugs errechnete Basti, dass Elisabeth vor acht Jahren verstorben und nur fünfzehn Lenze alt geworden war. Ein erstauntes Raunen ging durch die Kinderschar. Alle wunderten sich, weil offenbar niemand dieses Mädchen gekannt hatte. Nicht einmal die Ältesten unter ihnen konnten sich an diese Elisabeth erinnern.

»Breidbach!«, rief Fine schließlich. »So heißt doch der Köhlmattes: Unser Köhler Matthias Breidbach.«

»Könnte sie vielleicht eine Tochter von ihm sein?«, fragte Herr Schneider. Ihn mutete die Begebenheit seltsam an, und er wollte sie rasch klären.

Die Kinder überlegten.

»Dem Alter nach könnte das wohl hinkommen«, meinte schließlich Bärbel, die eine gute Freundin von Fine war.

»Aber soweit ich weiß, haben der Köhlmattes und die Köhlgretel nur zwei Söhne. Die arbeiten in Westfalen und haben auch mit Kohle zu tun. Aber nicht mit Holzkohle wie ihre Eltern, sondern mit Steinkohle. Die holen sie da aus einem tiefen Schacht. Von einer Tochter in dieser Familie habe ich nie gehört.«

Auch die anderen Kinder zeigten ratlose Gesichter. Zwar lag das Grab dicht an der Mauer unter der Eiche und von daher nicht im direkten Blickfeld der meisten Friedhofsbesucher. Doch der Grabstein kündete in aller Offenheit vom Tod der jungen Frau.

Dem Lehrer Schneider kam es eigenartig vor, dass keines der Kinder dieses Grab kannte. Als er ihre erstaunten Blicke auf den Gedenkstein bemerkte, überkam ihn ein Unbehagen. Ihm war, als habe die verwehte Mütze dem Kirchhof ohne jede Absicht ein Geheimnis entlockt. Und auch die Kinder schienen durch die Entdeckung des Grabes unangenehm berührt.

»Wir müssen bald zurück zur Schule«, wies Herr Schneider die Klasse an. »Aber vorher wollen wir noch ins Gotteshaus gehen.« Er führte sie in die vordersten Kirchenbänke und sprach ein kurzes Gebet.

Dann ließ er die Kinder in Zweierreihe Aufstellung nehmen und mahnte, sich auf dem Weg zum Schulgebäude ruhig zu verhalten. Keines des Kinder verlor ein Wort über die unbekannte Elisabeth Breidbach.

So soll es sein, dachte der Lehrer Schneider zufrieden und hoffte, die Kinder würden das Grab des jungen Mädchens bald vergessen und ihre Eltern nicht darauf ansprechen. Denn wenn es wirklich so war, dass über Elisabeths Tod im Dorf einvernehmlich geschwiegen wurde, so wollte er als junger Lehrer nicht daran rühren.

Zurück in der Schule gab er den Kindern zu rechnen. Den Jüngeren stellte er Aufgaben aus dem Einmaleins, die Älteren ließ er komplizierte Zahlenbrüche aus dem Übungsbuch lösen.

Doch so sehr Herr Schneider sich auch mühte, alles wieder in die üblichen Bahnen zu lenken – es gelang ihm nicht ganz. Denn Fine, die sonst eine gute Schülerin war, verrechnete sich zweimal und schaute mit so abwesendem Blick in der Luft umher, dass er sie mehrfach ermahnen musste. Er gab ihr eine besonders schwierige Aufgabe. Derartig herausgefordert, wandte sie ihre ganze Aufmerksamkeit nun wieder dem Rechnen zu. Sie löste den Bruch und erhielt dafür ein Lob.

Doch es wollte und wollte Fine nicht aus dem Kopf gehen, was die Klasse auf dem Friedhof entdeckt hatte. Gleich nach Schulschluss nahm sie ihren Bruder auf die Seite und fragte, ob er wirklich nichts über den Tod einer Elisabeth Breidbach wisse.

Basti schüttelte den Kopf. »Sicher nicht. Aber ich würde gern mehr dazu erfahren, genau wie du. Also müssen wir jemanden fragen.«

»Das sollten wir wohl«, entgegnete Fine.

Noch am selben Mittag vertraute sie sich ihrer Quartiersmutter an und erzählte von dem Erlebnis auf dem Friedhof.

Doch kaum hatte Fine Lisbeths Grab erwähnt, da hob Marjann abwehrend die Hand. »Denk nicht darüber nach, Kind, denn das macht die kleine Lisbeth auch nicht wieder lebendig. Es ist eben so, dass manchmal auch Kinder und ganz junge Menschen sterben müssen. So wie meine drei Mädchen.« Marjann seufzte tief, und Fine fragte nicht mehr.

Am Abend besprach sie sich mit Basti. Er war enttäuscht, dass sie nichts erfahren hatte.

Da kam Fine ein Gedanke. »Ich werde Ulla fragen«, entschied sie.

»Ulla?«

»Ja, die ist vertraulich. Sie wird mir wegen der Frage nicht böse sein und auch nicht die Antwort verweigern. Und ganz sicher wird sie mich nicht an den Oberlandbauern verpetzen. Obwohl er ja unser Vormund ist.«

»Aber ich komme mit«, drängte Basti.

»Das geht nicht, auch wenn du mein Bruder bist«, gab Fine entschlossen zurück. »Erst einmal will ich allein mit Ulla reden, von Mädchen zu junger Frau. Danach erzähle ich dir, was sie über diese Elisabeth weiß.«

Basti gab sich geschlagen. Am Nachmittag spielte er mit den anderen Knaben aus dem Dorf am Weiher. Zur selben Zeit ging Fine zum Oberlandhof. Dort traf sie Ulla allein in der Küche an. Die Jungmagd war dabei, kupferne Pfannen mit einer Paste aus Seife und feinem Sand zu scheuern. Nebenbei achtete sie auf ein Suppenhuhn, das in einem Gemüsesud auf dem Herd köchelte.

Ulla freute sich, Fine zu sehen. Sie fragte, wie es ihr in der Schule ergehe und ob sie mit dem neuen Lehrer zurechtkomme. Im Dorf habe er sich ja schon recht beliebt gemacht.

Fine konnte nur bestätigen, welch gute Lehrkraft Herr Schneider sei. Sie und Ulla erinnerten sich gern an das eine Jahr, als sie gemeinsam die Klassenbank gedrückt hatten. Fine war damals im ersten und Ulla im letzten Schuljahr gewesen. Noch immer fiel ihnen manch lustige Begebenheit ein, und so saßen sie in der Küche des Oberlandhofes und kicherten.

Schließlich fasste Fine sich ein Herz, wurde ernst und kam zur entscheidenden Frage: »Sag, Ulla? Kanntest du eine Elisabeth Breidbach?« Mit großer Genauigkeit beobachtete sie Ullas Gesicht, und es kam ihr so vor, dass die Jungmagd erschrak. Aber Fine fragte gleich weiter: »War es die Tochter vom Köhlmattes und seiner Frau? Wir standen heute mit der ganzen Schulklasse an ihrem Grab, und niemand wusste etwas von ihr.«

Tatsächlich brauchte Ulla einen Moment, um zu begreifen, was Fine da wissen wollte. »Bist du deswegen hergekommen? Um mich das zu fragen?«

»So ist es«, erleichtert bemerkte Fine, dass die Jungmagd zwar überrascht, aber ohne Vorwurf war.

»Die Lisbeth meinst du also?« Ulla räusperte sich. »Ja, das war die Tochter von Köhlmattes und Köhlgretel. Aber wenn ihr etwas darüber wissen wollt, dann wendet euch doch lieber an die älteren Leute im Dorf. Ich war ja selbst noch ein Kind, als Lisbeth starb.«

Fine ließ nicht locker. »Ich habe ausgerechnet, dass ich damals vier Jahre alt war und der Basti erst zwei. Aber du warst schon neun. Da wirst du dich doch erinnern?«

Wieder zögerte Ulla mit der Antwort.

»Magst du nicht darüber sprechen?«, hakte Fine vorsichtig nach.

Ulla tat sich schwer, doch als sie in Fines bittende Augen blickte, ging sie auf die Fragen ein. »Im Dorf hat damals keiner offen darüber geredet. Nicht einmal in der Zeit, als fast täglich im Kölnischen Anzeiger darüber zu lesen war.«

»Es stand sogar in der Zeitung?!«

»Das schon. Aber trotzdem: Wenn die Sprache darauf kam, wirkten die Leute wie verschlossen. Viele haben gesagt, Lisbeth sei an einer Krankheit gestorben, weiter nichts.«

»Hatten die denn solche Angst vor der Wahrheit?«

»Sicherlich«, entgegnete Ulla. »Vermutlich schweigen sie deswegen noch immer. Weil alles so schlimm war und die Sache nie geklärt wurde.«

»Was war denn passiert?!«, fragte Fine in heller Aufregung.

»Ich will es dir erzählen.« Angestrengt atmete Ulla ein und gleich wieder aus. »Lisbeth war Magd auf dem Hof des Lohbauern, aber sie schlief jede Nacht im Haus ihrer Eltern. Und sie ist umgekommen. Von fremder Hand.«

»Du meinst, man hat sie ...?« Fine hielt sich die Hand vor den Mund, als müsste sie sich selbst verbieten, weiter zu sprechen. Tief im Inneren hatte sie es längst geahnt. Aber jetzt, wo Ulla das entsetzliche Ereignis in Worte fasste, durchliefen Schauer des Schreckens Fines junge Seele.

»Getötet«, ergänzte Ulla den Satz. »Richtig. Lisbeth wurde getötet. Du willst es ja unbedingt wissen, also sage ich es dir: Man hat ihr die Adern durchschnitten«, sie zeigte links und rechts auf den Hals. »Und daran ist sie verblutet.«

Dass Lebewesen verbluten konnten, hatte Fine schon bei einem Kaninchen aus dem Stall ihrer Eltern erfahren: Es war verblutet, nachdem es Junge geworfen hatte. Aber Lisbeth war – anders als das Kaninchen – keines natürlichen Todes gestorben. Was Ulla da erzählte, schien um so vieles entsetzlicher als alles, was Fine je gehört hatte. »Also hat jemand sie ermordet?!«

»Ja«, Ulla fiel das Reden nun offenbar leichter. Das Schlimmste war wohl schon ausgesprochen. »Jedenfalls wies nichts darauf hin, dass sie sich den Schnitt selbst zugefügt haben könnte.«

»Aber warum denn nur? Sie war doch noch so jung. Wer tut denn so etwas?«

»Sie hatte die Einnahmen vom Markttag bei sich, etwas mehr als einen Taler. Es kann sein, dass es Raubmord war, aber ganz sicher ist die Polizei da nicht.« Wie um sich abzulenken, trat Ulla an den Herd und rührte im Kochtopf.

Ein Duft von kräftiger Hühnersuppe breitete sich in der Küche aus. Fine war verwirrt. Dieser Geruch löste üblicherweise ein Gefühl von tiefer Behaglichkeit in ihr aus. Jetzt stand er in grobem Gegensatz zu den grauenvollen Dingen, die hier zur Sprache kamen.

»Die Polizei sucht wohl immer noch«, erzählte Ulla weiter. »Denn ein Mörder darf nicht ungestraft bleiben. Damals, als es geschah, gingen die Gendarmen durch sämtliche Häuser.«

»Also auch zu unseren Eltern?«

»Sicherlich. Zu euren Eltern genauso wie zu meinen. Aber überlege, wie klein du damals noch warst. Daran kannst du dich natürlich nicht mehr erinnern. Und eure Eltern haben euch sicherlich geschützt, damit ihr nichts davon erfahrt und euch keine Sorgen macht.«

»Aber wird die Polizei den Mörder denn noch finden? Gibt es jemanden, der verdächtig ist?«

Offenbar hatte Ulla mit diesen Fragen schon gerechnet, denn sie sah Fine beschwörend an. »Was ich dir jetzt erzähle, darüber darfst du mit niemandem reden. Versprichst du mir das, Fine? Auch nicht mit der Schwarzen Marjann, und erst recht nicht mit dem Köhlmattes und seiner Frau, deren Tochter die Lisbeth ja war.«

Fine nickte, und zur Bestätigung ihres Versprechens schlug sie ihre Hand in die flach dargebotene Hand der Magd ein.

»Es gab zwei Verdächtige«, fuhr Ulla fort. »Und einer davon war Johannes Kürten.«

»Aber das ist doch Hannes!« Fine schreckt auf. »Der Sohn von der Schwarzen Marjann!«

»Genau der. Er hatte kurz zuvor das Dorf verlassen und es niemandem angekündigt. Von heute auf morgen war er nicht mehr da, ohne jedes Adieu.«

»Aber er ist ja nach Amerika gegangen«, sagte Fine. »Die Schwarze Marjann erzählt doch immer davon.«

»Genau darum geht es ja. Dass Hannes nach Amerika ausgewandert war, konnten die Leute im Dorf nicht recht glauben. Denn schließlich hatte sein Vater Berthold ja damals eine Postkutsche überfallen. Und da lag es nahe zu glauben, dass auch der Sohn sich eines Verbrechens schuldig macht.«

Fine fühlte sich nicht wohl dabei, Marjanns gehenkten Mann in Schutz zu nehmen. Doch es schien ihr ungerecht, wegen eines Raubes, den der Vater begangen hatte, nun seinem Sohn Hannes einen Mord anzuhängen. Also sagte sie: »Das mit der Postkutsche war ein Überfall, aber kein Mord, dies weiß ich von Marjann. Und ihr Mann hat doch auch nur deswegen den Überfall begangen, weil seine ganze Familie hungern musste. Selbst wenn Berthold ein Verbrecher war, heißt das doch nicht, dass auch sein Sohn einer ist. Und schon gar kein Mörder.«

Ulla zuckte mit den Schultern. »Trotzdem war es wohl nicht recht glaubhaft, dass Hannes so plötzlich und ohne Abschied nach Amerika gegangen sein sollte. Viele Leute hier sind zur selben Zeit ausgewandert. Aber keiner von denen hat Hannes je in den Vereinigten Staaten gesehen. Zumindest weiß niemand etwas über ihn.«

»Aber Marjann hat mir doch seine Briefe gezeigt«, erwiderte Fine. »Ich habe sie alle gelesen. Hannes arbeitet im Hafen. In einer Stadt, die Portland heißt und am Ozean liegt, das weiß ich von einer Landkarte.«

»Dazu kann ich nichts sagen. In Portland ist wohl keiner gewesen von den anderen Leuten, die aus unserer Gegend nach Amerika gegangen sind. Aber es fällt schon auf, dass Hannes sich bei keinem von denen gemeldet hat. Denn die meisten Auswanderer halten miteinander Verbindung in dem fremden Land.«

»Hannes lügt doch wohl nicht in seinen Briefen?« Fine hielt den Atem an.

»Wir wissen zu wenig«, meinte Ulla beschwichtigend. »Darum dürfen wir niemandem unrecht tun, weder Hannes noch Marjann. Amerika ist groß. Und wenn ein Auswanderer von anderen Auswanderern aus demselben Heimatdorf im neuen Land nicht mehr gesehen wird, dann muss das noch nichts bedeuten.«

Fine nickte verständig und wollte gleich darauf wissen: »Wer war denn der zweite Verdächtige?«

»Das war der Lohbauer.«

»Der Lohbauer?«, rief Fine fassungslos. »Aber der begeht doch keinen Mord! Schon gar nicht für einen Taler!«

Sie und Basti kannten den Großbauern mit seinem großen Gehöft in Freilingen. Er war noch reicher als der Oberlandbauer und trieb in der Gegend regen Handel. Von den Leuten wurde er wegen seines wirtschaftlichen Geschickes gerühmt. Gleichzeitig fürchteten manche ihn. Denn er war streng gegen sein Gesinde, aber auch gegen sich selbst, wenn es um ertragreiche Arbeit ging.

Ulla zog die Stirn hoch, als hätte sie einen Gedanken, den sie vor Fine nicht äußern wollte. »Zumindest gehört der Lohbauer zu den Letzten, die Lisbeth lebendig gesehen haben«, erwiderte Ulla. »Er hat morgens zusammen mit seiner Altmagd und Lisbeth eine Fuhre Gänse zum Markt nach Blankenheim gebracht und ist gleich darauf wieder zu seinem Hof nach Freilingen zurückgefahren. Die beiden Frauen sollten dann abends mit dem Erlös zurückkehren.«

»Also war Lisbeth doch die ganze Zeit mit der Altmagd zusammen?«, wunderte Fine sich.

»Eben nicht. Das ist es ja gerade. Die Altmagd hatte mit dem Lohbauern abgesprochen, dass sie nach dem Markt noch ihre Schwägerin in Blankenheim besuchen durfte. Sie wollte erst später auf den Hof nach Freilingen zurückkommen. Darum haben die beiden sich getrennt. Lisbeth ist nach Marktschluss allein mit dem Geld losgegangen … und da muss es wohl passiert sein.«

»Wo war das genau?«

»Am Dorfrand bei den Schneebeer-Büschen, nicht weit von der Fahrstraße.«

Ulla sah, wie Fines Gesicht rot geworden war von der Aufregung. Sie reichte ihr einen Becher mit Wasser, den Fine dankbar annahm.

»Vermutlich hat man sie auf dem Weg überfallen und dann in den Wald gezerrt«, fuhr Ulla fort. »Ihre Eltern haben sie am anderen Morgen gefunden und gleich die Gendarmerie alarmiert. Den Erlös vom Gänseverkauf hatte Lisbeth nicht mehr bei sich.«

»Aber wenn man sie beraubt hat, kann es doch nicht der Lohbauer gewesen sein«, folgerte Fine. »Dann hätte der ja sein eigenes Geld gestohlen. Das gibt schließlich keinen Sinn.«

»Da magst du schon recht haben. Aber es könnte ja auch sein, dass das fehlende Geld nur einen Zweck hatte; die Tat wie einen Raubmord aussehen zu lassen und so die Gendarmerie auf eine falsche Fährte zu locken. Möglicherweise war der Mörder an dem Geld gar nicht interessiert. Der Lohbauer geriet auch deshalb in Verdacht, weil er ja wusste, dass Lisbeth diese Straße gehen würde. Und als es passierte, war er nicht auf seinem Hof.«

»Wo denn dann?«

»Er selbst hat gesagt, dass er beim Ravenzacher gewesen sei. Da wollte er etwas wegen der Heirat seines Sohnes besprechen. Der Ravenzacher hatte im Auftrag des Lohbauern Erkundigungen nach der Mitgift der Braut eingeholt. Aber niemand im Dorf konnte sich daran erinnern, den

Wagen des Lohbauern in der Nähe vom Haus des Ravenzachers gesehen zu haben.«

»Also ist es nicht sicher, ob er dort war?«

»Zumindest gibt es dafür keine weiteren Zeugen. Doch der Ravenzacher schwört beim Allmächtigen, dass der Lohbauer zum fraglichen Zeitpunkt bei ihm war.«

Fine nickte verständig. »Aber weil er gute Geschäfte mit dem Lohbauern gemacht hat, darum könnte es sein, dass der Ravenzacher gelogen hat, um den Lohbauern zu schützen?«

»Genau so«, bekräftigte Ulla. »Das haben die Gendarmen auch überlegt, doch sie konnten es nie beweisen.«

Fine schwieg einen Moment, die Neuigkeiten wühlten sie auf. Die Jungmagd legte ihr tröstend eine Hand auf die Schulter.

Nachdem sie einen Schluck getrunken hatte, fragte Fine ängstlich: »Was meinst du, Ulla? Ist der Lohbauer denn nun eigentlich gefährlich? Wenn er tatsächlich eine junge Frau getötet haben sollte, dann könnte er das doch auch wieder tun?«

»Ach, Fine«, Ulla lächelte dem Mädchen zu. »Da mach dir doch bitte keine Sorgen. Ich glaube nicht, dass er es überhaupt getan hat. Der Lohbauer ein Mörder? Das kann ich mir so gar nicht ausmalen. Er ist ja des Öfteren zu Gast hier beim Oberlandbauern, und manchmal bediene ich die beiden mit Speis und Trank. Dabei ist der Lohbauer immer freundlich zu mir und gar nicht aufdringlich. Ich kann mir nicht vorstellen, dass er überhaupt imstande wäre, etwas derart Grausiges zu tun.«

Fine nickte, obwohl ihr gerade eine andere Vorstellung in den Sinn kam, die sie noch mehr ängstigte: »Denkst du, dass es doch Hannes gewesen sein könnte? Ich war damals ja noch ganz klein und kann mich an ihn nicht erinnern. Aber nach allem, was ich über ihn erfahren habe, kann er doch wohl kein Mörder sein.«

»Ich weiß es nicht«, sagte Ulla entschieden. »Niemand weiß es. Nicht einmal die Polizei. Und darum solltest du dir auch nicht so schlimme Gedanken machen. Die Sache liegt doch schon acht Jahre zurück, und seitdem ist niemals mehr dergleichen passiert. Ich glaube eher, es war jemand, der gar nicht aus dem Dorf stammt. Genau das vermutet die Polizei nämlich auch. Ein Fremder könnte Lisbeth auf dem Markt beobachtet haben. Ihr dann aufzulauern und sie auf dem Weg zu überfallen, das war sicher leicht. Ein Reisender mag es gewesen sein oder jemand, der zum fahrenden Volk gehört. Denk nicht weiter darüber nach, Fine. Sprich mit niemandem darüber und freue dich deines Lebens. Der Ernst und die Arbeit kommen noch früh genug.«

»Das werde ich tun«, versicherte Fine. »Und danke für das Wasser.«

Herzlich verabschiedete sie sich von Ulla und ging ins Dorf zurück. Aber so ganz hielt sie sich an die Vereinbarung doch nicht. Basti, der ja von ihrem Gespräch mit Ulla wusste, wartete in der Nähe von Marjanns Haus auf seine Schwester. Dass sie ihm gegenüber das Versprechen brach, empfand sie nicht als ungerecht gegenüber Ulla. Schließlich wäre Basti ja gern bei der Unterredung dabei gewesen, auch in seinem Sinne hatte Fine mit Ulla geredet. Darum weihte Fine ihren Bruder ein und mahnte ihn, alles vertraulich zu behandeln, so als hätte er es selbst Ulla versprochen.

Basti nahm die Neuigkeiten viel gefasster, als Fine es erwartet hatte. »So etwas habe ich mir schon gedacht«, meinte er. »Denn es muss ja gewichtige Gründe geben, dass alle im Dorf darüber schweigen. Und ich denke, Ulla hat recht in dem, was sie sagt: Die Sache ist lange her, und wenn die Polizei so lange gesucht und den Mörder nicht gefunden hat, dann war es doch am ehesten ein Raubmord durch einen Fremden.«

»So ist es sicherlich«, meinte Fine.

Aber die Gewissheit, die sie in ihre Stimme legte, fand sich nicht in ihrer Seele wieder. Vielmehr war sie erleichtert darüber, dass Basti durch die Sache nicht allzu belastet wirkte. Da wollte sie ihn nicht mit ihren eigenen Zweifeln verstören.

In den folgenden Tagen achteten sie darauf, ob einer der Schulkameraden noch einmal die Rede auf das Grab der jungen Lisbeth bringen würde. Doch so, wie vor dem Friedhofsbesuch keins der Kinder die Tochter vom Köhlmattes gekannt hatte, schien sie auch jetzt wieder nicht weiter interessant zu sein. Fine und Basti behielten ihr Wissen für sich.

Immer, wenn Marjann voll des Lobs über ihren Hannes in Amerika sprach, stimmte Fine zu. Mit keinem Wort erwähnte sie, dass Hannes nur einige Tage vor Lisbeths Tod aus dem Dorf verschwunden war, weswegen die Gendarmerie ihn als Mörder verdächtigt hatte. Trotzdem dachte sie oft voller Schrecken an die Sache. Die Vorstellung, mit der Mutter eines Mörders unter einem Dach zu leben, erschien Fine unfassbar. Darum redete sie sich lieber ein, dass der Verdacht unbegründet war. Nach wie vor erzählte Marjann voller Stolz über ihn, und Fine wollte die Liebe der alten Frau zu ihrem Sohn keinesfalls antasten.

So vergingen die Monate; im nächsten Frühjahr sollte Fine ihre Schulzeit beenden, denn ihr dreizehnter Geburtstag stand bevor.

Die Entscheidung

Der Winter war mild und tief grau, nur selten drang eine fahle Sonne ins Tal. In den langen Nächten, wenn Fine spinnend bei Marjann saß und die beiden nichts hörten als manchmal das verschlafene Glucksen der Hühner und das Meckern der Ziege, kam es ihr so vor, als würde etwas in ihr reifen, das sie selbst noch nicht verstand. Marjann erzählte ihr immer wieder Geschichten aus dem Leben mit ihren vier Kindern, von denen nur Hannes überlebte. Ab und an kam es Fine dann so vor, als hätte sie schon immer hier bei Marjann gelebt. Doch sobald Fine sich dieser Gefühle bewusst wurde, schalt sie sich selbst, und eine Schuld überkam sie, denn sie durfte die Erinnerungen an ihre wirklichen Eltern nicht vergessen.

Im März brach innerhalb weniger Tage der Lenz hervor. Nicht nur die Pflanzen, so kam es Fine vor, sondern auch ihr eigenes Gemüt wurde überschwemmt von neuen Regungen. Noch nie hatte sie die Veränderungen in ihrer Umgebung als so überwältigend empfunden. Ihr war, als wenn die ganze Welt sich auftäte vom Frühling. Fine hätte die tausend Stimmen der Natur, die sie umflossen, das tausendfältige Knospen und Gedeihen am liebsten für immer festgehalten. Sie mühte sich, all die Eindrücke in sich aufzunehmen. Und doch fühlte sie sich eher hilflos mitgerissen von dem, was überall sang und spross.

Kurz vor Ostern kam ihr letzter Schultag, der mit einer Heiligen Messe und einer anschließenden Feststunde im Schulgebäude begangen werden sollte. Schon früh am Morgen legten Fine und Marjann ihre Sonntagskleider an.

Für den heutigen Tag hatte Fine sich statt des üblichen Zopfes eine besondere Frisur gewünscht. Marjann tat ihr gern den Gefallen. Sie flocht Fines Haar zu zwei Zöpfen und legte den einen von rechts nach links, den anderen von links nach rechts über den Vorderkopf. Mit metallenen Klemmen steckte sie die Zopfenden am Nacken fest.

»Es sieht aus wie ein Diadem, das Königinnen tragen«, lachte Marjann auf. »Ein Schmuck aus Haaren!«

Fine dankte der alten Frau für die Mühe und ging in die Schlafkammer. Dort schaute sie in einen kleinen Spiegel und war zufrieden mit dem, was sie sah. Doch während sie sich so betrachtete, fiel ihr auf, dass sich an ihrem Hals rötliche Flecken gebildet hatten.

Marjann, die ihr von der Küche in die Kammer gefolgt war, beruhigte sie. »Das vergeht. Es ist nur die Hitze der Aufregung.«

Fine nickte. »Aufgeregt bin ich wahrlich. Und ich werde es wohl auch bleiben. So lange, bis der Vormund mir seine Zustimmung gegeben hat.«

»Also willst du bei deiner Entscheidung bleiben?«

»Sicher. Ich werde ihm alles so sagen, wie wir es besprochen haben. Falls er sich nicht darauf einlässt, werde ich eine Eingabe beim Gemeinderat machen. Denn schließlich will ich ab heute kein Kostgeld mehr haben. Und solange ich ein rechtschaffenes Leben führe und den Steuergebern nicht auf der Tasche liege, sollte es dem Vormund gleich sein, von welcher Arbeit ich mich nähre.«

»Ich wünsche dir alles Glück der Welt, mein Mädchen«, Marjann küsste sie auf beide Wangen.

»Danke, Tante«, sagte Fine aufrichtig. »Ihr selbst habt mich ja gelehrt, mich nicht entmutigen zu lassen. Schließlich sagt Ihr immer: Wer nicht will, dass ihm die Hände frieren, der muss eine Faust machen. Und Ihr sagt auch: Das mit der Faust gilt im körperlichen Sinne wie im geistigen. Und so will ich es heute tun. Eine Faust machen und klar sagen, was ich für mein Leben anstrebe.«

»Kind, Kind. Wenn du dich nur nicht übernimmst in deinem Überschwang.« Marjann seufzte, aber es lag doch eine große Anerkennung in ihrer Stimme. »Denn da ist ja noch etwas, was ich oft denke: Auch in dir steckt die Seele einer Eigenbrötlerin. Und auch wenn es später so sein sollte, dass du einen Mann hast und Kinder und dein Brot nicht allein bäckst: Du hast deinen eigenen Kopf, und von dem bringt dich nichts ab.« Sie überprüfte noch einmal die Klammern in Fines Haar und strich ihr aufmunternd die Stirn.

Die beiden warfen ihre sonntäglichen Wolltücher über die Schultern und machten sich zur Kirche auf. An der Friedhofshofmauer entlang gingen sie auf das Portal der Kirche zu.

Wie es schien, wurde Fine mit jedem Schritt aufgeregter, und Marjann sprach ihr gut zu. »Es ist doch ein Glück, dass du die Schule besuchen durftest. Da hast du wirklich viel mitgenommen, was dir im Leben nützen wird. Wenn ich an meine Zeit denke: Selbst als ich schon eine junge Ehefrau war, konnte ich weder lesen noch schreiben. Beides habe ich ja erst gemeinsam mit meinen Kindern gelernt. Die haben es mir beigebracht, wie sie in die Schule kamen.«

Fine nickte und drückte dankbar die Hand der alten Frau.

Sie betraten die Kirche, doch bevor sie in den Bänken Platz nahmen, begrüßten sie den Oberlandbauern. Er nahm nicht nur als Fines Vormund, sondern auch als Mitglied des Gemeinderates an den Feierlichkeiten teil. Wie er dort in der Kirche stand, mit schwarzem Anzug und einer goldenen Uhrkette über der Weste, da wurde Fine noch ängstlicher zumute. Marjann bemerkte wohl, dass Fine kaum in der Lage war, der Predigt des Vikars zu folgen. Die aufbauenden Worte des Gemeindehirten konnten Fine nicht über ihre Aufregung hinweghelfen. Und auch die liebevollen Blicke der Quartiersmutter vermochten nicht, das Mädchen zu beruhigen. Doch was getan werden musste, das musste nun einmal getan werden. So hatten es Fine und Marjann oft genug besprochen.

Nach der Messe gingen die Festteilnehmer die wenigen Schritte hinüber zum Schulgebäude. Dort hielt der Oberlandbauer eine Rede für die Kinder des Dorfes, die an diesem Tag die sechste Klasse beendeten. Auch Fines Freundin Bärbel gehörte dazu, neben einem weiteren Mädchen und zwei Knaben. Der Oberlandbauer lobte die fünf Absolventen und sprach ihnen die besten Wünsche für ihr Arbeitsleben aus. Denn keines der Kinder konnte sich, trotz manch guter Begabung, den Besuch des Gymnasiums in Köln oder Bonn leisten.

Zum Ende der Feierstunde kam dann der große Augenblick, vor dem Fine so gebangt hatte. Bevor es soweit war, drückte Marjann ihre Pflegetochter an sich und küsste ihr beide Wangen. »Du schaffst das schon, mein Mädchen. Sei zuversichtlich und vertraue auf deine Eltern. Sie sind im Geiste bei dir und werden dir helfen.«

Mit allem Mut, den sie in ihrer jungen Seele aufbringen konnte, wandte Fine sich an ihren Vormund und bat um eine Unterredung unter vier Augen.

»Was ist denn noch?«, entgegnete er ungehalten. »Ich muss mich um meinen Hof kümmern, und es ist ja alles besprochen.«

»Ich bitte Euch inständig, Herr.« Fine bemerkte ihre zitternde Stimme, doch sie sprach weiter. »Tut mir den Gefallen und lasst mich Euch etwas erklären.«

Der Oberlandbauer schaute sich nach rechts und links um, er und Fine standen allein auf dem Flur. Die anderen Schulabgänger mit ihren Angehörigen waren schon gegangen. Und die übrigen Kinder hatte der Lehrer in den Klassenraum gerufen, um an diesem Vormittag noch zwei Stunden Unterricht abzuhalten.

»So sprich, Kind«, drängte der Bauer. »Hier kann uns niemand hören, und ich habe es eilig. Mein Großknecht wartet auf Anweisungen für ein neues Stallgebäude.«

»Nein, nicht hier«, in aller Aufrichtigkeit sah Fine ihren Vormund an. »Bitte lasst uns ans Grab meiner Eltern gehen. Denn mir ist, als sollten sie Zeugen werden von dem, was ich Euch sagen möchte. Und es wird sicher nicht lange dauern.«

»Nun gut«, entgegnete der Oberlandbauer mit kaum unterdrücktem Unmut. »Weil heute ein besonderer Tag für dich ist.«

Er ging mit Fine den kurzen Weg vom Schulhaus zum Kirchhof. Dort setzten sie sich auf eine Bank, gleich beim Grab ihrer Eltern.

Sie rang nach den richtigen Worten, da setzte ihr Vormund schon an: »Ich erwarte dich morgen auf meinem Hof, Josefine. Du wirst bei mir als Jungmagd beginnen, genau wie wir es vereinbart haben. Die Gemeinde zahlt nun kein Kostgeld mehr für dich, und du musst für dein Auskommen arbeiten.«

»Genau darum geht es«, antwortete Fine stockend, doch während sie den Blick auf das Grab ihrer Eltern heftete, überkam sie eine tiefe Sicherheit. »Herr Vormund«, brachte sie nun klar hervor. »Ich kenne meine Pflichten, und ganz sicher will ich der Gemeinde nicht mehr auf der Tasche liegen.« Sie holte tief Luft und sprach die entscheidenden Worte: »Aber auf Euren Hof werde ich auch nicht kommen.«

Mit Schrecken sah sie, wie sich tiefe Zornesfalten in die Stirn des Oberlandbauern legten. »Was dann?!«, rief er laut aus, fassungslos über das Ansinnen des Mädchens, das nicht einmal sein dreizehntes Jahr vollendet hatte und sich dennoch erdreistete, derartig fordernd aufzutreten.

Doch Fine ließ sich nicht beirren. »Ich will im Haus der Schwarzen Marjann wohnen bleiben«, sagte sie nun mit klarer Stimme, »und ihr bei der täglichen Arbeit helfen. Es gibt im Dorf genug zu tun, um uns beide zu nähren. Wir brauchen nicht viel, und die Tante Marjann ist damit einverstanden, dass ich weiter bei ihr lebe.«

Wie sie schon erwartet hatte, verärgerten ihre Worte den Oberlandbauer sehr. »Immer nur Marjann, Marjann!«, rief er wütend aus. »Ich will dir sagen, was sie ist, deine Schwarze Marjann: Eine alte Vettel ist sie! Eine Eigenbrötlerin! Und es wäre wohl besser gewesen, ich hätte dich nie bei ihr wohnen lassen, wenn sie dir solch törichte Gespinste ins Hirn setzt.«

»Sie mag ja eine Eigenbrötlerin sein«, erwiderte Fine ruhig. »Aber zuallererst ist sie eine Tagelöhnerin, und zwar eine sehr fleißige. So wie meine Mutter es eben auch war«, mit ausgestrecktem Arm wies Fine zum Grab ihrer Eltern. »Und nun will auch ich eine rechtschaffene Tagelöhnerin werden und der Schwarzen Marjann als meiner guten Quartiersmutter zur Hand gehen.«

Offensichtlich begriff der Oberlandbauer in diesem Augenblick, warum es Fine so wichtig gewesen war, im Angesicht des Elterngrabes mit ihm zu sprechen: Sie erhoffte sich, dass er sich hier ihrem Eigensinn schlechter widersetzen konnte.

Aber noch war sein Grimm über ihre unbotmäßige Forderung nicht verflogen. »Meinetwegen kannst du bei Marjann wohnen bleiben«, entgegnete er. »Statt deiner werde ich dann Bärbel als Jungmagd einstellen, denn darum hat ihre Mutter mich ohnehin schon gebeten.«

»Danke, Herr Vormund«, Fine wollte schon aufspringen vor Erleichterung.

Doch der Oberlandbauer hielt sie zurück und schalt sie: »Warte ab, was ich dir zu sagen habe, ich bin noch nicht fertig: Du kannst Marjann helfen, so viel du magst. Aber nicht tagsüber. Da wirst du einer anderen Beschäftigung nachgehen. Denn wenn du schon nicht als Magd bei mir arbeiten willst, obwohl ich mich als Vormund unentgeltlich für dich einsetze, so befehle ich dir: Gib wenigstens der Gemeinde etwas zurück von dem Kostgeld, das sie in dein Überleben gesteckt hat.«

Fine wusste, das sie keinesfalls noch mehr fordern konnte. Sie war dankbar, bei Marjann wohnen zu bleiben zu. In alles andere musste sie sich nun fügen.

»Was soll ich also tun?«, fragte sie höflich. »Ich scheue mich vor nichts.«

Vermutlich weil sie einlenkte, wurde der Oberlandbauer um einiges freundlicher. »Freilich, Kind. Du musst dich vor nichts scheuen als vorm Betteln. Aber eigentlich solltest du selbst wissen, welche Arbeit im Dorf dringend zu übernehmen ist. Hast du denn nicht gehört, dass der närrische Fridolin im letzten Herbst zwei Gänse totgeschlagen hat, die er hüten sollte?«

»Doch.« Fine nickte.

Der Vorfall war ihr zu Ohren gekommen. Üblicherweise wurde das Gänsehüten von einem Kind übernommen, das geistig zurückgeblieben war. Und manchmal kam es dann eben vor, dass ein solches Kind die Tiere quälte oder gar tötete.

»Der Gänsedienst ist für diesen Sommer also leer«, fuhr der Oberlandbauer fort, »und ich rate dir, nimm ihn an.«

»Das werde ich tun, so wahr mit Gott helfe«, entgegnete Fine aufrichtig. »Ihr könnt euch auf mich verlassen. Sagt mir nur, wann ich damit beginnen soll, und ich werde zur Stelle sein.«

»Es ist dir ernst, Kind. Das vermag ich zu schätzen. Aber wisse wohl: Wenn du eines Tages einen Mann suchst, der dich und eure Kinder ernähren kann, dann wird so einer wohl lieber die Jungmagd eines großen Hofs wählen als eine Gänsehirtin.«

»Das stört mich nicht. Denn ich werde ja nicht nur Gänsehirtin sein. Im Sommer sind die Gänse nachts im Pferch neben der Wiese. Und im Winter sind jene, die nicht zum Martinstag geschlachtet wurden, in den Ställen bei den Häusern. Demnach bleibt mir noch genügend Zeit, Marjann bei ihrer Arbeit zu helfen. Also bin ich nicht nur Gänsehirtin, sondern auch Tagelöhnerin. Das sollte ein junger Mann doch anerkennen.«

Nun musste der Oberlandbauer schmunzeln, so sehr beeindruckte ihn der Ernst des Mädchens. »Dann halte dich bereit, die ersten Küken schlüpfen bald. In spätestens zwei Wochen sollte ihre Zeit auf unseren Hollerwiesen wohl anfangen. Solange hilfst du der Schwarzen Marjann, aber wenn die ersten Tiere beringt sind, beginnst du deinen Dienst.«

»Das will ich gern tun.« Fine hielt ihrem Vormund zum Dank die Hand hin.

Er schlug lächelnd ein und machte sich auf, zurück zu seinem Hof.

So sehr Fine sich auch freute, überkam sie doch ein Unbehagen. Wären ihre Eltern stolz auf sie gewesen? Hätten sie erlaubt, dass ihre Tochter Tagelöhnerin wurde, statt auf dem Hof des Vormunds zu arbeiten? Hätten sie es gutgeheißen, dass Fine als Preis für ihren Eigensinn sogar den niedrigen Dienst einer Gänsemagd übernahm?

Sie blieb noch einige Zeit am Grab sitzen. Mehr und mehr kam sie zu der Überzeugung, richtig gehandelt zu haben:

Vater und Mutter hatten ihr einmal gesagt, dass Fine überall da, wo sie frei entscheiden konnte, ihrem Herzen folgen sollte.

Und während sie so saß und in sich fühlte, gedachte sie auch der jungen Lisbeth. Auf der anderen Seite des Kirchhofs hatte dieses junge Mädchen die letzte Ruhe gefunden – nach der grausigen Tat eines Mörders.

Die Kammer

Je näher es auf das Osterfest zuging, umso mehr mühte sich die Sonne, hell und warm zu strahlen. Selbst die Nächte gaben sich schon lau und windstill, dabei zeigte der Kalender erst Mitte April.

Am Karsamstag, spät in der Nacht, brachen Fine und Marjann zur Dorfkirche auf. Wie jedes Jahr gestaltete der Vikar die Ostermesse besonders feierlich. Über viele Stunden zog sich der Gottesdienst hin. Predigten, Gebete und Gesänge, aber auch Zeiten des andächtigen Schweigens wechselten sich ab. Zu der Stunde, wo die Biblische Geschichte von der Auferstehung des Herrn kündet, ging ein Ruf der hoffnungsvollen Erlösung durch die Gemeinde. Bald darauf drang eine reiche Morgensonne in den Altarraum, und die Menschen beendeten ihre Feier in stiller Glückseligkeit. Erfüllt von Freude kehrten das Mädchen und die alte Frau in Marjanns Haus zurück, das für Fine im Laufe der Zeit zu einem herzenswarmen Heim geworden war.

Sie frühstückten Eier, die Fine zuvor in einem Sud von Zwiebelschalen, einem weiteren von Roter Rübe und einem dritten von Spinatblättern bunt gefärbt hatte. Nach dem Mahl deckte sie den Tisch ab und war gerade dabei, die übrig gebliebenen Eier in die Speisekammer zu tragen, da kam Marjann mit geheimnisvoller Miene auf sie zu.

»Nun habe ich eine Überraschung für dich. Es ist mein Geschenk zu den Ostertagen, aber auch zum Ende deiner Schulzeit.«

Fine staunte, denn nichts hatte darauf hingewiesen, dass Marjann eine Besonderheit plante.

»Du musst suchen.« Die alte Frau lachte. »Schließlich ist Ostern, da muss man sich schon ein wenig mühen, um sein Geschenk zu finden.«

»Gut, Tante«, erwiderte Fine belustigt. »Aber dann sagt mir wenigstens ›Heiß!‹ oder ›Kalt!‹, damit ich nicht zu sehr umherirren muss.«

»Das werde ich nicht tun. Im Gegenteil: Ich will es dir recht schwer machen.« Mit einem Kichern, als wäre sie selbst noch ein junges Mädchen, zog Marjann hinter dem Rücken ein Tuch hervor. Noch bevor Fine etwas entgegnen konnte, verband die alte Frau ihr die Augen und drehte sie einige Male um die eigene Achse. Fine wurde schwindlig, und fast wäre sie gefallen, doch Marjann nahm sie bei der Hand und schob sie sanft aus der Hintertür des kleinen Hauses hinaus in den Garten. Natürlich wusste Fine, dass es der Hauptweg zwischen den Gemüsebeeten war, über den Marjann sie leitete. Je weiter sie gingen, umso weniger konnte Fine sich denken, was ihre Quartiersmutter im Schilde führte. Schließlich verließen sie den Hauptweg im Garten und wandten sich nach links.

Lachend blieb Marjann stehen und fasste ihre Pflegetochter am Arm. »Nun taste dich noch ein Stück heran, dann fühlst du schon bald die Überraschung.«

Fine streckte behutsam ihren Arm aus. Was sie fühlte, war nichts als verwittertes Holz, und sie wusste sogleich, wozu diese Balken gehörten.

»Das ist doch der Schuppen!«

»Richtig!«, rief Marjann ausgelassen.

»Und den wollt Ihr mir schenken, Tante? Etwa auch die Hacke und den Spaten darin? Damit ich von nun an den ganzen Tag lang mit den Geräten den Garten beackere? Und Ihr selbst sitzt nur noch in der warmen Küche und krault den Katzen das Fell?«

»So soll es sein, Kind.«

Mit einem Jauchzer zog Marjann die Tür des Geräteschuppens auf und führte Fine hinein. Erst jetzt, als die beiden mitten im Raum standen, durfte Fine das Tuch von den Augen nehmen.

Selbstredend kannte Fine den Schuppen. Sie war oft hier gewesen, um Marjann bei unterschiedlichen Arbeiten zur Hand zu gehen. Er bestand aus zwei Räumen, die mit einer schmalen Tür verbunden waren. In beiden Teilen bewahrte Marjann allerlei Gerätschaft auf, die sie für Hof und Garten brauchte.

Als die alte Frau ihr nun das Tuch abband, erwartete Fine, von Hammer, Säge und Sense umgeben zu sein. Doch weit gefehlt: Staunend sah sie sich um und erkannte in dem winzigen Raum eine behagliche Schlafkammer. Ein Bett, größer als das Kinderbett aus Fines Elternhaus, stand an einer Wandseite, daneben ein Nachtkasten, ein Schrank und vor dem Fenster ein Stuhl. Etwa zwei mal drei Meter maß die Kammer, sie war einfach gehalten mit einem Boden aus festgeklopftem Lehm, die Möbel waren alt und von schlichtem Buchenholz. Mit blauem Bettzeug und gleichfarbigen Vorhängen hatte Marjann alles so liebevoll gestaltet, dass es einen Freudenhüpfer in Fines Seele tat. Sogar ein Strauß von Weidenkätzchen prangte auf dem Nachtschrank.

Auch Marjann strahlte. »Hier sollst du nun schlafen. Zwar bloß in der warmen Jahreszeit, denn es gibt ja keinen Ofen. Für Frühjahr und Herbst bekommst du ein dickes Federkissen. Nur im Winter wirst du wieder zu mir ins Haus ziehen müssen.«

»Wie wunderschön, Tante! Tausend Dank!«, jubelnd schlang Fine die Arme um ihre Ziehmutter und hätte sie am liebsten herumgewirbelt vor Freude.

Marjann, die inzwischen in der Mitte ihres siebten Lebensjahrzehnts stand, war nicht mehr zu haben für solchen Überschwang. Dennoch ließ sie keinen Zweifel daran, wie sie sich mit freute. »Du bist nicht der erste junge Mensch, der sich hier einrichtet«, erklärte sie. »Auch mein Hannes hat hier die letzten Jahre genächtigt. Bevor er nach Amerika gegangen ist.«

»Von seiner Kammer hier habt Ihr mir nie erzählt, Tante«, wunderte Fine sich. »Ich dachte immer, Hannes hatte sein Bett auf der Ofenbank.«

»Im Winter schon. Aber im Sommer hat er hier im Schuppen geschlafen. Es ist gut, wenn ein junger Mensch für sich allein sein kann und nicht immer nur bei seiner alten Mutter hockt.«

Fine machte ein paar Tanzschritte durch den Raum und konnte es kaum fassen, wie wunderbar Marjann alles gestaltet hatte. »Davon habe ich ja gar nichts mitbekommen. Wann habt Ihr die Kammer denn eingerichtet?«

»Immer, wenn du in der Schule warst«, Marjann lächelte spitzbübisch. »Die Ravenzacherin hat mir geholfen. Und du bist während dieser Zeit so oft durch den Garten gegangen und hast den Umbau nicht erkannt, weil wir äußerlich nichts verändert haben. Sogar die Spinnweben vor dem Fenster haben wir gelassen. Die habe ich erst letzten Abend entfernt, als du schon eingeschlafen warst.«

Fine schüttelte den Kopf vor Verwunderung. »Aber hier war doch alles voll gestellt. Wo sind denn die ganzen Werkzeuge hin?«

»Nebenan und im Keller. Die Möbel standen übrigens die ganze Zeit hier. Aber das Meiste war zu Brettern zerlegt und übereinander gestapelt. Du konntest gar nicht erkennen, welch schöne Dinge hier versteckt waren. Den Schrank und das Bett hat noch mein Berthold geschreinert. Gott hab ihn selig.«

Vor Rührung begann Marjann zu weinen, und auch bei Fine flossen einige Tränen, so glücklich und dankbar war sie. Gern hätte sie sofort den Schrank mit ihren Sachen eingeräumt, aber sie wollte den Abschied aus der gemeinsamen Schlafkammer nicht überstürzen. Darum nächtigte sie ein letztes Mal vor Beginn des Sommers in ihrem alten Bett neben Marjann.

Die Gänse

Kaum war das Osterfest in seinem Sonnenglanz vorüber, da änderte der Frühling sein Gesicht. Es folgten zwei nasskalte Wochen. Die schon blühenden Bäume standen wie frierende Fremdlinge auf den Wiesen, deren Gräser morgens Raureif trugen. Tagelang ließ sich die Sonne kaum blicken, und ein Frösteln ging durch die Natur. Nur ab und zu durchbrach ein Aufzucken des Windes diese Starre, dann litten die Bäume, denn jede Böe trug Blüten davon.

Wegen des Wetters blieb Fine noch ein Aufschub bis zu ihrem Gänsedienst. Sie nutzte die freien Tage, um sich ihr neues Zimmer behaglich zu machen.

Auf ihr kleines Reich im Schuppen war sie stolz. Nur wenige Mädchen im Dorf hatten eine eigene Schlafkammer. In der Tat kam es Fine sehr gelegen, wenigstens im Sommer nicht mehr neben Marjann schlafen zu müssen. Denn die alte Frau schnarchte zunehmend heftig, sogar dann, wenn sie mit dem Oberkörper auf einem Berg von Kissen lag.

Nach und nach brachte Fine ihre Wäsche und Kleider von Marjanns Haus in die neue Kammer – dabei musste sie unentwegt an Hannes denken.

Das vertrauliche Gespräch mit Ulla über seine Auswanderung lag nun schon ein halbes Jahr zurück. Seitdem hatte Fine oft überlegt, wie das alles zusammenpassen mochte. Konnte es wirklich sein, dass er Lisbeth ermordet hatte und danach verschwunden war?

Fine war Hannes nie persönlich begegnet, aber nun, da sie seine Schlafkammer übernommen hatte und zwischen seinen ehemaligen Möbeln lebte, hatte Fine das Gefühl, seiner Seele nahezukommen. Sie stellte sich vor, wie es Hannes hier ergangen sein mochte.

Jeden einzelnen von seinen Briefen hatte Marjann ihr gezeigt, wieder und wieder hatten die beiden seine Zeilen gelesen. Weiterhin schrieb er drei oder vier Mal im Jahr, ungefähr zwei Monate brauchte die Post von Portland bis in die Eifel. Natürlich schrieb Marjann ihm regelmäßig zurück. Oft besprach sie sich mit Fine, was sie ihm aus dem Dorf berichten sollte, und manchmal hatte Fine auch selbst einen eigenen kleinen Abschnitt unter Marjanns Briefe nach Amerika gesetzt.

Es fiel Fine auf, dass Hannes in seinen Briefen niemals erwähnte, weshalb genau er ausgewandert war.

Aber warum sollte er das auch tun, überlegte Fine. Marjann kannte schließlich die Gründe dafür und erzählte immer wieder davon: Hannes hatte im Dorf keine gut bezahlte Arbeit gefunden. Er wollte in die Fremde gehen, um für den Lebensabend seiner Mutter ausreichend zu sorgen. Anfangs hatte er überlegt, sich in Lothringen oder dem Ruhrgebiet als Bergmann zu verdingen. Doch selbst dort ließ sich nicht viel erwirtschaften im Vergleich zu den Möglichkeiten in Amerika. Darum hatte er mit sechzehn Jahren eine günstige Gelegenheit beim Schopfe gepackt und den frei gewordenen Platz eines anderen Mannes übernommen. Der hatte wegen einer schweren Krankheit seine Schiffspassage absagen müssen.

Noch etwas fiel Fine an Hannes Briefen auf: Niemals kam darin der Name Lisbeth vor. Doch auch das schien Fine nicht weiter verwunderlich. Wenn Hannes nie etwas mit Lisbeth zu tun gehabt hatte, warum sollte er sie dann erwähnen?

Manchmal überlegte Fine, Marjann einfach darauf anzusprechen. Aber wäre das klug gewesen? Der Verdacht gegen Hannes war letztlich nie erhärtet worden, obwohl die Polizei eindringlich geforscht hatte. Also ließ Fine die Geschichte ruhen und schwieg – genau wie sie es Ulla versprochen hatte.

In der dritten Woche nach Ostern trat die Sonne wieder hervor. Sie leuchtete hell in die offenen Blüten und auf die sanft wogende Saat der Gärten und Felder. Endlich sollte Fine ihren Dienst als Gänsehirtin beginnen. Wegen der feuchten Witterung hatten die frisch geschlüpften Küken anfangs im Stall bleiben müssen. Inzwischen trugen sie um ihre Beine metallene Ringe, in die das Zeichen des Eigentümers gestanzt war.

Mit dem Gänsehüten hatte Fine bisher keine Erfahrung, und gerade zu Anfang ihres Dienstes kam eine nicht eben leichte Aufgabe auf sie zu: Sie sollte alle Gänseküken des Dorfes gemeinsam mit ihren Müttern in einer Herde zusammenfassen.

Am Vorabend hatte Fine sich aus einer Kopfweide einen Trieb abgeschnitten, der ihr als Gerte dienen sollte. Damit in der Hand trat Fine am ersten Tag ihres neuen Dienstes vor die Tür. Sie überlegte, wo sie mit dem Einsammeln der Gänse anfangen sollte, und entschied sich für das Haus des Ravenzachers. Seitdem er und seine Frau die Quartierseltern für Basti geworden waren, war auch Fine dort regelmäßig zu Gast, sie kannte den Haushalt gut. Der Ravenzacher stand weiterhin in dem Ruf, seine Angehörigen gern zu ärgern und zu bevormunden. Seine Frau hingegen hatte sich Basti gegenüber als warmherzige Quartiersmutter erwiesen. Manche im Dorf fürchteten allerdings ihre allzu direkte Art. Wenn ihr an anderen Menschen etwas missfiel, äußerte sie das meistens geradeheraus und dem Betroffenen mitten ins Gesicht. Dennoch war Fine davon überzeugt, dass die Ravenzacherin ihr Herz am richtigen Fleck trug.

Als Fine an diesem Morgen das Haus betrat, hatte Basti sich schon zur Schule aufgemacht. Auch der Ravenzacher war unterwegs. Als Heiratsmacher hatte er reichlich zu tun. Viele der großen Eifel-Höfe litten noch immer unter den Folgen der häufigen Missernten im vorletzten Jahrzehnt. Da schien es den Großbauern umso wichtiger, dass sie ihr Vermögen zusammenhielten und ihre Söhne und Töchter gut miteinander verheirateten: Geld musste zu Geld kommen. Und für solche Eheverträge sorgte der Ravenzacher.

Fine war es recht, ihn an diesem Morgen nicht anzutreffen. Seine Frau begrüßte sie und fragte gleich danach, welche Kenntnisse Fine schon im Gänsehüten hatte.

Da sie zugeben musste, in dieser Aufgabe ein Neuling zu sein, stemmte die energische, kleine Frau ihre Fäuste in die ausladenden Hüften und meinte mit kaum verhaltenem Spott: »Nun, mein Mädchen. Was sonst die närrischen Kinder im Dorf erledigen, das wirst du gewiss auch bewältigen. Und bei dir können wir uns wenigstens sicher sein, dass du nicht im Irrsinn die Tiere zu Tode bringst.«

Fine spürte wohl, dass dieses Lob nur allzu zweischneidig war. Gern hätte sie schlagfertig darauf geantwortet, aber da sie die Ravenzacherin nicht verärgern wollte, sagte sie nur: »Bestimmt werde ich mich rasch daran gewöhnen und dann alles richtig machen.«

Zufrieden nickte die Ravenzacherin und führte Fine in den Stall. Dort hatte das Hausgänsepaar ein Gelege von sechs Eiern ausgebrütet. Die Küken in ihrem noch grauen Gefieder reckten Fine die Hälse entgegen, so als könnten sie es gar nicht erwarten, auf die Sommerwiese geführt zu werden.

Doch bevor die Ravenzacherin die Stalltür öffnete, musste sie noch etwas loswerden. Denn offensichtlich ging es ihr ähnlich wie dem Oberlandbauern, der Fine ja bereits ins Gewissen geredet hatte. »Eins will ich dir aber noch ernsthaft sagen.« Die Ravenzacherin legte ihre Stirn in Falten und blickte Fine eindringlich an. »Natürlich wirst du das Hüten schnell erlernen. Aber wohl ist mir nicht dabei, dass ein Mädchen mit praktischem Sinn und schnellem Geist sich für eine derart niedrige Arbeit hergibt. Wenn man so einen Dienst gemacht hat, geht einem das ein Leben lang nach. Die Leute vergessen es einem nie und sehen einen ständig darauf an. Man wird sagen: Das ist ja nur die Gänsehirtin. Jeder, der dich einmal in Dienst nehmen will, wird sich dessen besinnen. Und auch wenn man dich aus Barmherzigkeit nimmt, kriegst du schlechten Lohn und schlechte Behandlung, dann heißt es immer: Für eine Gänsehirtin ist das ja wohl genug.«

Die klaren Worte taten einen Stich in Fines Herz. Doch sie ließ sich nicht beirren und lachte sogar. »Ach, liebe Ravenzacherin, nun malt mir nicht den Teufel an die Wand. So schlimm wird es schon nicht sein. Ich habe schon viele Geschichten gehört, in denen eine Gänsehirtin Königin geworden ist.«

Da schüttelte die Ravenzacherin den Kopf, so verwundert war sie über die schlagfertige Antwort. »So ist das wohl nur bei den Brüdern Grimm«, meinte sie nun um einiges freundlicher, »aber wer weiß: Es mag ja sein, dass auch für dich ein Märchen wahr wird. Fine, Fine! Manchmal ist es mir, als ob du gar kein Kind mehr bist. Es kommt mir vor, als hättest du eine Seele, die viel älter ist als du selbst. Aber vielleicht gereicht dir ja gerade das zu deinem Glück.«

»Ganz sicher, liebe Ravenzacherin«, gab Fine lächelnd zurück. »Und nun möchte ich mit meinem neuen Dienst beginnen.«

Da öffnete die Frau die Stalltür und trieb die Gänsemutter mit den vier Küken heraus. Der bissige Ganter hingegen sollte auch den Sommer über im Stall bleiben. Fröhlich nahm Fine ihre ersten Schützlinge entgegen. Die Gänsemutter erwies sich als gelehrig, sie folgte mühelos den Anweisungen von Fines Gerte. Die Kleinen wiederum folgten ihrer Mutter, und so zog Fine weiter zu den übrigen Häusern, wo schon Küken geschlüpft waren. Schließlich hatte sie siebenundzwanzig Tiere beisammen, und es sollten noch mehr werden, denn einige Gänsepaare im Dorf waren noch beim Brüten.

Fine trieb ihre Herde auf die Hollerwiesen, so nannte man den kleinen Weideplatz talwärts am Bach. Er lag nördlich des Dorfes und hatte seinen Namen von den ringsum stehenden Holunderbüschen. An der Seite, von wo der Wind sich die Hügel hinab seinen Weg ins Tal bahnte, war der Gänseplatz von Birnbäumen begrenzt. Weil sie kaum noch Blätter und längst keine Früchte mehr trugen, bezeichnete man sie als Holzbäume. Für den Platz stellten sie einen guten Windschutz dar, darum fällte man sie nicht.

Hierher trieb nun Fine ihre Gänsegemeinschaft. Anfangs musste sie von der Gerte oft Gebrauch machen, denn die weitläufigen Wiesen waren ungewohnt für die Tiere. Noch wussten sie nicht recht, wie sie sich verhalten sollten. So drängten sie sich manchmal eng um ihre Hirtin zusammen, dann wieder trieben sie in Gruppen auseinander. Auch wenn es eigentlich eine leichte Arbeit war, merkte Fine doch, dass sie noch einige Übung brauchte. Vor allem fürchtete sie, einen Teil der Tiere aus den Augen zu verlieren und so dem Fuchs auszuliefern. In einiger Anspannung verbrachte sie den ersten Tag ihres neuen Dienstes. Mit Beginn der Dämmerung war sie froh, sämtliche Gänse in den mit Stroh ausgelegten und nach oben hin verdrahteten Pferch zu treiben. Hier, am Rande der Wiesen, konnte das Federvieh geschützt vor Füchsen und anderen Raubtieren die Nächte verbringen.

Wieder daheim erzählte Fine von den Schwierigkeiten, die sie hatte durchstehen müssen.

»Du wirst das Hüten schnell erlernen«, sagte Marjann tröstend. »Vor allem musst du wissen: Tiere, die in Herden leben, sind jedes für sich alleine dumm. Wenn sich nun aber aus verschiedenen Ställen eine neue Herde erst bilden muss, braucht es ein paar Tage. Dann werden sie dich als Hirtin erkennen, und du wirst kaum noch Mühe haben.«

Fine nickte. »Ich stelle mir vor, die Gänse sind deswegen dumm, weil sie so vieles können, aber auf nichts davon wirklich ausgerichtet sind. Sie können schwimmen und laufen und fliegen, sind aber weder im Wasser noch auf dem Boden noch in der Luft so richtig zu Hause. Und das macht sie dumm.«

»Kind, Kind«, Marjann schüttelte schmunzelnd den Kopf. »Was du nur für Gedanken hast. So eigenwillig und dabei doch so klug. Wie ich schon oft gesagt habe: In dir steckt etwas von einer Eigenbrötlerin.«

Fine musste lachen: »So etwas Ähnliches hat mir heute Morgen schon jemand gesagt.«

»Tatsächlich? Und wer?«

»Die Ravenzacherin. Wir sprachen über die Gänsehirtinnen, die im Märchen zu Königinnen werden. Und ich war mir sicher, dass es mir eines Tages auch so gehen würde.«

»Und sie hat dir zugestimmt?«

»Das hat sie«, erwiderte Fine ausgelassen. »Wobei sie nicht so weit gehen wollte, mich mit einer Krone auf dem Kopf zu sehen. Aber dass gerade mein Eigensinn mir zu meinem Glück verhelfen könnte, das meinte sie auch.«

Liebevoll legte Marjann einen Arm um Fine. »Na, wenn an einem einzigen Tag gleich zwei alte Frauen dir so etwas sagen, dann muss ja etwas daran sein.«

»Das wird es wohl, Tante.« Fine schmiegte ihre Wange gegen Marjanns Hand. Die Anstrengung des Tages hatte sie schon vergessen, so behaglich fühlte sie sich.

Marjann brühte eine Kanne mit Melissenblättern auf, die sollten beruhigend auf Fine wirken. Noch eine Zeit lang saßen die beiden in guter Stimmung beisammen und tauschten sich aus.

Es war später Abend, als Fine sich in die Schlafkammer im Schuppen zurückzog. Da der Garten schon im Dunkel lag, nahm sie ein Windlicht mit und achtete gut darauf, denn die verwitterten Balken des Schuppens hätten rasch Feuer gefangen. Inzwischen waren es mehr als zwei Wochen, die sie Nacht für Nacht hier schlief. Dabei fühlte sie sich rundherum wohl. Angenehm ermüdet vom Tag streckte Fine sich unter dem Federbett aus. Der Melissentee tat seine Wirkung, sie schlummerte rasch ein.

Doch leider sollte in dieser Nacht etwas geschehen, das Fines Erholung ein rasches Ende bereitete: Ihre Angst, die sie in wachem Zustand noch gut beherrschen konnte, brach jetzt im Traum hervor – um vieles stärker und schlimmer, als sie am Abend noch gewesen war.

Fine träumte, dass sie allein mit den Gänsen nachts auf dem Weideplatz stand. Das Federvieh hatte sich in engem Kreis um sie aufgestellt und reckte ihr die weit aufgerissenen Mäuler entgegen. Böse, zischende Schreie richteten die Vögel gegen Fine. Ihre spitzen Schnäbel stießen sie mit voller Wucht gegen den Leib des Mädchens. Sie versuchte, dem grausamen Treiben zu entkommen, doch keine Lücke wollte sich zwischen den Körpern der Tiere auftun. Es gab kein Entrinnen. Immer lauter schrien die Tiere, immer heftiger hackten sie auf Fine ein. Sie rief um Hilfe, lauter und lauter, schrie gegen das Gellen der Tiere an. Doch keine Menschenseele kam, niemand half. Fast schon hätte sie sich dem Kampf ergeben und fallen lassen. Dann hätten die Tiere sie im nächsten Moment tot gebissen. Aber plötzlich, in letzter Sekunde, konnte sie doch noch dem Pulk der Gänse entkommen. Schon am Ende ihrer Kräfte floh sie auf die freie Wiese und fand dort ihre Gerte. Damit schlug sie auf die Vögel ein, die sich nun ängstlich duckten und von Fine in den Pferch treiben ließen. Knallend schloss sie die Holztür, schob den Riegel vor und rannte fort, so schnell ihre Beine sie tragen konnten.

Was war das? Vom Geräusch eines lauten Schlagens erwachte Fine. Sie richtete sich im Bett auf und starrte in die Dunkelheit. Der Schreck fuhr ihr in die Glieder. Die Bilder vom Kampf mit den Gänsen ließen sie nicht los. So gut sie irgend konnte, versuchte sie, die Erinnerung daran fortzuschieben. Aber hatte sie all die Eindrücke der letzten Minuten bloß geträumt? Auch das Zuschlagen einer Tür? War sie von einem tatsächlichen Geräusch erwacht? Oder trogen sie ihre Sinne?

Nutz deinen Verstand!, sprach sie sich selbst zu. Deine Vernunft muss siegen! Lass dich nicht einschüchtern von einem Traum, der nichts ist als ein flüchtiges Gespinst der Nacht und am helllichten Morgen wieder vergessen sein wird.

Doch so sehr sie sich auch zuredete, lähmte weiter die Angst ihren Körper. Unentschlossen blieb sie im Bett sitzen und wusste nicht, ob sie sich wieder niederlegen oder lieber ganz erheben sollte. Einen Moment lang schloss sie die Augen und horchte in den Raum, es herrschte vollkommene Stille. Doch je länger kein Geräusch an ihr Ohr drang, umso stärker hallte das Türknallen in ihrem Gedächtnis nach. Fine wandte ihren Blick zu dem kleinen Fenster. Die Vorhänge hatte sie wie jeden Abend zugezogen. Dämmriges Licht fiel durch den blauen Stoff, sie konnte die Umrisse der Möbel erkennen.

War denn schon Morgen? Ihrem Gefühl nach hatte sie erst wenige Stunden geschlafen, demnach musste noch tiefe Nacht sein.

Verärgert über ihre eigene Furchtsamkeit zwang sie sich aufzustehen und tastete sich zum Fenster. Sie schob den Vorhang beiseite und erkannte, dass die Morgendämmerung noch nicht eingesetzt hatte. Also hatte ihr Gefühl sie nicht getrogen. Ein kreisrunder Mond erhellte die Nacht. Als Fine die strahlende Scheibe betrachtete, fiel die Angst von ihren Schultern ab. Am gestrigen Abend hatten noch dichte Wolken den Himmel verhangen, deswegen war ihr der Vollmond nicht aufgefallen.

Nun atmete sie erleichtert aus: Das war es also! Der Mond hatte schuld an ihrem schlechten Schlaf. Dass sie in Vollmondnächten heftiger und meist auch schlechter träumte als sonst, kannte Fine von sich. Sie wusste, es ging vielen Menschen so. Dann hatte sie bestimmt auch das Knallen bloß geträumt.

Eigentlich hätte Fine sich nun wieder hinlegen können, doch ein vages Gefühl sagte ihr, dass es besser wäre, nach dem Haus zu schauen. Sie öffnete lautlos die Schuppentür und trat in den Garten. Die im auffrischenden Wind klare Luft half ihr, die Sinne zu ordnen. Ohne jede Furcht ging sie den Weg entlang zu Marjanns Haus und legte ihr Ohr an das Fenster der Schlafkammer. Sie vernahm die vertrauten Schnarchgeräusche der alten Frau. Beruhigt kehrte Fine in ihre eigene Kammer zurück und fand erstaunlich rasch wieder zur Ruhe.

Als Marjann sie um fünf Uhr weckte, hatte sie den Traum nahezu vergessen. Lediglich das Knallen der Tür kam ihr wieder in den Sinn.

»Kann es sein, dass heute Nacht ein Fuchs am Haus war?«, fragte Fine beim Frühstück.

Marjann zuckte die Schultern. »Alle Tiere sind in ihren Gehegen gut verwahrt. Selbst wenn ein Fuchs kommen sollte, könnte er unseren Hühnern nichts anhaben. Aber warum fragst du? Hast du etwas gehört?«

»Ich weiß nicht. Es war ja Vollmond. Irgendwie habe ich schlecht geträumt.«

»Dann stärke dich, Kind«, Marjann goss frische Ziegenmilch in Fines Tasse. »Die Gänse warten.«

»Gewiss, Tante«, Fine trank ihre Milch aus.

Kurz darauf machte sie sich auf zu den Hollerwiesen. Wie sie sich noch einmal zu Marjanns Haus umdrehte, sah sie einen weiße Taube auf dem Fenstersims sitzen. Im selben Augenblick flog der Vogel auf – genau in die Richtung, die auch Fine einschlagen musste. Fast kam es ihr so vor, als würde die Taube den Weg weisen in den klaren und sonnigen Morgen. Dies wertete sie als Zeichen für einen guten Tagesbeginn. Sie schöpfte erquickenden Atem, und mit der Taube flogen auch die Schatten ihres Albtraums davon.

Der Gendarm

Es war ein fröhliches, doch anfangs auch mühsames Amt, das Fine übernommen hatte. Besonders schwierig war es, den Gänsen beizubringen, dass sie in ihrer Nähe bleiben mussten. Morgens, wenn sie den Pferch öffnete, drängten die Gänse mit lärmendem Geschnatter hinaus und hinterließen eine Staubwolke auf den Hollerwiesen. War diese Wolke dann verflogen, bereitete es Fine einige Mühe, zu verhindern, dass ihre Schützlinge sich zu weit voneinander entfernten. Auch ärgerte es sie, dass die Tiere kaum voneinander zu unterscheiden waren. Sie konnte nicht sagen, ob es ganz bestimmte Tiere waren, hinter denen sie herrennen musste, oder immer wieder andere. Um die Arbeit zu erleichtern, gewöhnte Fine sich an, das Geschnatter der Gänse nachzuahmen. Belustigt stellte sie fest, dass die Tiere sie daraufhin für ihresgleichen hielten und ihr leichter folgten. So verschaffte sie sich in der Herde ein höheres Ansehen und brauchte nicht mehr so häufig die Gerte einzusetzen.

Nachdem es Fine immer besser gelang, die Tiere beisammenzuhalten, kam ein neues Problem auf, über das sie sich ärgerte: Oft langweilte sie sich. Eine Arbeit als Jungmagd auf dem Hof des Oberlandbauern wäre zwar anstrengender, aber sicher auch abwechslungsreicher gewesen. Doch nun hatte sie sich ja mit solcher Anstrengung dafür eingesetzt, bei Marjann wohnen zu bleiben – da musste sie eben als Gegenleistung den Gänsedienst in Kauf nehmen.

Glücklicherweise waren die Hollerwiesen kein einsam abgelegener Platz. Seitlich vorbei führte ein Feldweg nach Blankenheim. Mit Ackerfuhrwerken allerlei Art zogen hier die Bauern mit ihrem Gesinde vorüber. Mägde und Knechte gingen hin und her, bei sich trugen sie Hacke, Sense und Sichel. Auch andere Menschen, die in Blankenheim tätig waren und im Land herum wohnten, querten den Ort. Doch dieser Betrieb beschränkte sich meistens auf die Morgen- und Abendstunden. Tagsüber konnte es geschehen, dass Fine stundenlang keine Menschenseele zu Gesicht bekam.

Um sich nicht übermäßig zu langweilen, gewöhnte sie sich das Träumen als Zeitvertreib an. Dann erschien ihr der Gänseplatz mit seinen Bäumen und der Wassertränke mit der Schwengelpumpe wie eine stille Märchenwelt. Häufig stand sie an einem der Birnenbäume oder lag im Gras und konnte zusehen, wie der Schatten der windbewegten Zweige lebendige Muster auf die Erde warf. Auch blickte sie oft in den Himmel und erfreute sich an Wolkenbänken, die in den Strahlen der Sonne farbig aufleuchteten. Manchmal, wenn sie die Wolkenbilder lange betrachtet hatte, kam es ihr vor, als würde statt der Wolken vor ihren Augen ein Mensch auftauchen: ein Mädchen in weiten Röcken mit flatternden Haaren, und seine Umrisse verschmolzen mit den Wolkenbildern und zogen am weiten Himmel davon.

Es war ein ganz bestimmtes Mädchen, das Fine in ihren schweifenden Gedanken begegnete: Es war die junge Lisbeth, die auf so grausame Weise ihr Leben lassen musste und deren Tod noch immer nicht aufgeklärt war. Der Gedanke an Lisbeths Ermordung hatte Fine all die Zeit nicht losgelassen. Dass sie während des Gänsehütens immer wieder darüber nachsann, mochte allerdings einen bestimmten Grund haben. Denn unter den Menschen, die regelmäßig den Weg an den Hollerwiesen nahmen, befand sich der junge Gendarm Gerd. Fine kannte ihn von klein auf, er stammte ebenfalls aus Reetz und war ein gutes Dutzend Jahre älter als sie selbst. Sie wusste, dass er als Landjäger bei der Polizeistation in Blankenheim tätig war. Ab und zu begegnete er ihr im Dorf.

Bisher wäre es ihr nicht in den Sinn gekommen, Gerd auf Lisbeths ungeklärten Tod anzusprechen. Durch das Gänsehüten aber sah sie ihn fast täglich, wenn er auf seinem Arbeitsweg den Gänseplatz mit nur gut hundert Ellen Entfernung passierte. Und immer, wenn er vorbeikam, winkte er Fine zu, und sie winkte zurück, aber sie ging nicht zu ihm. Zum einen musste sie bei ihren Gänsen bleiben, und zum anderen hätte es sich für ein Mädchen ihres Alters nicht geschickt, einen jungen Mann einfach so anzusprechen. Fine erkannte wohl, dass Gerd ein schmucker Bursche war mit kräftiger, eleganter Körperstatur. Sicherlich verrichtete er seine Arbeit als Polizist mit großem Fleiß und Ehrgeiz, dachte sie, und es hätte sie gereizt, mit ihm ein Gespräch zu beginnen. Aber sie wollte nicht aufdringlich wirken, zumal der Mord an Lisbeth sie nichts anging. Trotzdem hoffte sie, dass sich eine Gelegenheit finden möge, mit Gerd zu sprechen.

Vielleicht erfuhr eine höhere Macht von Fines Wunsch, vielleicht war es auch nur ein glücklicher Zufall, als eines Abends die Schwarze Marjann beim Abendbrot berichtete: »Übrigens hat es gestern hier im Dorf eine Verlobung gegeben, wenn auch nur im engsten Kreis.«

»Und bei wem?«, fragte Fine sogleich.

»Gudrun und Gerd. Die beiden wollen nächstes Jahr heiraten. Aber ihre Verlobung haben sie nicht groß gefeiert, denn Gudruns Vater ist ja schwer krank.«

Fine kannte die zwanzigjährige Gudrun, deren Mutter schon seit Jahren tot war. Seitdem pflegte die junge Frau ihren siechen Vater und verrichtete nebenher einige Schneider-Arbeiten im Dorf.

»Das ist schön. Die beiden passen gewiss zueinander und sind ein treffliches Paar.« Fine strahlte.

Dabei war es nicht nur so, dass sie sich mit den Brautleuten freute, sondern es kam ihr ein weiterer Gedanken: Nun gab es für sie einen vortrefflichen Grund, Gerd anzusprechen.

Kaum hatte Fine am nächsten Morgen die Gänse aus dem Pferch gelassen, da sah sie schon von Weitem, wie Gerd aus dem Dorf in Richtung Blankenheim ging und wie immer grüßend den Arm hob. Sie winkte zurück, ging aber nicht zu ihm, denn sie wollte lieber auf den Abend warten, wenn er sich gewiss leichter Zeit für eine Unterredung nehmen konnte. Üblicherweise kehrte er mit dem Sieben-Uhr-Läuten der Kirche nach Reetz zurück.

Heute Abend werde ich auf ihn zugehen, nahm Fine sich fest vor.

Und wie es so ist an Tagen, deren Ende man heiß erwartet, wurden für sie die kommenden Stunden schwer und zäh. Immer wieder schaute sie zum Feldweg. Mit jedem Schlagen der Kirchturmuhr zählte sie, wie viele Viertelstunden es noch waren bis sieben Uhr. Dann endlich. Sobald das Abendläuten eingesetzt hatte, trieb sie hektisch die Herde zusammen, setzte dabei die Gerte heftiger ein als sonst und drängte die Gänse in den Pferch. Die Vögel schnatterten aufgeregt, als merkten sie, dass Fine sie heute um eine Stunde der üblichen Weidezeit betrog.

Sobald Fine hinter den Gänsen die Drahttür zugeschlagen und den Riegel umgelegt hatte, eilte sie zu demjenigen Birnbaum, der dem Weg am nächsten stand. Gern wäre sie Gerd auf seinem Weg entgegengegangen, doch wäre ihr das unpassend vorgekommen. Also blieb sie am Baum stehen, hielt ihren Blick zum Feldweg gerichtet und hoffte, nicht allzu lange warten zu müssen. Dabei war es keineswegs selbstverständlich, dass Gerd tatsächlich kommen würde, denn er kehrte nicht jeden Abend aus Blankenheim zurück. Den Grund dafür kannte Fine nicht genau, aber sie nahm stark an, dass er oft auch noch spätabends oder nachts nach Verbrechern suchen musste. Dann konnte er vermutlich nicht mehr den Rückweg nach Reetz antreten, und er übernachtete in der Blankenheimer Polizeiwache.

Doch an diesem Abend hatte Fine Glück. Nur wenige Minuten musste sie warten, dann erblickte sie den jungen Gendarm. Noch bevor er sie sehen und wie immer grüßen konnte, ging sie ihm schnellen Schrittes entgegen und ließ keinen Zweifel daran, dass sie ihn sprechen wollte.

Ein wenig erstaunt blieb er stehen.

»Die allerbesten Glückwünsche zur Verlobung!« Mit aufrichtigem Strahlen reichte sie ihm die Hand. »Und grüße deine Gudrun von ganzem Herzen.«

»Also hat es sich herumgesprochen«, Gerd lächelte über beide Wangen und ließ seine braunen Augen aufblitzen. »Es ist sehr aufmerksam von dir, uns zu gratulieren, Fine. Zumal wir kein großes Aufheben davon machen wollten.«

»Dafür sollte ich wohl Verständnis haben«, entgegnete sie, »wo doch Gudruns Vater so schwer krank ist. Aber ich möchte euch sagen, wie sehr ich mich mit euch freue.«

Noch einmal bedankte Gerd sich für die guten Worte. Er war schon drauf und dran, sich zu verabschieden und weiterzuziehen, da ergriff Fine die Gelegenheit: »Es gibt noch etwas, Gerd, was ich gern ansprechen möchte. Ich will dich auch nicht lange aufhalten, aber ich habe etwas auf dem Herzen, und es hat mit deinem Beruf zu tun.«

»Ach so?« Er sah Fine verwundert an an. »Was ist es denn, Mädchen?«

Wie sie nun so offen aufgefordert wurde zu sprechen, tat Fine erst einen tiefen Seufzer, aber dann brachte sie ihr Anliegen in ruhigen, klaren Sätzen vor.

Gerd hörte zu, nickte ernst und sagte schließlich: »Das ist richtig, Fine. Trotz all unserer Mühen konnten wir bisher die Tat nicht klären. Aber so viel sei gesagt: Auch wenn du selbst ein Mädchen bist, nicht viel jünger als Lisbeth damals war, so brauchst du doch keine Angst zu haben. Als Polizist kann ich dich beruhigen. Es ist kaum wahrscheinlich, dass dir etwas Ähnliches zustößt.«

»Und warum nicht?«, fragte Fine mit Nachdruck. »Sag es mir bitte, damit ich unbesorgt sein kann.«

Gerd warf kurze Blicke in alle Richtungen und vergewisserte sich, dass niemand in der Nähe war, der ihrem Gespräch lauschte. Erst dann sagte er: »Das sind Einzelheiten, die nur die Polizei etwas angehen. Ich darf sie dir nicht nennen.« Er blieb freundlich, doch versah er seine Worte auch mit einer leisen Strenge.

»Aber wenn ihr Gendarmen meint, dass ich mich nicht fürchten solle, dann müsst ihr mir doch auch die Gründe dafür nennen«, erwiderte Fine unbeirrt. »Damit ich wirklich beruhigt sein kann.«

Gerd stutzte, offenbar hatte er mit solcher Hartnäckigkeit nicht gerechnet, und er zögerte mit einer Antwort.

Doch Fine sprach gleich weiter. »Es ist doch wie mit dem Märchen vom Rotkäppchen, das uns der Lehrer vorgelesen hat: Die Mutter hatte das Mädchen zwar vorm bösen Wolf gewarnt, aber nicht erzählt, wie der Wolf eigentlich aussieht. Darum konnte Rotkäppchen den Wolf nicht erkennen, und es ist großes Unheil geschehen. Wenn aber Rotkäppchen den Wolf gleich durchschaut hätte, dann hätte er die Großmutter und das Mädchen nicht verschlingen können.«

Gerd zögerte noch immer, offenbar brauchte er einige Augenblicke, bis er verstand, was Fine mit dem Vergleich vom Rotkäppchen ausdrücken wollte. Dann meinte er: »Es ist klug, was du sagst, Fine. Und ich kann wohl nachvollziehen, worum es dir geht. Aber verstehe bitte auch, dass ich dir nur eingeschränkt Auskunft geben kann. Und schon gar nicht hier, mitten auf einem öffentlichen Weg.«

»So sollten wir andernorts sprechen«, entgegnete Fine mit großem Ernst. »Und ich sage dir auch zu, dass ich es nicht weiter verbreiten werde. Das verspreche ich dir beim Seelenfrieden meiner toten Eltern.«

»Nun dann, Fine«, Gerd tat einen tiefen Atemzug. So ganz schien er noch nicht von dem Vorhaben überzeugt, aber er ging auf Fines Wunsch ein. »Ich werde Gudrun bitten, anwesend zu sein bei der Unterredung. Es ist sicher besser für dich, wenn eine junge Frau dabei ist. Wann ist denn abends dein Gänsedienst beendet?«

»Immer ab halb neun bin ich frei«, entgegnete Fine eifrig.

Gerd nickte. »Gut. Dann komme morgen um halb neun in Gudruns Haus, ich will sie bis dahin vorbereiten. Und nun muss ich weiter.« Bevor er loszog, blickte er sich erneut um und stellte fest, dass auch jetzt niemand in der Nähe war.

»Danke, Gerd. Bis morgen dann!« Fine verabschiedete sich und ging zurück zum Pferch.

Obwohl die Sache so ernst war, freute sie sich und wäre am liebsten auf der Wiese umhergehüpft, doch sie beherrschte sich. Sie ließ die Gänse wieder raus und hütete sie wie jeden Abend bis acht Uhr.

Fine erzählte niemandem von ihrer Verabredung, auch nicht Basti oder der Schwarzen Marjann. Den nächsten Tag verbrachte Fine voll innerer Aufregung, aber diesmal freute sie sich ohne jede Angst auf den Abend. Zu den Gänsen verhielt sie sich besonders freundlich, und die Tiere dankten es ihr, als verstünden sie, was in dem Mädchen vor sich ging. Sobald der Kirchturm am Abend acht Uhr schlug, ließen sie sich willig in den Pferch treiben und gaben Fine die Gelegenheit, pünktlich von den Hollerwiesen aufzubrechen. Zurück bei Marjann aß sie bloß einen Brotknust. Die alte Frau war gewohnt, dass Fine sich abends nach einer Mahlzeit noch für ein oder zwei Stunden mit anderen jungen Leuten im Dorf traf. Sie schöpfte keinen Verdacht, als ihre Quartierstochter um kurz vor halb neun noch einmal das Haus verließ.

Auf dem Weg zu Gudrun gab Fine sich alle Mühe, ruhig zu gehen, auch grüßte sie freundlich die Ravenzacherin, die ihr in Höhe des Dorfkrugs begegnete. Gudruns Haus lag etwas weiter zur Ortsmitte hin in einer Senke am Spielplatz, wo bei warmem Wetter Fronleichnamsgottesdienste und andere Veranstaltungen unter freiem Himmel abgehalten wurden. Niemandem fiel es auf, als Fine dort pünktlich um halb neun anklopfte.

Gudrun öffnete sogleich die Tür. Es freute sie, Fine zu sehen. »Nur um eines bitte ich dich: Sprich leise«, sagte sie. »Mein Vater schläft nebenan in der Kammer.«

Fine nickte verständig. Das kleine Haus am unteren Teil der Hardtstraße kannte sie bisher nur von außen. Gudruns Vater war früher Maurer gewesen, oft war Fine ihm begegnet, wenn er an den Häusern und Ställen des Dorfes seine Arbeit versehen hatte. Doch eine unheilbare Krankheit seiner Knie und Hüften fesselte ihn mittlerweile schon seit Jahren ans Bett. Gleich beim Eintreten nahm Fine den intensiven Geruch von Kampfer wahr. Vermutlich machte Gudrun ihrem Vater damit regelmäßig Umschläge zur Linderung der Schmerzen.

Flüsternd gratulierte Fine der jungen Braut noch einmal persönlich zur Verlobung.

Gudrun bedankte sich gerührt. Der Glanz ihrer Wangen breitete sich über ihre gesamte Erscheinung aus. Dabei trug sie noch nicht einmal ein prächtiges Kleid, sondern lediglich Bluse und Rock aus einfachem, grauem Kattun. Doch allein Gudruns helle Wangen unter dem dichten, kastanienbraunen Haar, das sie zu einem Zopf geflochten hatte, ließen sie strahlen.

Es stimmt also, dachte Fine bei sich, die Liebe macht schön.

Gudrun ging voraus in eine einfache Stube, dort saß Gerd bereits am Tisch. Zur Begrüßung stand er auf. Fine wunderte sich ein wenig, denn eine solch höfliche Behandlung war sie mit ihren dreizehn Jahren noch nicht gewohnt.

»Setz dich bitte«, Gudrun bot ihr einen Stuhl an. »Du isst doch mit uns?«

Noch ehe sie erwidern konnte, dass man sich ihretwegen keine Umstände machen sollte, stellte Gudrun einen Teller vor sie hin und verschwand in die Küche.

»Von unserer kleinen Feier ist noch eine gute Suppe übrig«, erklärte Gerd. »Wir heißen dich gern als unseren Gast willkommen.«

Fine bedankte sich und fragte: »Wie geht es denn Gudruns Vater?«

»Nicht gut, sein Leiden zieht sich hin. Aber an unserer Verlobung hatte er seine Freude, und nun hoffen wir, dass er unsere Hochzeit im Mai noch erleben kann.«

»Das wünsche ich euch von Herzen«, Fine lächelte aufrichtig.

Gudrun trug eine Schüssel mit reichhaltiger, heißer Hühnersuppe auf. Bevor die drei zu essen begannen, sprach Gerd ein kurzes Gebet. Fine hatte vermutet, dass man erst in Ruhe die Mahlzeit abhalten wollte, bevor man die heikle Sache ansprach.

Doch kaum hatte Gudrun den ersten Löffel genommen, da fragte sie schon: »Wie hast du denn eigentlich von Lisbeths Tod erfahren?«

Da erzählte Fine in aller Offenheit von der Begebenheit mit der Schulklasse auf dem Friedhof, wo niemand etwas über das tote Mädchen zu sagen wusste.

»Das mag wohl alles sein«, meinte Gudrun bedächtig. »Aber wenn die Leute hier im Dorf darüber schweigen, dann bestimmt nicht, um den Kindern etwas zu verheimlichen. Sondern eher in guter Absicht. Es ist letztlich doch die Aufgabe der Eltern, ihre Kinder zu schützen.«

Fine schaute zwischen den Brautleuten hin und her. »Aber falls sich ein solcher Mord nun wiederholt? Das ist es ja, was mich so besorgt. Gerd, du sagst, es sei unwahrscheinlich. Doch wenn die Polizei den Täter nicht gefunden hat, wie ist sie sich dann so sicher?«

Gerd aß mit gutem Appetit, offenbar war er daran gewohnt, beim Essen über Verbrechen zu sprechen, und auch für Gudrun schien es alltäglich zu sein.

»Wir haben zwar nicht den Täter, aber wissen einiges über Lisbeth«, meinte er zwischen zwei Löffeln. »Daraus können wir ableiten, dass der Mörder es wohl genau auf sie abgesehen hatte und auf kein anderes Mädchen. So etwas nennt man eine Beziehungstat. Nach allem, was wir wissen, gab es eine besondere Verbindung zwischen Lisbeth und dem Täter.«

»Und welche?«, fragte Fine prompt.

Das junge Paar tauschte vielsagende Blicke.

Ohne Scheu übernahm Gudrun das Wort. »Weißt du, Fine. Diese Frage haben wir erwartet. Natürlich möchtest du wissen, was da möglicherweise zwischen Lisbeth und ihrem Mörder vor der Tat geschehen war. Aber wir sind uns nicht sicher, was wir dir da zumuten dürfen.«

Fine verstand auf Anhieb, was die vorsichtigen Worte andeuten wollten. Sie staunte. Der Gedanke an eine tiefe Verbindung zwischen Lisbeth und ihrem Mörder war ihr bislang noch nicht gekommen. »Das ist es also?«, entgegnete sie und konnte selbst kaum fassen, welche Richtung das Gespräch nahm. »Lisbeth kannte den Täter und da war auch etwas zwischen ihnen? Haben die beiden sich etwa geliebt?«

»Ja, Fine«, Gerd wischte sich mit einem Tuch den Mund ab. »So war es wohl. Wahrscheinlich hatten die beiden durchaus liebende Gefühle füreinander. Zumindest Lisbeth muss etwas für den Mann empfunden haben. Dafür spricht einiges.«

Einen Moment überlegte Fine, dann sagte sie mit fester Stimme: »Es muss euch nicht unangenehm sein, darüber zu reden. Ich weiß von den Dingen zwischen Mann und Frau. Marjann hat es mir schon vor einigen Jahren erklärt.«

»Das ist gut«, Gudrun nickte ernst. »Ein junges Mädchen sollte unbedingt darüber Bescheid wissen.«

Fine schluckte. So einfach, wie sie vorgab, schien es ihr doch nicht zu sein, darüber zu sprechen. Aber schließlich fragte sie in leisem Ton: »Hat Lisbeth denn ein Kind erwartet, als sie starb?«

»Nein, Fine«, lächelnd legte Gudrun ihre Hand auf die des Mädchens. »Das war wohl nicht so. Sie trug kein Kind unter ihrem Herzen.«

»Und das weiß man gewiss?«

»Ja«, entgegnete Gerd. »Das ist in der Gerichtsakte gesichert.«

»Also stimmt es?«, fragte Fine aufgeregt. »Das, was in der Zeitung stand und wovon Ulla mir erzählt hat. Die Ärzte haben Lisbeths Körper aufgeschnitten und ganz genau untersucht, war es so?«

»Das ist richtig. Und zwar am Anatomischen Institut der Universität zu Bonn. Doch mehr möchte ich dir dazu nicht sagen, ich möchte nicht, dass du dich mit diesen Gedanken quälst oder sie dich in deine Träume verfolgen.«

»Aber Gerd!«, rief Fine nun aus. »Das tut ihr doch nicht, wenn ihr mir sagt, was passiert ist. Im Gegenteil: Mich würde es viel ärger quälen, wenn ihr es mir verschweigt. Es ist doch nur natürlich, sich einen Körper auch innerlich anzusehen. Ich bin oft dabei gewesen, wie meine Mutter Kaninchen ausgenommen hat. Und neulich noch habe ich ein Schwein gesehen, das der Metzger mit offenem Bauch auf eine Leiter gelegt hat. Da stelle ich mir vor, dass es im Inneren eines Menschen ganz ähnlich aussieht.«

»Natürlich«, Gerd nickte ernst und griff wieder zum Löffel. Er schien erleichtert, so unbefangen mit Fine reden zu können.

»Jetzt verstehe ich, wie es abgelaufen ist«, meinte Fine voller Eifer. »Die Ärzte haben bei der Untersuchung herausgefunden, dass Lisbeth schon mit einem Mann zusammen gewesen war. Aber sie konnten auch feststellen, dass sie nicht schwanger war.«

»Ja, Fine«, entgegnete Gudrun sanft. »Genau so.«

»Und wer war der Mann?«, fragte Fine aufgeregt. »Weiß die Polizei das inzwischen? Ulla hat erzählt, damals ging das Gerücht, dass es Hannes gewesen sein könnte. Marjanns Sohn.«

Gerd schüttelte den Kopf. »Das ist längst nicht sicher. Wie Ulla schon richtig meint: Das war ein Gerücht. Und bei Gerüchten müssen wir immer vorsichtig sein, damit wir niemandem Unrecht tun.«

»Weil Hannes schon nicht mehr hier wohnte, als Lisbeth umkam?«

»Richtig. Nach allem, was wir wissen, hatte er das Dorf ein paar Tage vorher verlassen.«

»Warum glauben die Leute dann trotzdem, dass er es gewesen sein könnte?«

»Wir wissen eben nichts Genaues«, erwiderte Gerd geduldig.

»Und solange wir keine klaren Angaben dazu machen können, halten sich eben die Gerüchte. Die Leute suchen sich dann ihre Erklärung selbst. Was aber noch lange nicht bedeutet, dass sie damit richtig liegen.« Er zögerte kurz, rückte seinen Stuhl ein Stück vom Tisch ab und meinte dann: »Wo du nun schon hier bist, Fine, möchten wir dich auch etwas fragen: Was weißt denn du über Hannes? Immerhin lebst du im Haus seiner Mutter, und die spricht ja wohl oft über ihn, oder?«

»Das tut sie«, bestätigte Fine. Und ich kenne alle Briefe von Hannes in Amerika. Darin schreibt er, wie er dort lebt und vor allem von seiner Arbeit im Hafen von Portland.«

Gerd nickte. »Das ist das, was Marjann damals auch auf der Polizeiwache zu Protokoll gegeben hat.«

Er schwieg einen Moment, und Fine hätte gern weiter gefragt, aber so verschlossen, wie seine Miene war, wagte sie das nicht.

»Wir wissen letztlich nichts und müssen weiter forschen«, meinte er schließlich. »Darum bitte ich dich inständig, Fine, schließe dich nicht den Gerüchten an und sprich nicht weiter darüber. Und vor allem: Sorge dich nicht. Das alles ist lange her, und seitdem ist zum Glück nichts mehr dergleichen passiert.«

Fine bedankte sich für das Vertrauen und versprach, über alles, was sie heute erfahren hatte, zu schweigen.

Nachdem die Suppe aufgegessen war, reichte Gudrun noch eine köstliche Nachspeise aus Dickmilch und roten

Johannisbeeren in Honig. Die drei sprachen nun nicht mehr über die gewaltvolle Tat, sondern sie tauschten sich aus über die eine oder andere heitere Begebenheit von den Leuten im Dorf. Vor allem aber schilderte Gudrun das Brautkleid, das sie sich bis zum nächsten Frühjahr nähen wollte. Sie sparte schon fleißig für einen schwarzen Seidenstoff und einen Schleier aus echter Brüsseler Spitze.

»Aber wenn wir das Geld stattdessen dafür brauchen, den Doktor aus Blankenheim zu bezahlen, damit der meinem Vater hilft, dann trage ich eben das Brautkleid meiner älteren Schwester.« Gudruns Augen füllten sich mit Tränen.

Da rückte Gerd seinen Stuhl nah heran und legte den Arm um sie. »Ob du nun einen Spitzenschleier trägst oder nicht: Für mich wirst du die allerschönste Braut sein, und ich werde ein Leben lang mit dir glücklich werden.« Er küsste sie auf die Wange.

Fine strahlte mit dem jungen Paar. Sie dankte noch einmal für das Mahl und machte sich auf, zurück ins Haus der Schwarzen Marjann.

Als sie eintrat, hatte die alte Frau sich schon in ihre Kammer zurückgezogen. Sie wünschten einander eine Gute Nacht, dann ging Fine durch den Garten zu ihrem Schuppen.

Rasch schlummerte sie ein und verbrachte eine ruhige Nacht. Kein böser Traum über das Mädchen Lisbeth oder den Mörder verfolgte sie.

Am nächsten Tag versah sie ihren Gänsedienst mit frischem Mut. Wie immer kam Gerd morgens und abends an den Hollerwiesen vorbei. Sie winkten einander zu – ganz so, wie sie es sich angewöhnt hatten. Nichts erinnerte mehr an die ernste Unterredung, die sie noch am Vorabend geführt hatten.

Die Begegnung

Noch oft dachte Fine an den Abend bei Gudrun und Gerd. Sie hielt ihr Versprechen und erzählte niemandem davon, auch nicht Basti oder der Schwarzen Marjann.

Ob Fine es wollte oder nicht – die Geschichte von Lisbeth und dem ungesühnten Mord ging ihr nicht aus dem Sinn. Es kostete sie einige Mühe, sich nicht anmerken zu lassen, dass sie während gewöhnlicher Verrichtungen oft mit ihrer Aufmerksamkeit weniger bei der Sache, sondern bei Lisbeth war.

Ihren Hirtendienst versah sie dennoch zuverlässig. Jeden Abend sammelte sie die Federn ein, die die Gänse auf den Hollerwiesen und in ihrem Pferch hinterließen. Diese Federn nahm Marjann gern entgegen. Sie entfernte die harten Enden der Kiele und fertigte daraus die Füllung für zwei neue Deckbetten. Was an Federn und Daunen übrig war, verkaufte sie an Markttagen mit recht gutem Gewinn. Und so taugte Fines Gänse-Amt auch noch zu einem kleinen Kostgeld für ihre Quartiersmutter.

Inzwischen kam Fine der Hütedienst nicht mehr langweilig vor. Im Gegenteil: Sie freute sich darüber, ungestört ihren Gedanken nachhängen zu können. Dann war es so, als würde ihre Seele nicht mehr bei den Gänsen verweilen, sondern frei hinaus schwingen und neue Welten entdecken. Doch bei all der Träumerei blieb Fine nicht verborgen, dass auch das Alltägliche wahre Wunder in sich trug. Wenn sie die Augen schloss, lauschte sie dem Wind in den Bäumen und den Vogelstimmen. Alles, was sie wahrnahm, hallte in ihrem Kopf wider, es betäubte die Sinne und schärfte sie gleichzeitig. Dann öffnete Fine die Augen, und es kam ihr so vor, als würde sie die Natur neu und anders erkennen. Sie betrachtete die Pflanzen am Rand der Wiesen, das heimtückische Bilsenkraut und die erfrischende Walderdbeere: So unterschiedlich sie auch waren, so dicht wuchsen sie doch beieinander.

Und dasselbe galt für Menschen, dachte Fine. Ein Mörder war nicht einfach zu erkennen! Er hatte Lebensgewohnheiten wie andere Menschen auch. Es stand ihm nicht auf der Stirn geschrieben, wie brutal er war. Und kurz nachdem er ein junges Mädchen gemeuchelt hatte, mochte er wie gewohnt zu seiner Familie zurückkehren und seinen Kindern liebevoll das Haar streicheln.

Fine beobachtete die Leute, die an den Hollerwiesen entlangkamen. Viele von ihnen kannte Fine. Sie winkte ihnen zu, und wenn es ihre Zeit zuließ, hielten sie gern ein Schwätzchen mit der jungen Gänsemagd.

Der Sommer schritt voran. Die Wachtel schlug im hohen Roggenfeld, und neben Fine sang den ganzen Tag lang eine Feldlerche bei ihrem Nest auf dem Boden.

Wenn Fine abends vom Gänsehüten nach Hause kam, nutzte sie oft noch die Stunden bis zur Dunkelheit, um Marjann zu helfen. Gar manches war in Haus und Garten zu tun. Die alte Frau und das Mädchen schnitten Kräuter und banden sie zu Sträußen, die sie kopfüber zum Trocknen an den Dachbalken hängten. Eine frühe Apfelsorte wurde in diesem Jahr ungewöhnlich rasch reif. Fine schälte die Früchte, schnitt sie in Scheiben und schob sie zum Dörren auf Gestelle von dünnen Hölzern.

Eines Abends zeigte Marjann dem Mädchen einen neuen Brief von Hannes, den der Postkutscher am Mittag gebracht hatte.

»Stell dir nur vor«, meinte Marjann mit geröteten Wangen. »Er schreibt von Menschen, die am Meeresrand entlangwandern, und das aus reiner Muße – einfach so. Eigentlich arbeiten sie in der Stadt in einem Kontor und sind reiche Kaufleute. Jetzt im Sommer kommen sie mit ihren Familien ans Meer und stellen große Sitzkörbe in den Sand. Den ganzen Tag verbringen sie dort, plaudern und essen feine Kuchen, die sie sich von ihren Mägden an den Strand bringen lassen.«

Auch Fine las, was Hannes geschrieben hatte. Sie konnte nur staunen über das Leben in Amerika. »Ich möchte auch einmal den Ozean sehen!« Begeistert reichte sie Marjann den Brief zurück. »Selbst wenn ich gar keine Zeit hätte, dort müßig im Sand zu sitzen, sondern bei den Fischern arbeiten müsste. So will ich doch eines Tages meine Füße in die Wellen halten und die salzige Luft atmen.«

»Das sollst du wohl, Mädchen.« Lächelnd schob Marjann den Brief wieder in den Umschlag, den sie ihrer Gewohnheit nach sorgfältig mit einem grünen Band umwickelte. Sie seufzte. »Ich habe das Meer nie gesehen, noch nicht einmal die Nordsee in Flandern oder Friesland, obwohl es ja nur ein paar Tagesreisen entfernt ist. Und jetzt bin ich alt, da wird mir eine so weite Fahrt nicht mehr vergönnt sein. Aber du bist noch jung. Sicher wirst du eines Tages am Ozean stehen und hinausblicken auf das weite Wasser.«

Da legte Fine einen Arm um ihre Pflegemutter und küsste sie auf die Wange. »Dorthin gehe ich nicht allein, Tante. Wenn es soweit ist, nehme ich Euch mit.«

»Ach, Kind«, gerührt tätschelte die alte Frau Fines Hand. »Ich denke oft, wie schön es wäre, wenn wir alle zusammen sein könnten: du, mein Hannes und ich. Ihr beide würdet euch gewiss gut verstehen. Und was für ein prächtiges Paar ihr wäret.«

Fine stutzte, von Marjanns Ansinnen fühlte sie sich unangenehm berührt. Seitdem sie in Hannes' ehemaliger Kammer wohnte, kam es ihr vor, als gäbe es eine geheime Verbindungen zwischen ihnen beiden, die ihr Unbehagen bereitete. »Aber Hannes ist doch längst erwachsen«, wandte sie ein. »Und ich bin fast noch ein Kind.«

»Was macht das schon?«, erwiderte Marjann leichthin. »Er ist zwölf Jahre älter du, das ist ein guter Abstand zwischen Mann und Frau. Mein Bert war neun Jahre älter als ich, und wir haben einander sehr geliebt. Ob nun neun oder zwölf Jahre – das ist fast das gleiche, Fine. Lass noch drei Winter vergehen, dann ist es schon so weit: Du feierst deinen sechzehnten Geburtstag. Wenn dein Vormund zustimmt, darfst du von diesem Zeitpunkt an heiraten. Bis dahin ist mein Hannes vielleicht schon zurück aus Amerika.« Und ehe Fine etwas einwenden konnte, setzte Marjann nach: »Wie schön ihr beide auch in euren Namen zueinander passt: Josefine und Johannes. Das klingt doch so, als wäret ihr für einander bestimmt.«

Weil der alten Frau bei diesen Worten die Tränen in die Augen schossen, wollte Fine nicht mehr widersprechen. Sie nickte nur und wünschte eine Gute Nacht. Bevor sie einschlief, dachte sie daran, dass den Gerüchten nach auch Hannes verdächtig war, ein Mörder zu sein. Den wollte sie gewiss nicht freien, beschloss Fine und befahl sich, auf ewig darüber zu schweigen.

Es kamen helle Erntetage, an denen der Himmel so wolkenlos blau war, dass Fine oft den ganzen Tag den Mond wie ein fein gezirkeltes Wölkchen am Himmel erkennen konnte. Am Maulbeerstrauch, dessen Blüten den Sommer über so herrlich geduftet hatten, bildeten sich kleine, birnenförmige Früchte. Auch die giftige Einbeere reifte und begann, schwarz zu werden.

Je näher die Tage des Getreideschnitts rückten, umso betriebsamer wurde es im Dorf und auf den umliegenden Feldern. Auch Fine bei ihrem Gänsedienst bekam das zu spüren. Auf dem Weg, der an den Hollerwiesen vorbeiführte, entstand ein reges Treiben. Schnell rasselnd zogen morgens die Leiterwagen dahin. Darauf saßen Frauen und Kinder, sie lachten, wenn das Schütteln des Wagens sie auf und nieder hob. Abends dann fuhren die mit Garben beladenen Wagen krächzend heimwärts. Schnitter und Schnitterinnen gingen müde vom Tagwerk nebenher.

Obwohl der Herbst sich näherte, wurde es wieder wärmer. Die Sonne schien unermüdlich, und ausgerechnet an den wichtigsten Tagen der Ernte war es in diesem Jahr so heiß, wie es den ganzen Sommer über nicht gewesen war. Die Gänse litten an dem Wetter. Mehrfach täglich musste Fine die Schwengelpumpe betätigen, um den ausgehöhlten Baumstamm nachzufüllen, der den Tieren als Tränke und Bad diente. Dieser Brunnen auf den Hollerwiesen hatte das beste Wasser in der Gegend. Je wärmer es wurde, umso öfter geschah es, dass die vorbeikommenden Menschen den Feldweg verließen, um der jungen Gänsehirtin einen kurzen Besuch abzustatten. Dann pumpte Fine frisches Wasser für die erschöpften Frauen und Männer. Einige hatten Eimer dabei, die sie füllten und damit erst sich und dann ihr Zugvieh tränkten. Andere hielten ihre hohlen Hände in den Wasserstrahl und labten sich am kühlen Nass.

Fine kam der Gedanke, den Menschen das Trinken zu erleichtern. Sie bat Marjann um einen kleinen, irdenen Krug, nahm ihn mit zum Brunnen und überreichte ihn frisch gefüllt den dürstenden Feldarbeitern. Für diesen Einfall erntete sie viel Lob, bei Rückgabe des Kruges ruhte manch dankbarer Blick auf ihr. Die Anerkennung tat ihr so wohl, dass sie bald fast enttäuscht war, wenn Leute vorübergingen, ohne zu trinken. Aber das kam nur selten vor, denn es blieb heiß, und fast jeder der Entlangziehenden ließ sich einen Krug reichen.

Eines Tages kam ein Wagen mit zwei prachtvollen Schimmeln dahergefahren. Ein breiter Bauer nahm den Doppelsitz völlig ein, er kam ohne Begleitung. Fine stutzte. Sobald sie den Mann erblickte, ergriff eine seltsame Aufregung ihr Gemüt, und sie wusste nicht, weshalb. Sie glaubte, ihn schon einmal gesehen zu haben. Eine dumpfe Erinnerung wurde in ihr wach, aber sie hätte nicht sagen können, wer dieser Mann war. Dem stattlichen Äußeren seines Wagens nach zu urteilen, schien er reich zu sein.

Wie er Fine bei den Gänsen sah, hielt er an und rief ihr zu, dass sie ihm einen Krug Wasser bringen sollte.

Fine zögerte. So etwas hatte sie noch nicht erlebt. Jeder, der hier Wasser haben wollte, unterzog sich der kleinen Mühe, die zweihundert Fuß vom Feldweg bis zum Brunnen zu gehen. Nie hatte Fine das Wasser so weit bringen müssen.

Doch der Mann auf dem Fuhrwerk machte keinerlei Anstalten, abzusteigen und zur Pumpe zu kommen. Er winkte weiter und rief ihr freundlich zu: »Wasser, Mädchen! Einen Krug!«

Einen Moment lang überlegte Fine, ob sie sich von der Gänseherde entfernen konnte. Da aber alle Tiere friedlich ihr Gras zupften, gab sie dem Drängen des Bauern nach. Sie füllte Wasser ab, lief damit quer über die Wiese zum Fuhrwerk und überreichte den Krug.

»Ah!«, freute er sich, nachdem er eine guten Zug getan hatte. »Es gibt doch in der ganzen Welt kein solches Wasser mehr.«

Er trank erneut und gab dankend den Krug zurück.

Voller Stolz entgegnete Fine: »Das Wasser ist frisch und gesund, und wenn Ihr einen Eimer dabei habt und Eure Pferde tränken wollt: Für die ist es besonders gut.«

»Du meinst es sicher recht, Kind«, meinte er leutselig. »Aber meine Gäule sind heiß und dürfen jetzt nicht saufen, sonst werden sie krank«, und während er Fine wohlwollend ansah fragte er: »Bist du von Reetz, Mädchen?«

Fine antwortete nicht gleich, ihr war noch immer nicht in den Sinn gekommen, wer der Bauer sein könnte. Aber ihre Neugierde trieb sie an. Zu gern wollte sie erfahren, mit wem sie es da zu tun hatte. Um etwas über den Mann herauszufinden, musste sie sich auf das Gespräch einlassen, soviel war ihr klar. Darum sagte sie freimütig: »Ja, ich bin aus Reetz.«

»Und wie heißt du?«

»Josefine Aldenhoven.«

»Aha!«, meinte der Bauer nun verständig. »Aldenhoven also. Dein Vater war der Hauerfranz. Der uns leider vor ein paar Jahren verlassen hat.«

»Ihr kanntet ihn?«, fragte Fine erstaunt.

»Sicher. Er hat doch einige Zeit als Anderknecht beim Oberlandbauern gedient. Ein guter Mann, dein Vater. Schade drum. Um seine Frau auch.«

Sie nickte, und die beiden schwiegen einen Moment. Während Fine die Worte des fremden Mannes auf sich wirken ließ, fiel ihr endlich ein, wer er war: der Lohbauer! Der reiche Gutsbesitzer aus Freilingen und ehemalige Lohnherr von Lisbeth! Der im Rufe stand, etwas mit ihrem Tod zu tun zu haben! Ein heftiger Schrecken durchfuhr Fine, doch blieb sie äußerlich ruhig.

Der Lohbauer schien nicht zu spüren, was in dem Mädchen vor sich ging. Er kam wieder auf Fines Vater zu sprechen: »Ich habe ihn gut gekannt. Es ist übles Schicksal, dass er so früh sterben musste.« Der Bauer griff in die Tasche und holte einen großen Lederbeutel heraus. Dort suchte er einen Taler und wollte ihn Fine reichen.

Doch sie streckte nicht ihre Hand danach aus. »Das ist doch viel zu viel«, entgegnete sie mit Bestimmtheit. »Und ich will auch nichts geschenkt. Das Wasser habe ich Euch gern gebracht, das war selbstverständlich. Ich danke Euch, aber ich nehme dafür nichts.«

Doch der Lohbauer ließ nicht locker. Zwischen seinen riesigen Fingern hielt er die Münze und drängte sie Fine auf. Fast berührte er damit ihre Brust, so nah hielt er das Geld vor sie hin. »Nimm nur, von mir kannst du nehmen. Ist nicht der Oberlandbauer dein Vormund?«

»Ja«, antwortete Fine zurückhaltend.

»So nimm! Sieh es als Mitleidsgabe wegen deiner toten Eltern. Und falls du den Oberlandbauern siehst, richte ihm einen schönen Gruß von mir aus. Ich werde nächste Woche wieder auf seinen Hof kommen und eine trächtige Kuh von ihm kaufen.«

Die Worte des Mannes waren vertrauensvoll, und trotzdem zögerte Fine noch. Doch wenn sie den Taler nicht angenommen hätte, wäre der Mann vielleicht misstrauisch geworden. Dann hätte er womöglich Fines Vormund erzählt, dass sie ein großzügiges und gut gemeintes Geschenk ausgeschlagen hat. Also nahm sie das Geldstück, bedankte sich artig und verabschiedete sich. Sie sah dem Wagen nach und musste an die riesigen Hände des Bauern denken.

Dann eilte sie zu den Gänsen zurück. In der Zwischenzeit war die Herde auseinandergewichen. Etliche Tiere hatten sich ellenweit von den anderen entfernt. Es kostete Fine viel Mühe und den emsigen Einsatz der Gerte, die Vögel wieder zusammenzuführen.

Als auch das geschafft war, setzte sie sich auf den Rand des ausgehöhlten Baumstamms und sann über das, was sie eben erlebt hatte. Sie holte den Taler aus ihrer geknöpften Blusentasche und legte ihn sich in die flache Hand. Noch nie hatte sie ein so großes Geldstück für sich allein besessen. Sie hätte froh darüber sein können, doch es kam ihr vor, als hinterließe die glänzende Münze im Handteller ein brennendes Mal. Schnell steckte sie den Taler zurück.

Sie dachte nach. Es war hohe Erntezeit, die Bauern betätigten sich in lebhaftem Handel, mussten viel unterwegs sein und nutzten oft den Feldweg an den Hollerwiesen. Also würde er wiederkommen, der Lohbauer – dessen war Fine sich sicher. Und sie hatte Angst. Nie wieder wollte sie ihm begegnen, jedenfalls nicht, wenn sie dabei allein mit ihm wäre.

Den restlichen Nachmittag betrachtete sie die Wolken und überlegte, was zu tun war. Und am Abend, nachdem sie die Gänse in den Pferch zurückgetrieben hatte, stand ihr Entschluss fest.

Schon eine Stunde später hastete sie die Hardtstraße hinauf zum Hof des Oberlandbauern. Als sie durch das große Tor auf die Tenne trat, kam ihr Bärbel entgegen.

»So eilig, Fine? Dann muss es ja wohl etwas Wichtiges sein. Gewiss willst du zum Bauern.«

»So ist es, Bärbel. Wo kann ich ihn finden?«

»Es ist schon spät«, erwiderte Bärbel streng. »Der Bauer hat sich zurückgezogen in sein Kontor und erledigt Schreibarbeit. Er schärft uns immer ein, dass er dabei nicht gestört sein will.«

»Aber ich bin doch sein Mündel«, beharrte Fine. »Und ich würde sicher nicht noch um diese Uhrzeit kommen, wenn es nicht dringlich wäre.«

»Dass er dein Vormund ist, weiß ich.« Überheblich zog Bärbel die Stirn hoch und fuhr sich mit einer Hand über ihren Knoten von feinem, schwarzem Haar. »Wenn es wirklich so wichtig ist, sage mir halt, worum es geht. Dann will ich den Bauern fragen, ob er für dich seine Arbeit unterbricht. Und wenn nicht, musst du eben morgen wiederkommen.«

Fine blickte Bärbel fassungslos an. Noch bis zum Frühjahr waren die beiden gemeinsam zur Schule gegangen. Seite an Seite auf einer Klassenbank hatten sie alle sechs Jahre verbracht. Und wenn Fine sich nicht für den Gänsedienst entschieden hätte, dann wäre die Stelle als Jungmagd beim Oberlandbauern gar nicht für Bärbel frei gewesen. Doch jetzt das! So anmaßend hatte Fine ihre alte Schulkameradin noch nie erlebt. Was war nur in dieses Mädchen gefahren, das sonst stets als freundlich und zuvorkommend gegolten hatte?

Am liebsten hätte Fine ihrem Ärger Luft gemacht. Doch damit hätte sie sich noch schlimmer benommen als Bärbel, und sie wollte nicht Gleiches mit Gleichem vergelten. Also beherrschte sie sich, senkte die Stimme und sagte freundlich, aber in aller Deutlichkeit: »Als Vormund vertritt der Oberlandbauer meine toten Eltern. Und so wie ein Kind jederzeit zu Vater und Mutter gehen darf, wenn es Rat braucht, so sollte es auch bei einem Vormund sein. Du führst mich jetzt zum Bauern, Bärbel, oder ich werde ihm morgen sagen, dass du mir mein gesetzliches Recht verwehrst.«

Offenbar trafen Fines Wort die Jungmagd, denn sie erschrak. Sie sagte nur: »Dann komm!« und ging voraus zum Kontor, das neben der Wohnstube lag.

Bärbel klopfte an und entschuldigte sich sogleich für die Störung, dennoch war der Bauer ungehalten. Doch als er sah, welcher Ernst in Fines Miene lag, bat er sie herein und schloss die Tür.

Sie zog die Münze aus der Tasche und erzählte von dem Ereignis auf den Hollerwiesen und auch, wie der Lohbauer ihr das Geld unbedingt geben wollte.

Der Oberlandbauer nickte ruhig. »Du hast recht daran getan, das Geld zu nehmen. Der Lohbauer ist ein guter

Freund. Er hat ihn dir mit besten Absichten gegeben, darauf kannst du dich verlassen.«

»Aber so viel!«, entgegnete Fine. »Die Mutter und auch die Schwarze Marjann haben mich gelehrt, niemals Geld von einem Fremden anzunehmen. Nun habe ich es trotzdem getan, wenn auch gegen meinen eigentlichen Willen. Und dann gleich einen ganzen Taler.«

»Es ehrt dich, wenn du so zurückhaltend bist«, der Oberlandbauer beugte sich vor und sprach freundlich auf sie ein. »Sicherlich ist ein Taler viel. Aber wie du selbst sagst: Der Lohbauer kannte deine Eltern gut und hielt große Stücke auf sie. Also ist er kein ganz Fremder, auch wenn du ihn bisher nicht persönlich kanntest. Und er weiß, dass du mein Mündel bist. Darum hat er es mit dem Taler sicher gut gemeint und wollte dich bestimmt nicht in Verlegenheit bringen.«

Fine überreichte das Geldstück. »Herr, ich möchte, dass Ihr es für mich aufbewahrt. Gebt es mir zurück, wenn ich es für etwas Wichtiges brauche und euch darum bitte.«

»Gewiss, mein Kind. Das ist ein guter Gedanke«, der Oberlandbauer nahm den Taler an sich.

»Und da ist noch etwas, Herr Vormund.«

»Ja?«, fragte er nun mit gewisser Ungeduld, denn offenbar hielt er die Sache für erledigt.

Doch Fine brachte vor, was ihr noch auf dem Herzen lag: »Es ist mir unheimlich auf den Hollerwiesen, darum will ich dort nicht länger sein und auch nicht mehr die Gänse hüten. Gebt mir bitte eine andere Arbeit.«

Der Oberlandbauer zeigte sich erstaunt. »Jetzt übertreibst du, Fine. Die Hollerwiesen sind auch für ein junges Mädchen ein sicherer Ort. Und ein Lohbauer, der dir aus Mitleid einen Taler schenkt, bringt gewiss kein Unheil über die Wiesen.«

Fine nickte. »Es ist auch wegen dem, was Ihr mir am Anfang sagtet, Herr Vormund. Ich sehe es inzwischen ein. Das Gänsehüten ist eine niedere Arbeit, und die Leute im Dorf verlachen mich deswegen, auch wenn sie es mir nicht direkt zeigen. Auch darum will ich den Hütedienst lieber beenden.«

Sichtlich verärgert legte der Oberlandbauer die Stirn in Falten. »So einfach ist das nicht, Fine. Jetzt zur Erntezeit lässt sich schwerlich ein Ersatz für dich finden. Bis zum nächsten Frühjahr wird sich wohl ein neuer Gänsehirt auftun. Aber einige Wochen wirst du noch damit weitermachen müssen. Schließlich verlassen sich die Leute auf dich.«

Dem hatte Fine nichts entgegenzusetzen. Sie musste die Entscheidung ihres Vormunds annehmen und bis in den Herbst hinein den Gänsedienst versehen. Selbst wenn sie dabei erneut dem Lohbauern begegnen sollte.

Dankend verabschiedete sie sich und kehrte in Marjanns Haus zurück. Weil sie die alte Frau nicht beunruhigen wollte, verschwieg sie auch ihr gegenüber den Vorfall mit dem Taler. Doch wohl war Fine dabei nicht.

Mit einem unguten Gefühl setzte sie am nächsten Morgen den Dienst auf den Hollerwiesen fort. Immer wieder starrte sie auf das Waldstück, aus dem am Vortag der Wagen des Lohbauern gekommen war. Zu ihrer großen Erleichterung erschien er an diesem Tag nicht.

Bald taten sich die ersten Stoppelfelder auf. Wo vor Kurzem noch wogendes Getreide gestanden hatte, wurde es nun kahl. Die Zeit wandelte sich, der Sommer ging endgültig zur Neige. Fine hatte in ihrem Hütedienst gut zu tun. Manchmal drängten sich die Gänse in kecker Zudringlichkeit an die beladenen Erntewagen und rupften manche herunterhängende Ähre ab. Dann gab es viel Gelächter, und Fine musste die Gerte einsetzen. So verbrachte sie die folgenden Wochen. Nach wie vor fürchtete sie, dass der Lohbauer den Feldweg entlangkommen könnte. Aber er begegnete ihr kein weiteres Mal.

Der Herbst schritt voran. Es sollte nicht mehr lange dauern, bis die Gänse zurück in ihre Ställe sollten. Doch bevor es soweit war, kam auf sie noch eine besondere Aufgabe zu. Damit die Gänse vorm Martinstag noch ordentlich in ihrer Fettschicht zulegten, durften sie nicht länger auf den Hollerwiesen bleiben, denn hier waren die besten Blätter abgerupft. Fine musste sie hinausführen auf die abgemähten Klee- und Getreidefelder. Die Vögel labten sich an dem, was Sichel und Sensen stehen gelassen hatten, und Fine konnte dabei zusehen, wie sie fetter und fetter wurden. Allerdings hatte sie auf dem fremden Gelände auch mehr zu tun, denn hier ließ sich die Herde nicht so leicht zusammenhalten. Wenn sie abends die Tiere zurück auf die Hollerwiesen scheuchte, schnatterten sie laut und ohne Unterlass. So als wollten sie sich gegenseitig erzählen, wie köstlich der Ausflug auf die Felder gewesen war. Wieder im Pferch zeigten sie sich dann bald müde vom anstrengenden Fressen, steckten die Schnäbel unter die Flügel und träumten vor sich hin.

Obwohl Fine sich anfangs über die Dummheit der Gänse geärgert hatte, waren ihr die Tiere im Laufe des Sommers doch ans Herz gewachsen. Mit leiser Wehmut dachte sie daran, dass für die meisten von ihnen dieser Schmaus der letzte sein würde. Stattdessen sollten sie als Braten den Menschen bald selbst großen Genuss bereiten, und auch Fine freute sich auf eine Gänsekeule zum Martinstag.

Das Wetter blieb mild. Fine brauchte ihre ungeheizte Kammer im Schuppen nicht so bald gegen den Schlafplatz in Marjanns Haus einzutauschen. Noch hielt sie es gut aus in ihrem eigenen Gemach – wenn auch nur unter einem dicken Deckbett von Gänsefedern.

Doch eines Nachts um die Mitte des Monats Oktober schlief sie schlecht, obwohl ihr nicht kalt war. Ihr kam es vor, als hörte sie etwas klappern, so wie wenn ein Fenster gegen ein Rahmenholz schlägt. Sie öffnete die Augen und starrte ins Dunkel, das Geräusch hörte auf. Eigentlich hätte sie sich wieder niederlegen und weiterschlafen können, doch ein Gefühl, das sie selbst nicht recht fassen konnte, trieb sie aus dem Bett. Sie öffnete die Tür zum Garten. Der Stall und auch Marjanns Haus lagen in aller Stille, nichts deutete darauf hin, dass hier etwas in Unordnung sein könnte. Vom Dreiviertelmond drang nur wenig Licht in die windstille Nacht, doch es reichte aus, um sich im Garten zurechtzufinden. Fine schritt die Wege zwischen den Beeten entlang zum Haus und schaute nach Türen und Fensterläden. Alles war gut verschlossen, nichts regte sich. Erleichtert legte Fine sich wieder zu Bett und schlief noch einige Stunden, nun um einiges ruhiger als zu Beginn der Nacht.

Das Gewitter

Es kamen die letzten Tage des Gänsedienstes. Der Herbst hatte schon an Kraft gewonnen und fegte mit seinen Stürmen die Blätter von den Bäumen. Doch dann, es ging schon auf Allerheiligen zu, wollte das Wetter es sich noch einmal anders überlegen. Ein warmer Wind zog heran, flaute nach zwei Tagen ab und hinterließ eine milde Luft, die sich im Tal staute und durch eine unerwartet kräftige Sonne noch an Temperatur gewann.

Fine weidete ihre Gänse auf einem kahlen Kleefeld nicht weit vom Bachlauf entfernt. Die Tiere lebten in der Wärme auf und fraßen sich satt an dem Grün, das trotz sorgfältiger Mahd stehen geblieben war. Von Zeit zu Zeit, wenn ihre Schnäbel vom vielen Pflücken und Rupfen müde geworden waren, reckten sie ihre Hälse. Dabei schnatterten sie so laut, als wollten sie sich bei ihrem Schöpfer bedanken für das Festmahl aus Kleestielen.

Schon am späten Vormittag wurde es so warm, dass Fine ihre leichte Wolljacke ablegen und ihre bloßen Arme von der Sonne umschmeicheln lassen konnte. Als es vom Kirchturm zwölf Uhr schlug, kam Ulla am Feld vorbei. Sie hatte für den Oberlandbauern einige Besorgungen im Dorf zu erledigen, doch es blieb ihr Zeit für einen kleinen Schwatz.

»Ich traue diesem Wetter nicht, Fine.« Sie schaute in den Himmel. »Eine solche Wärme kurz vor Allerheiligen. Mich würde nicht wundern, wenn es bald umschlagen sollte.«

Fine musste ihr recht geben. In diesem Sommer, beim täglichen Verweilen auf dem Hüteplatz, hatte sie gelernt, noch mehr als früher auf die Zeichen der Natur zu achten. »Wenn ich merke, dass Wolken aufziehen, bringe ich die Gänse auf die Hollerwiesen zurück«, versprach sie.

»So machst du das.« Ulla nickte. »Bärbel hat übrigens erzählt, dass du vor einigen Wochen des Abends beim Oberlandbauern warst.«

»Ja«, erwiderte Fine arglos. »Aber ich hatte nicht mehr die Zeit, zu dir in die Küche zu kommen. Es war schon spät und Marjann wartete auf mich.« Sie überlegte, was sie Ulla von den Ereignissen erzählen sollte. Ulla selbst hatte Rede und Antwort gestanden, als Fine sich nach Lisbeths Tod erkundigt hatte. Also wäre es nur billig, wenn Fine jetzt vom Taler des Lohbauern berichten würde. Sie zweifelte nicht an Ullas Verschwiegenheit. Dennoch wollte sie lieber für sich behalten, was geschehen war.

Ulla musste ohnehin weiter, sie sagten einander Adieu, und Fine blieb allein mit ihrer Gänseschar auf dem abgemähten Kleefeld. Immer wieder betrachtete sie den Horizont über dem Wald. Ulla hatte wohl recht mit ihrer Vermutung, dass das Wetter bald umschlagen mochte. Doch noch war es windstill, und am Himmel zeigten sich nicht mehr als dünne Schleier, die das klare Blau kaum verhüllten.

So verbrachte Fine die folgenden Stunden und musste hin und wieder gegen eine Müdigkeit ankämpfen, die ihre Glieder befiel. In der letzten Nacht hatte sie längst nicht so gut geschlafen wie üblich.

Während der Nachmittag sich neigte, konnte Fine es trotz allen Bemühens nicht verhindern: Das Kinn fiel ihr auf die Brust, sie nickte kurz ein und wachte erst wieder auf, als ein gewaltiges Donnern die Ruhe auf den Wiesen jäh durchbrach. Fine erschrak. Wie lange sie geschlafen hatte, wusste sie nicht. Vermutlich war es nur kurz gewesen, denn die Gänse trieben sich wohlbehalten auf dem Feld umher.

Und dennoch: In Fine saß ein tiefer Schreck. Weniger wegen des Donners, der noch in weiter Ferne schien, sondern mehr über sich selbst: Noch nie war es ihr passiert, dass sie eingedöst war und darüber ihre Pflicht vergessen hatte. Nicht auszudenken, was den Gänsen hätte geschehen können, wenn Fine länger geschlafen hätte.

Verstört blickte sie auf und erkannte, dass die eine Seite des Himmels zwar in klarem Blau erstrahlte, sich aber über dem Wald nach Blankenheim hin schon dunkles Grau ballte. Sie horchte. Noch jubilierte eine Lerche in den Lüften, aber gleich darauf stieß ein Fink im Birnbaum einen klagenden Ton aus.

Immer mehr fliegende Wolken überzogen den eben noch blauen Teil des Himmels. Fine musste sich beeilen. Unter häufigem, wenn auch behutsamem Einsatz der Gerte scheuchte sie ihre Herde zusammen und trieb sie an. Auf dem Weg zum gewohnten Hüteplatz wurden die Tiere unruhig. Offenbar spürten sie, was sich anbahnte. Alle Natur schien wegen des heranziehenden Gewitters in Aufruhr versetzt. Fine kam mit ihren Tieren an einem Weiher vorbei, wo die Frösche so fürchterlich krächzten, dass die Gänse davon erschraken und verstört mit den Flügeln schlugen. Nur mit Mühe ließ sich die Schar beisammen halten.

Sobald sie die Hollerwiesen erreichten, war es, als zöge der Himmel sich von der einen auf die andere Sekunde zu. Die Birnbäume standen schwarz wie bedrohliche Gestalten, und bald wurde es so dunkel, als wäre es Nacht. Schon Sekunden später ließen rasch aufeinander folgende Blitze die Bäume im hellen Tageslicht erscheinen. Fine wurde geblendet. Sie musste kurz die Augen schließen und abwarten, sonst hätte sie nichts mehr gesehen. Von Panik ergriffen überlegte sie, ob sie die Gänse in den Pferch treiben sollte. Doch der war wegen der stetigen Winde über den Hollerwiesen eher niedrig gebaut und nach oben hin mit einem Drahtgitter abgesichert. Diese Bauweise, so günstig sie sonst auch sein mochte, barg bei Gewitter eine Gefahr für die Gänse. Der Blitz wählt immer den kürzesten Weg, so hatte Fine es in der Schule gelernt. Den höchsten Baum nimmt er sich oder das höchste Gebäude. Aber am allerliebsten hatte er Metall, denn dort konnte er sich am besten ausbreiten. Wenn die Gänse nun im Pferch waren, könnte es sein, dass der Blitz in das Drahtgitter über ihren Köpfen einschlug. Solange die Gänse mit ihren Schnäbeln nicht das Drahtdach berührten, würde nichts passieren. Das hatte der Lehrer erklärt. Doch in den letzten Jahren war es schon dazu gekommen, dass die Vögel genau in dem Augenblick aufflatterten, als ein Blitz durch den Draht ging. Dann waren sie im Bruchteil einer Sekunde verendet.

Während Fine noch unentschlossen war, ob sie die Gänse in den Pferch sperren sollte, schnatterten sie immer lauter vor Angst. Es war, als hätten sie eine Vorahnung von dem, was gleich geschehen sollte. Denn tatsächlich prasselte im nächsten Augenblick ein Hagel auf die Wiese. Die schwarzen Wolken schütteten ihre harte Fracht aus. Von den Körnern getroffen streckten die Gänse schreiend die Schnäbel empor, als könnten sie so dafür sorgen, dass der Hagel ihnen nicht das weiche Hirn einschlug.

Schnell musste es jetzt gehen! Schnell! Eilig riss Fine das Tor zum Pferch auf und trieb die Herde hinein. Geschickt setzte sie ihre Gerte ein und konnte nur hoffen, dass keines der Tiere mit den Flügeln schlagen und im Moment eines Blitzeinschlags das Drahtgitter berühren würde. Doch alles ging gut. Nah beieinander im vertrauten Pferch wurden die Tiere ruhiger, und Fine konnte durchatmen. Jetzt musste sie sich nur noch um sich selbst kümmern. Während Blitz auf

Blitz niederging und jedem sogleich ein ohrenbetäubender Donner folgte, rannte Fine weg vom drahtumspannten Pferch und von den Bäumen. Eng zusammengekauert auf freiem Gelände war es für sie am sichersten. Mitten auf den Hollerwiesen gab es eine kleine Senke. Dort setzte sie sich hinein, zog die Knie nah an ihren Oberkörper und umschlang sie mit ihren Armen. So verharrte sie und nahm es hin, dass sie nasser und nasser wurde. Zwar ging der Hagel nach wenigen Minuten in Regen über, doch der schüttete umso heftiger, das Gewitter ließ an Stärke nicht nach.

Wie Fine weiter auf der Wiese kauerte, sah sie plötzlich, dass jemand auf sie zu rannte. Im Dunkel der Wolken nahm sie zunächst nur die Umrisse der menschlichen Gestalt wahr. Eine kleine, zierliche Person schwenkte erregt die Arme und schrie etwas, das Fine nicht verstand. Endlich erkannte sie: Es war Basti!

Obwohl der Regen noch längst nicht nachgelassen hatte und das Gewitter weiter wütete, erhob Fine sich aus ihrer Kuhle und lief ihm entgegen.

Mit triefender Hose und Jacke kam Basti unter schwer fallenden Tropfen bei seiner Schwester an. Bis auf die Haut war er durchnässt, aus seinen klebenden Haaren rann das Wasser. »Es ist etwas geschehen!«, rief er verzweifelt. Nass, wie er war, und ganz außer Atem fiel er seiner Schwester um den Hals, während über Wald und Wiese die Blitze heruntergingen und sich der Regen in stetigem Grau ergoss.

Seine Aufregung ging auf Fine über. »Was ist es?!«, schrie sie, doch statt zu antworten, klammerte Basti sich immer fester an sie und drückte seinen Kopf gegen ihren Hals, dass sie kaum noch Luft bekam.

Hastig stammelte er: »Ein Unglück, Fine, ein schreckliches Unglück! Bärbel ist tot!«

»Bärbel?!«, entfuhr es Fine entsetzt. Nun verstand sie, warum Basti so froh war, seine Schwester unversehrt bei den Gänsen zu finden. Ein Zittern durchfuhr Fine, und sofort hatte sie die Bilder vor Augen: Die letzte Begegnung mit Bärbel im Haus des Oberlandbauern, als sie Fine so unerwartet streng und abweisend behandelt hatte. Fine schloss die Augen. Ein Empfinden erfasste sie, wie sie es noch nie erlebt hatte, so als stiege eine Leere in ihr auf und ihre Seele entferne sich aus ihrem Körper. Nur noch vage fühlte sie, dass ihr Bruder sie immer noch fest umschlang und sie beide mit triefenden Kleidern aneinander zu kleben schienen.

Aber im selben Augenblick, in dem Fine von Bärbels Tod erfuhr, schien aller Groll auf die ehemalige Schulkameradin vergessen, zu schrecklich war die Nachricht von ihrem Tod.

Mit den nächsten Blitzen, die über den Himmel zuckten, erfasste ein kalter Schock Fines Glieder. Ruckartig löste sie sich aus der Umarmung, während sie gleichzeitig Bastis Hand ergriff. »Komm weg hier! Komm! Wir dürfen hier nicht stehen bleiben!« Sie zog Basti zur Senke, ging in die Hocke und zwang ihn zu sich herab.

Und wie sie ihren Bruder nun angstvoll ansah, erkannte er, welche Fragen sie bewegten. »Man hat sie ermordet«, brachte er zitternd hervor. »Mit einem Schnitt hier.« Er deutete ein Halbrund von Ohr zu Ohr an.

»Also genau wie die Lisbeth auf dem Friedhof!« Fine hielt den Atem an vor Schrecken.

»Wohl genauso. Und es war dort drüben ...« Basti zeigte auf ein nach Freilingen gelegenes Waldstück. »Am Waldrand bei den großen Buchen, in einem Graben, nicht weit von der Straße entfernt. Die Ravenzacherin hat sie gefunden, denn sie war Pilze sammeln. Ungefähr vor einer Stunde war das. Als das Gewitter losging.«

»Aber das heißt ja ...?« Fine sprach nicht weiter, so sehr lähmte sie ihr Entsetzen.

Doch Basti führte ihre Gedanken fort. »Richtig. Es ist nicht weit von der Stelle passiert, wo damals die Lisbeth lag. Und nun, zehn Jahre später, die Bärbel.«

»Warst du etwa dort!?« Fine erschauerte bei dem Gedanken.

»Das nicht, und ich will es mir auch gar nicht ansehen. Aber einige Männer haben sich sofort aufgemacht, zu der Stelle, wo Bärbel liegt. Und der Großknecht vom Vormund ist los geritten, um Gerd Bescheid zu sagen. Die Gendarmen sind bestimmt bald bei Bärbel im Wald, und wir alle dürfen nicht mehr dorthin.«

Fine kam es vor, als greife noch immer eine kalte Hand nach ihrem Herzen, ihr stockte der Atem. Doch ihre Neugierde war größer als ihr Schrecken, darum fragte sie: »Hat man denn dort jemanden gesehen oder weiß man, wer es getan haben könnte?«

»Nein. Man muss abwarten. Aber alle Leute im Dorf sprechen darüber, dass Lisbeth und Bärbel auf dieselbe Weise ermordet wurden. Und dass es wohl derselbe Täter ist. Ich habe bei Marjann Bescheid gegeben, dass ich jetzt zu dir auf die Wiese komme. Und wenn ich nicht rasch zurück bin, dann geht es dir gut und ich bleibe bei dir und gebe auf dich acht.«

»Wie schrecklich das alles ist!« Fine kamen die Tränen. Entsetzt und dankbar zugleich drängte sie sich eng an Basti.

»Soll ich dich zurück ins Dorf bringen?«, fragte er.

Fine starrte in den Himmel. Immer noch gingen über dem Wald die Blitze nieder.

»Nein«, entschied sie. »Solange es gewittert, will ich bei den Gänsen bleiben. Zudem ist es hier auf der offenen Wiese sicherer als im Dorf, und noch nasser können wir ohnehin nicht mehr werden.«

Basti war einverstanden. Die Geschwister blieben in der Senke sitzen, während der Regen weiter auf sie einprasselte. Unentwegt schauten sie in Richtung des Feldweges, der als Nebenstrecke die Orte Reetz und Blankenheim verband. Dort ließ sich keine Menschenseele blicken.

»Dass hier niemand mehr entlangkommt, liegt bestimmt nicht nur am Regen«, meinte Basti. »Ich wette, die Hauptstraße ist jetzt knüppelvoll von Leuten, die danach gieren, mehr zu erfahren.«

»Du hast doch gesagt, dass niemand dorthin darf, wo es passiert ist«, wandte Fine ein.

»Ja. Jedenfalls hat Gudrun das so gesagt, und die muss es ja wissen als Verlobte eines Gendarms. Aber es gibt bestimmt viele Menschen, die zusehen wollen, wie die Polizei alles untersucht.«

Fine nickte stumm. Sie mochte sich gar nicht ausmalen, was dort im Wald geschehen war und jetzt weiter vor sich ging.

Eine Weile schwiegen sie.

Schließlich meinte Basti leise: »Bestimmt hat der Mörder es auf junge Mädchen abgesehen. Also hätte es statt Bärbel auch dich treffen können, Fine.«

Im ersten Moment wollte sie etwas entgegnen, denn sie musste an das denken, was Gudrun und Gerd ihr erzählt hatten: dass es zwischen Lisbeth und ihrem Mörder vermutlich eine Liebesverbindung gab. Vielleicht war das ja bei Bärbel und ihrem Mörder genauso. Aber weil Fine fest versprochen hatte, darüber zu schweigen, entgegnete sie nur: »Ja. Es hätte wohl auch mich treffen können.«

Basti legte einen Arm um seine Schwester und blickte in den Himmel. »Die Blitze sind weit weg«, sagte er nach einer

Weile. »Und das Donnern ist auch schon viel leiser. Wir sollten gehen.«

Sie erhoben sich langsam aus der Kuhle. Als sie aufrecht standen, lief ihnen das Regenwasser aus Hosen und Röcken. Erst jetzt spürte Fine, wie stark die Luft sich abgekühlt hatte. Eben noch, neben Basti in der Kuhle, hatten sie nicht gefroren. Vermutlich hatte das Entsetzen alle anderen Empfindungen beiseitegedrängt. Wieder schaute Fine in den Himmel. Die Gewitterwolken zogen ab, nun setzte die Dämmerung ein.

Fine ging zum Gänsepferch. Die Tiere saßen geduckt, viele mit dem Schnabel unter einem Flügel, als hätten sie begriffen, was sich in der Nähe ereignete hatte, und müssten sich nun schützen. Fine sprach ihnen gut zu. Dann machten sich die Geschwister auf den Weg.

Als sie das Dorf erreichten, hatte das Donnergrollen sich ganz verzogen. Stattdessen lag eine Stille über den Häusern wie eine Decke von dichtem Filz. Nicht dick, aber kräftig genug, um die heftigsten Schwingungen der Luft abzumildern. Niemand war zu sehen, auf den Wegen nicht, vor den Häusern nicht.

»Die haben entweder Angst und kauern sich um ihre Herdfeuer«, meinte Basti, »oder sie sind noch auf der Straße am Wald. Die Polizei wird dort wohl noch viele Stunden zu tun haben.«

»Das mag wohl sein«, erwiderte Fine mit tonloser Stimme.

Vor dem Haus der Schwarzen Marjann trennten sie sich. Basti ging weiter zu seinem Quartier beim Ravenzacher.

Sobald Fine durch die Tür trat, kam Marjann mit einer Tasse heißem Kräutertee auf sie zu. »Ich wusste ja, dass dein Bruder bei dir war. Und dass er sofort ins Dorf zurückgekehrt wäre, wenn er dich nicht wohlbehalten angetroffen hätte. Darum habe ich mir keine Sorgen gemacht.«

Die Besonnenheit der alten Frau ging auf Fine über. Sie nahm dankbar ein paar Schlucke Tee, dann legte sie ihre nasse Kleidung ab.

Liebevoll und ruhig reichte Marjann trockne Tücher an. »Es ist furchtbar, was passiert ist. Aber dennoch dürfen wir nicht in Angst verfallen, sondern müssen alles daran setzen, den Mörder zu finden.«

Fine nickte. Sie dachte nach: Noch bis gestern war es im Dorf so gewesen, dass alle über Lisbeths Ermordung vor zehn Jahren geschwiegen hatten, aber nun taten alle so, als sei es immer in der Erinnerung gewesen. Auch Marjann verhielt sich so, als hätte Fine immer gewusst, was damals geschehen war. Dabei hatte die alte Frau doch sogar die Antwort verweigert, als Fine direkt nach Lisbeths Grab gefragt hatte. Gern hätte Fine jetzt einige Fragen dazu gestellt, doch dann hätte sie zugeben müssen, dass sie mit Ulla, Gerd und Gudrun längst über Lisbeths Tod gesprochen hatte. Also sagte sie nur: »Basti hat mir erzählt, was damals der Tochter vom Köhler zugestoßen ist. Glaubt Ihr denn, Tante, es ist jetzt bei Bärbel derselbe Täter wie damals bei Lisbeth? Dass ein Mörder zehn Jahre wartet und dann plötzlich wieder zuschlägt?«

»Wir wissen es nicht.« Marjann holte für Fine ein frisches Leibchen aus dem Schrank. »Wir können bloß sagen, dass hier im Dorf zehn Jahre lang nichts dergleichen geschehen ist. Es mag ja durchaus sein, dass der Täter in der Zwischenzeit andernorts sein Unwesen getrieben hat. Morde an jungen Mädchen sind nicht selten, sagt die Polizei.« Seufzend füllte sie Fines Tasse mit Tee nach. »Soll ich einen Ziegel für dein Bett heiß machen?«

Fine nickte. »Danke, Tante.«

Sie kleidete sich an, dann setzte sie sich an den Tisch und leerte eine Schüssel Mus von Kartoffeln und Äpfeln. Zu gern hätte sie Marjann danach gefragt, wie es damals bei Lisbeth gewesen war und wer der Mann sein könnte, den das Mädchen geliebt hatte. Doch weil Fine so tun musste, als wüsste sie nichts darüber, schwieg sie.

Derweil griff Marjann zur Feuerzange und legte einen Ziegelstein auf die glühenden Scheite im Herd. Nach einigen Minuten holte sie ihn heraus und wickelte ihn in Tücher. Auf diese Weise umsorgt, machte Fine sich auf in ihre Schlafkammer. Das Bündel mit dem heißen Stein legte sie unter das große Federkissen und schlüpfte bald selbst ins Bett. Der Tee war aus Baldrian und Hopfen gewesen. Rasch und ohne Angst fiel Fine in tiefen Schlummer.

Wie jeden Morgen wurde sie vom ersten Hahnenschrei wach. Noch bevor sie die Augen aufschlug, kamen ihr die Ereignisse des letzten Tages wieder in den Sinn. Trotzdem erhob sie sich ohne Zagen, wusch sich an der bereitstehenden Schüssel und ging durch den Garten zu Marjann ins Haus.

Voller Anteilnahme fragte die alte Frau, wie die Nacht gewesen sei.

»Sorge dich nicht, Tante«, erwiderte Fine ernst. »Es ist Entsetzliches geschehen, aber Ihr habt recht: Wir alle hier im Dorf dürfen uns nicht einschüchtern lassen, sondern müssen die Augen offen halten und der Polizei helfen so gut wir können.«

Marjann stellte eine Schüsseln mit Hirsebrei und frischen Birnen auf den Tisch. »Also willst du zum Dienst gehen?«

»Natürlich, Tante. Ich kann die Gänse doch nicht den ganzen Tag im Pferch lassen. Angst habe ich keine, denn wer immer es getan hat: Er wird es sicher nicht schon am nächsten Tag wieder tun, zumal nun doch viele Gendarmen in unserer Gegend sind.«

Marjann nickte zögernd. »Da magst du recht haben, Kind. Obwohl: Ganz wohl ist mir nicht bei dem Gedanken, dass du ohne eine Menschenseele auf der Wiese bist.«

»Aber ich bin gar nicht allein«, entgegnete Fine, während sie mit Appetit ihren Brei aß. »Immer wieder laufen Leute vorbei, und dann sind da doch auch meine Gänse. Wenn sich mir jemand auf weniger als eine Elle nähert und sie kennen ihn nicht, dann schreien sie lauter als jeder Hund bellen kann. Das habe ich schon erlebt.«

»Nun gut, Mädchen. Wir dürfen nicht vor Furcht erstarren, und du weißt, was du tust. So geh zu deinem Dienst und geh mit Gott. Das wünsche ich dir heute noch viel mehr, als ich es je getan habe.«

»Danke, Tante. Ich weiß, wie ernst Euch das ist.« Fine beendete ihr Frühstück und machte sich auf den Weg zu den Hollerwiesen.

Das Dorf lag still im Nebel. Wie schon am Vorabend begegnete Fine niemandem. Obwohl sie gerade beteuert hatte, keine Angst zu haben, nahm sie doch ihren Weg rascher als sonst und sah sich einige Male um. Als sie den Hüteplatz erreichte, drang erstes Morgenlicht über die Kuppe des Waldes.

Fine öffnete den Riegel vom Pferch, und sogleich kam Bewegung in die Tiere, die eben noch auf dem Stroh gekauert hatten. Sie strömten durch die Tür, ihr weißes Gefieder leuchtete im noch dunklen Grau der Dämmerung.

»Guten Morgen, ihr Guten«, rief Fine, und die Vögel antworteten mit lautem Geschnatter, während sie auf der Wiese ihr Frühstück suchten.

Fine setzte sich auf den Rand der Tränke und schaute in Richtung Freilingen. Friedlich lagen die Hollerwiesen vor ihr, wenn auch noch völlig durchnässt. Vom unfassbaren

Kampf, der gestern am Himmel getobt hatte, war nichts mehr zu spüren. Bald schon wurde es hell über dem Wald, die Sonne brach hervor, und die Gänse schmausten die Wiesenkräuter, als wären sie durch den Gewitterregen frisch gewürzt und nun ein besonderer Genuss.

Auch Fine hätte ihre Freude haben können an diesem strahlenden Herbsttag, wenn da nicht Bärbels Tod wie eine untragbare Bürde über allem gelegen hätte. Fine konnte gar nicht anders, als an Bärbel zu denken. Nicht nur, weil das tiefe Entsetzen über die Gräueltat ihre Seele packte. Sondern auch, weil an diesem Morgen noch immer niemand auf dem Feldweg zwischen Reetz und Blankenheim zu sehen war.

Sie erinnerte sich daran, was Basti am Vortag gesagt hatte: Die Leute nehmen die Hauptstraße, weil sie dort an der Stelle vorbeikommen, wo der Mord geschehen ist. Fine schauderte bei diesem Gedanken. Aber so waren sie wohl, die Menschen.

Kurz nachdem der Kirchturm zehn Uhr geschlagen hatte, kam doch noch jemand den Feldweg entlang: Gerd, der junge Polizist. Fine erkannte sofort, dass er nicht auf seinem üblichen Gang zur Dienststelle war, sondern direkt auf den Hüteplatz zusteuerte. Sie begrüßten einander und tauschten sich aus über das furchtbare Geschehen.

»Meine Kollegen und ich suchen schon seit dem frühen Morgen nach Zeugen«, Gerd zog eine Kladde samt Bleistift hervor. »Darum auch an dich die Frage, Fine: Was hast du gestern gehört oder gesehen? War irgendeine Sache anders als sonst? Ist dir etwas aufgefallen?«

Doch Fine konnte ja nur sagen, dass sie den ganzen Tag bei den Gänsen gewesen sei, erst auf dem Kleefeld und dann hier auf den Hollerwiesen, und nichts Auffälliges bemerkt habe.

Gerd machte sich Notizen. »Unsere große Schwierigkeit ist, dass der Regen die meisten Spuren fortgewaschen hat«, erklärte er. »Deswegen ist es umso wichtiger, Zeugen zu finden.«

»Es tut mir leid, Gerd. Mehr kann ich dir nicht sagen. Am Mittag habe ich mit Ulla gesprochen, da war wohl noch alles ruhig im Dorf. Und später, als das Gewitter im vollen Gange war, kam dann Basti zu mir und hat von dem Unglück erzählt.«

Gerd nickte. »Ulla und Basti haben wir auch schon befragt, eure Aussagen stimmen überein.«

Er fragte weiter, inwieweit Fine und Bärbel einander gekannt hatten, und Fine erzählte freimütig von der gemeinsamen Schulzeit. Auch dass Bärbel die Stelle als Jungmagd bekommen hatte, die ursprünglich für Fine vorgesehen war, erwähnte sie. Und wie Bärbel sie vor einigen Wochen unwirsch und abweisend behandelt hatte.

»Kannst du dir denn vorstellen, warum sie sich plötzlich so verändert war?«, hakte Gerd nach.

»Ich weiß es nicht«, beteuerte Fine. »Aber vielleicht kann Ulla etwas dazu sagen, denn die beiden haben ja eng miteinander gearbeitet.«

»Da ist noch etwas«, erwiderte Gerd eindringlich, während er mitschrieb. »Neulich haben wir ja darüber gesprochen, dass Lisbeth vielleicht den Mann liebte, der sie später ermordete. Darum stellt sich nun die Frage: Kann es sein, dass auch Bärbel einen Mann liebte? Weißt du etwas über die Menschen, mit denen Bärbel in besonders enger oder ungewöhnlicher Weise Umgang pflegte? Leute aus dem Dorf oder auch Fremde?«

Fine schüttelte entschieden den Kopf. »Sicher nicht. Sonst würde ich es dir sagen. Doch es gibt etwas, was du wissen sollst, denn ich will ganz ehrlich sein. Nur eins musst du mir versprechen.«

»Und was, Fine?«, fragte Gerd nachdrücklich.

Sie suchte seinen Blick und sagte aufrichtig: »Versprich mir bitte, dies zu verstehen: Was ich dir jetzt sage, sind nur Überlegungen von mir. Ich weiß nichts Sicheres. Und ich möchte niemanden in Verdacht bringen, der in Wirklichkeit unschuldig ist. Denn das könnte ich mir selbst nicht verzeihen.«

»Natürlich verspreche ich dir das«, entgegnete Gerd mit großem Ernst. »Aber auch wenn es bloß Überlegungen sind, so können sie doch maßgeblich für die Polizei sein und uns vielleicht auf eine wichtige Spur führen.«

»Gut.« Fine vertraute dem jungen Gendarm. »Also sollst du wissen, was mir widerfahren ist, bevor ich zum Oberlandbauern ging und Bärbel sich dort so unfreundlich verhielt.« Sie erzählte von der Begegnung mit dem Lohbauern und vom Taler, den er ihr aufgedrängt hatte.

»Und danach hast du den Lohbauern nie wieder gesehen?«, fragte Gerd.

»Nein. Vermutlich hat er seitdem nicht mehr den Feldweg genommen, sondern immer nur die Hauptstraße.«

Gerd, der bisher eifrig mitgeschrieben hatte, hielt inne. »Aber das spricht doch für ihn. Er hat gemerkt, dass dir die Begegnung unangenehm war, und danach wollte er dich nicht wieder in Verlegenheit bringen.«

Fine senkte den Kopf. »Ja, das habe ich ja auch gedacht. Aber jetzt ...«

Gerd nickte verständig. »Jetzt wo die Bärbel tot in der Nähe der Hauptstraße gefunden wurde, da fragst du dich: Vielleicht hatte der Lohbauer auch der Bärbel einen Taler gegeben? Und das nicht eben in ehrenvoller Absicht?«

»Dabei will ich ihm ganz sicher nichts Böses unterstellen. Ich dachte nur ...«, Fine biss sich auf die Unterlippe, sie fühlte sich ertappt.

»Dass die Polizei von dieser Begebenheit wissen sollte«, führte Gerd ihren Satz fort und lächelte ihr aufmunternd zu. »Du hast ganz recht getan, es mir zu sagen. Ein solcher Zusammenhang ist ja tatsächlich nicht auszuschließen. Aber du brauchst keine Angst zu haben, den Lohbauern unbillig zu beschuldigen. Denn seine Unschuld ist längst bewiesen.«

»Ach so?«, erleichtert hob Fine den Kopf.

»Ja. Meine Kollegen haben in Freilingen ermittelt und erfahren, dass der Lohbauer und seine Frau schon seit zwei Tagen auf einer Reise nach Bonn sind. Dort wollen sie Verwandte besuchen und auch eine Eingabe beim Landwirtschaftsamt machen. Es geht wohl um irgendeine Rechtsfrage zur Feldernutzung. Beim zuständigen Amtmann werden wir noch überprüfen, ob der Lohbauer tatsächlich dort war. Aber ehrlich gesagt, habe ich daran keinen Zweifel.«

»Das ist gut.« Fine nickte.

Auch Gerd wirkte zufrieden darüber, dass er Fines Bedenken entkräften konnte. »Also nur noch eine letzte Frage.« Wieder zückte er den Bleistift. »Kannst du dir vorstellen, wer Bärbel getötet haben könnte?«

»Nein!« Fines Antwort kam klar und entschieden. »Sicher nicht. Darüber habe ich keine Vermutung.«

»Dann danke ich dir.« Gerd setzte einen Punkt in die Kladde und steckte sie zurück in seine Tasche.

Er musste für weitere Befragungen ins Dorf zurück, die beiden verabschiedeten sich.

In den folgenden Stunden beschäftigte Fine sich in ihren Gedanken aufs Heftigste mit Bärbels Tod und dem, was sie eben mit Gerd besprochen hatte. Immer wieder überlegte sie, ob sie sich nicht doch an etwas erinnern könnte. Vielleicht nur eine Kleinigkeit, ein winziges Moment, das einen Hinweis auf den Täter geben könnte. Doch nach wie vor fiel ihr nichts dazu ein.

Es sollte in mancherlei Hinsicht ein ungewöhnlicher Tag für Fine werden, denn bald nachdem Gerd gegangen war, erhielt sie erneut Besuch auf der Gänsewiese.

Ihr Vormund, der Oberlandbauer, kam schnellen Schrittes auf sie zu, begrüßte sie mit besorgter Miene und sagte ohne Umschweife: »Ich habe einen neuen Dienst für dich, genau wie es neulich dein Wunsch war. Du wirst morgen bei mir als Magd anfangen, denn nun, wo es in der Gegend einen Mörder gibt, mag ich nicht länger sehen, dass du hier allein auf der Wiese bist.«

Fine konnte nicht gleich antworten, ein Knäuel von Gefühlen stieg in ihr auf.

Offenbar nahm der Oberlandbauer ihre Verwirrung wahr, denn ohne abzuwarten, fuhr er fort: »Mach dir keine Gedanken um die Gänse. Die kehren in ihre häuslichen Ställe zurück. Bis zum Martinstag ist es nicht mehr lang, und fett sind sie ja geworden in diesem Sommer, dafür hast du gut gesorgt.«

Fine nickte zwar, aber so ganz wollte sie sich nicht auf diese neuen Pläne einlassen. »Gut, Herr Vormund«, sie sah ihn fest an. »Ich komme zu Euch als Magd auf den Hof. Aber ich möchte weiter bei der Schwarzen Marjann wohnen bleiben.«

»Was ist denn nun schon wieder, Mädchen?!«, dem Bauern schoss die Zornesröte ins Gesicht. Letzten Monat warst du noch bei mir und batest mich um eine andere Arbeit, und jetzt bist du schon wieder nicht einverstanden?«

Fine blieb unbeirrt. »Es ist wegen Marjann. Wenn hier ein Mörder sein Unwesen treibt, will ich sie lieber nicht allein lassen.«

»Was?!«, rief der Oberlandbauer und lachte kurz auf. Doch gleich darauf senkte er die Stimme, wohl weil er merkte, dass die Sache zu ernst war. »Fine! Kind! Der Mörder hat es auf junge Mädchen abgesehen. Nicht auf alte Weiber! Auf die Marjann musst du gewiss nicht aufpassen. Eher sie auf dich.«

»Das tut sie ja auch«, erwiderte Fine ruhig. »Die Bärbel war Magd bei Euch, Herr Vormund, und dennoch ist sie zu Schaden gekommen. Da sollte es in Marjanns Haus doch wohl nicht weniger sicher sein als auf Eurem Hof.«

Es entging Fine nicht, wie sehr der Bauer seinen Ärger unterdrückte. Aber da er ihren Begründungen wohl nichts entgegenzusetzen hatte und es vermutlich auch leid war, länger mit ihr zu streiten, meinte er schließlich: »Nun gut, Kind. Dann bleibst du eben bei der Schwarzen Marjann wohnen. Doch deine Arbeitszeit auf meinem Hof ist von fünf Uhr früh bis zehn Uhr abends. Das gilt für all mein Gesinde, und das gilt auch für dich.«

»Gewiss, Herr Vormund. Ich danke Euch!« Fine verabschiedete sich mit einem Knicks.

Sie sah dem Oberlandbauern nach, wie er kopfschüttelnd in Richtung Dorf verschwand.

Am Abend trieb sie die Gänse in die heimischen Ställe. Dabei erntete sie von den Besitzern viel Lob dafür, dass sie ihren Dienst als Hirtin so zuverlässig versehen hatte. Mit einiger Wehmut ließ sie die Tiere zurück, wohl wissend, dass die meisten von ihnen in zwei Wochen auf dem Schlachtblock enden würden.

Das war nun einmal die Bestimmung von Gänsen, sagte sich Fine und ging nach Hause.

Auf dem Oberlandhof

Herr und Herrin, Mägde und Knechte – alle gaben sich Mühe, Fine einen freundlichen Empfang auf dem Hof zu bereiten. So recht wollte es dennoch nicht gelingen. Zu groß war der Schrecken über das, was die Jungmagd Bärbel erst vor zwei Tagen erlitten hatte. Wie ein Schatten lag der Gedanke an ihren grausamen Tod über dem geschäftigen Treiben des Hofes.

Wohl um Fine zu beruhigen, sprach die Oberlandbäuerin ihr gut zu: »In den Aufgaben, die wir dir zuteilen, nimmst du zwar Bärbels Platz ein. Aber glaube nicht, dass wir sie einfach ersetzen, indem wir dir jetzt ihre Arbeit geben. Bärbels schlimmes Ende hat gewiss nichts damit zu tun, dass sie sich hier auf dem Hof verdingt hat. Darum sei guten Mutes, Fine. Dir wird nicht dasselbe Schicksal widerfahren.«

Fine nickte zu den Worten ihrer Herrin. Immer wieder sagte sie sich selbst: Bärbels Tod bedeutet nicht, dass der Mörder es nun auf die nächste Jungmagd des Oberlandhofes abgesehen hat. Dennoch blieb ein mulmiges Gefühl in ihr zurück.

Bei allem Verständnis für die Belange ihres Gesindes, zeigte die Oberlandbäuerin sich auch als streng. »Arbeitsamkeit ist bei einer Frau alles«, belehrte sie ihre neue Jungmagd. »Eine Magd darf nie mit leeren Händen gehen und muss bereit sein, über drei Zäune zu springen, um ein Federchen aufzulesen. Und sie soll bei der Arbeit ruhig und stetig vorgehen, nicht hektisch und schon gar nicht aufmüpfig. Wenn du das alles beherzigst, werden wir uns gut vertragen, Fine. Aber wenn dich etwas sorgt, dann friss es nicht in dich hinein, sondern vertraue dich jemandem an. Wir alle helfen einander, so gut es geht.«

Fine nickte zu der Ansprache ihrer Herrin, denn sie wusste, dass diese es im Kern gut mit ihren Mägden und Knechten meinte, auch wenn sie ihnen einiges abverlangte.

Gleich am ersten Morgen ließ Fine sich von Ulla in die Arbeit an den großen Buttertrommeln einweisen. Der Hof hielt mehr als ein Dutzend Kühe, die sorgfältig umhegt wurden und trotz der recht kargen Weiden eine gute Milch gaben. So saßen die beiden jungen Frauen Seite an Seite und betätigten die Handkurbeln der Trommeln, in die Ulla zuvor Sahne gegossen hatte.

Dabei tauschten sie sich über das schlimme Ereignis aus, denn das Reden half zumindest ein wenig dabei, den Schrecken abzumildern.

»Ich denke, die Bäuerin hat recht mit dem, was sie sagt«, meinte Ulla. »Wenn du auch die Stelle von Bärbel einnimmst, brauchst du doch keine Furcht zu haben, dass dir Ähnliches geschieht.«

»Das habe ich auch nicht. Denn das eine hat gewiss nichts mit dem anderen zu tun«, erwiderte Fine mit einer solchen Überzeugung, dass Ulla erstaunt zu ihr herübersah.

»Weißt du etwa Näheres, Fine? Kannst du sagen, warum Bärbel zu Tode kommen musste?«

Fine zögerte. An dem Abend, als sie bei Gerd und Gudrun zu Gast gewesen war, hatte sie beim Seelenheil ihrer toten Eltern versprochen zu schweigen. Doch nun, da Ulla so vertrauensvoll fragte, beschloss Fine, unter dem Siegel der Verschwiegenheit ein wenig zu erzählen: dass nämlich die Polizei glaubte, damals bei Lisbeth habe es sich um eine sogenannte Beziehungstat gehandelt.

Ulla staunte über die Neuigkeit. »Und jetzt denkt die Polizei also, es könnte bei Bärbel auch so gewesen sein? Dass sie einen Mann liebte, der sie dann umbrachte?« Ulla hielt den Atem an, der Gedanke berührte sie sehr.

Fine nickte. »Zumindest hat Gerd gestern so etwas angedeutet. Mehr hat er nicht dazu gesagt. Nur ...«

»Nur was?«, fragte Ulla voll gespannter Erregung, während sie weiter die Kurbel drehte. »Du hast noch weitere Ideen dazu, oder etwa nicht?«

»Das wohl«, gab Fine zu und erzählte von ihrer Begegnung mit Bärbel vor einigen Wochen, als die Jungmagd ihre ehemalige Schulkameradin Fine nicht zum Bauern vorlassen wollte: »Ich habe nicht verstanden, warum sie derartig abweisend war. Obwohl es mir doch wichtig war, meinen Vormund zu sprechen.«

Ulla nickte entschieden. »Er hat uns tatsächlich oft eingeschärft, nicht anzuklopfen, wenn er abends im Kontor die Schriftstücke erledigt. Doch das hätte Bärbel dir auch freundlich sagen können. In letzter Zeit war sie so seltsam verändert. Oft gab sie sich ungeduldig und unwirsch. Längst nicht mehr so umgänglich wie früher.«

Fine hörte auf, die Trommel zu drehen. Dem Geräusch nach war die Sahne zu Butter geworden. »Kannst du dir denn vorstellen, was in ihr vorgegangen sein könnte?«

»Nein«, entgegnete Ulla. Auch sie spürte in ihrer Trommel eine Unwucht, die auf feste Butter hindeutete. »Dass Bärbel unglücklich verliebt war, konnte ich mir denken. Aber darauf angesprochen habe ich sie nie. Vermutlich wäre sie mir ohnehin nur ausgewichen, also wollte ich sie nicht in Verlegenheit bringen.«

»Dann könnte es durchaus sein, dass ein Mann dahintersteckt?«, fragte Fine aufgeregt. »Genau wie die Polizei es vermutet?«

»Schon«, Ulla nickte. »Aber frage mich nicht, wer dieser Mann sein könnte. Das weiß hier niemand. Darüber haben wir Mägde uns schon die Köpfe zerbrochen.«

Fine überlegte angestrengt, aber entgegnete nichts. Sie kniete sich unter die Buttertrommel und öffnete das Spundloch, aus dem sie die Molke in einen Eimer abließ. Gleich wollte sie die helle Flüssigkeit in den Keller bringen. Dort brauchte man sie zum Einlegen von gehobeltem Weißkohl, damit er sich zu Sauerkraut verwandelte.

»Mach dir keine Sorgen«, fuhr Ulla tröstend fort. »Ich vermute stark, dass tatsächlich eine Liebschaft damit zu tun hat. Denn so unwirsch Bärbel in letzter Zeit auch war: Auf der anderen Seite schien sie uns oft allzu leichtsinnig und wenig gefestigt im Glauben.«

Ulla sprach nicht weiter, doch Fine konnte sich denken, was sie mit den wenigen Worten andeuten wollte. »Also meinst du, wenn wir anderen Mägde uns keinem Mann nähern, sind wir vor einem Mörder geschützt?«, fragte sie, während sie wunderbar helle Butter aus der Trommel in eine Schüssel hob.

»Ganz sicher, Fine. Da können wir guten Mutes sein. Wenn wir auf Gott vertrauen und die Gebote des Pfarrers achten, dann sollte uns kein Leid geschehen.«

Voll Dankbarkeit über die Worte umarmte Fine ihre Kameradin. Die beiden versprachen einander, sich immer zu erzählen, was sie bedrückte.

So festigte sich die Freundschaft zwischen Fine und der fünf Jahre älteren Ulla. Trotz der vielen Arbeit fühlte Fine sich bald heimisch auf dem Hof ihres Vormunds. Jeden Morgen um fünf Uhr trat sie ihren Dienst an und kehrte spätabends in ihre Schlafkammer im Schuppen zurück. Ein über den anderen Sonntag hatte sie nach dem Kirchgang arbeitsfrei, dann saß sie bei ihrer Quartiersmutter in der Küche und erzählte vom Treiben auf dem Oberlandhof. Marjann hörte zu, äußerte sich wohlwollend über das, was Fine an neuen

Fertigkeiten lernte, und trug die eine oder andere Anekdote aus der eigenen Jugend bei. Dies waren die schönsten Stunden für Fine. Sie freute sich, weiter bei der alten Frau zu wohnen, die für sie längst die Stelle einer treu sorgenden Großmutter eingenommen hatte.

Kurz vor Allerseelen gingen Fine und Basti wie jedes Jahr zum Vogelbeerbaum neben dem Haus, das sie früher als Familie bewohnt hatten. Noch immer stand es leer. Nach dem Tod der Eltern war es an den Hypothekengeber zurückgefallen, einen Mann aus Blankenheim, der durch die Fabrikation besonderer Webstühle zu Geld gekommen war. Es tat den Geschwistern in der Seele weh, dass sich wegen der vielen Auswanderungen kein Mensch fand, der das Häuschen kaufen und wieder mit Leben füllen wollte.

Doch wenn Fine und Basti ihr altes Zuhause auch nicht mehr betreten durften, so war es ihnen doch erlaubt, die Zweige des Vogelbeerbaums zu schneiden. Sie banden daraus hübschen Grabschmuck, und am Allerheiligentag suchten sie die letzte Ruhestätte der Menschen auf, die sie gekannt hatten. Dabei gingen sie auch zum Grab von Marjanns drei toten Töchtern, und als Basti den Friedhof schon wieder verlassen wollte, hielt Fine ihn am Arm fest.

»Lass uns noch Lisbeth und Bärbel besuchen.« Sie schlug den Weg zur großen Eiche ein, denn der Zufall hatte dafür gesorgt, dass beide nicht weit voneinander entfernt lagen.

Basti folgte seiner Schwester, und als sie an den Gräbern der ermordeten Mädchen standen, murmelte er: »Gebe Gott, dass es bei diesen zweien bleibt.«

Fine erschrak, denn denselben Gedanken trug auch sie in sich. Ursprünglich hatte sie länger verweilen wollen, um für Lisbeth und Bärbel zu beten, aber sie entschied sich bald, den Friedhof zu verlassen. Ohne Widerspruch kam Basti mit. Er schien zu spüren, was sich in der Seele seiner Schwester abspielte. Doch offenbar wollte er Fine nicht darauf ansprechen, und auch sie zog es vor, zu schweigen.

Es verging der November. Im Advent ereignete sich das, wovor Fine sich immer gefürchtet hatte: Der Lohbauer kam auf Besuch zum Oberlandbauern, wohl um Geschäftliches zu besprechen, aber auch, um die besten Wünsche für die anstehenden Festtage zu bringen.

Ausgerechnet Fine war damit beauftragt, die beiden Männer zu bewirten. Dies also sollte ihr erstes Wiedersehen mit dem Lohbauern werden, nachdem er ihr im Sommer auf den Hollerwiesen das große Geldstück aufgedrängt hatte.

Sie war aufgeregt – doch bald schon erleichtert, denn der Lohbauer grüßte sie freundlich und erwähnte das Zusammentreffen bei den Gänsen genauso wenig wie den Taler. Selbst als Fine die Speisen und Getränke auftrug, blieb er zurückhaltend und brachte sie nicht in Verlegenheit.

Inzwischen hatte Fine von Gerd erfahren, dass der Lohbauer tatsächlich mit seiner Frau in Bonn gewesen war, als Bärbel ermordet wurde. Darum gelangte Fine nun zu der festen Überzeugung: Der Lohbauer hatte ihr den Taler aus christlichem Mitgefühl für den Tod ihrer Eltern geschenkt.

Diese Gewissheit beruhigte sie. Mit Arbeit gut versorgt und geborgen in einer lieben Gemeinschaft verbrachte Fine den ersten Winter auf dem Hof ihres Vormunds.

Im Dorf allerdings rissen die Gespräche um Bärbels Tod nicht ab. Die Polizei verfolgte zwar viele Spuren, konnte den Fall bislang aber nicht lösen. Zwar fanden sich zwei verdächtige Männer, doch da sie schließlich handfeste Alibis vorzuweisen hatten, musste man sie wieder laufen lassen. Trotzdem fühlte Fine sich sicher. Es gab ja keinen Mann, der um sie warb und in den sie sich hätte verlieben können.

Die Bewohner von Reetz achteten zu der dunklen Jahreszeit noch mehr als sonst auf ihre Töchter und Mägde. Als sich auch zum Ende des Winter der Mörder nicht finden ließ, verstärkte sich immer mehr das Gerücht, wonach es vermutlich ein Durchreisender gewesen sein musste, der Bärbel umgebracht hatte. Ein Schurke, den man zum dunklen Gesindel zählen musste – oder gar ein Zigeuner. Bärbel selbst hatte sich auf diesen Verbrecher eingelassen. Man sagte es ihrer Mutter nicht offen ins Gesicht, aber viele Menschen im Dorf dachten dasselbe: Bärbel trug eine Mitschuld an ihrem frühen Ende.

Immer wenn Fine von diesem Gerücht hörte, überkamen sie Zweifel. Sie sprach mit niemandem darüber, sondern überlegte nur für sich. Zu gern hätte sie Gerd oder seine Verlobte Gudrun danach gefragt, wie die Polizei ermittelte und ob es nicht doch klare Hinweise dafür gab, wer Bärbel umgebracht haben könnte. Doch selbst, wenn die Polizei eine verheißungsvolle Spur verfolgte: Das würde man Fine ohnehin nicht verraten.

Gudruns Vater ging es immer schlechter. Er siechte dahin, und an einem kalten Februartag des Jahres 1862 schied er aus dem Leben.

Der Oberlandbauer gab Fine zwei Stunden frei, damit sie an der Beerdigung und der sich anschließenden, kleinen Feier in Gudruns Haus teilnehmen konnte.

Für Gudruns erlittenen Verlust zeigte Fine tiefes Mitgefühl, doch als sich eine günstige Gelegenheit ergab, ging sie auf die junge Frau zu und fragte: »Sag, Gudrun, wie geht es denn nun weiter mit Gerd und dir? Eigentlich hattet ihr doch wohl vor, diesen Frühling zu heiraten.«

»Das können wir nun nicht tun«, entgegnete die junge Frau, offensichtlich dankbar für Fines Nachfrage. »Auch wenn es keinen Zweifel daran gab, dass mein Vater bald sterben würde, so braucht es doch Zeit, seinen Tod zu betrauern. Zudem ist Gerd vollauf eingenommen von seiner Arbeit. Sieh ihn dir nur an«, sie deutete auf ihren Verlobten. »Dünn ist er geworden in den letzten Monaten. Er isst nur noch wenig, und wie er mir sagte, schläft er auch schlecht. So sehr reibt er sich auf bei der Suche nach Bärbels Mörder.«

Fine nickte. Auch ihr war aufgefallen, dass es Gerd nicht gut ging. Sie fasste allen Mut zusammen und fragte: »Gibt es denn viele Spuren, denen die Polizei nachgeht. Dass Gerd vor lauter Arbeit keinen Schlaf mehr findet?«

»Nein«, entgegnete Gudrun. »Ich vertraue dir, darum kann ich es dir ja sagen: Es gibt zu wenige Hinweise auf den Täter. Und gerade das belastet Gerd so. Jedem einzelnen noch so kleinen Indiz geht er nach, doch bisher enden alle Spuren im Nirgendwo.« Die junge Frau seufzte schwer. »Aber nächstes Jahr werden wir gewiss heiraten. Das musste ich meinem Vater auf seinem Totenbett versprechen.«

Fine nickte. Sie ergriff Gudruns rechte Hand. Zusammen sprachen sie ein Gebet, in dem sie der Seele von Gudruns Vater einen Platz im Himmel, aber auch Bärbels Mörder eine gerechte Strafe wünschten.

Der Onkel

Es verging eine Jahreszeit nach der nächsten. Fine erfüllte mit Eifer ihren Dienst auf dem Oberlandhof, und nach einem strengen Winter kamen wieder längere Tage. Voll gespannter Erwartung sah Fine dem neuen Jahr entgegen, in dem sie ihren fünfzehnten Geburtstag begehen sollte. Dann würde sie kein Mädchen mehr sein, sondern eine junge Frau.

Im März, an einem ihrer freien Sonntagnachmittage, saß sie bei Marjann in der Küche. Die Frühjahrssonne schickte erste warme Strahlen, und die Tür des Häuschens war weit aufgestellt.

Fine sah hinaus in den Garten, wo sich an den Büschen schon helles Grün zeigte. Erfüllt von Vorfreude meinte sie: »Wenn der Frühling anbricht, dann kann ich es gar nicht fassen. All das tausendfältige Keimen und Sprossen der Erde, all das Singen und Jubeln auf den Zweigen und in den Lüften. Wenn sich nur bald die ersten Lerchen zeigen. Ich will ihnen zusehen, wie sie die Flügel schlagen und jubilierend in die Lüfte steigen, bis sie nur noch als dunkle Punkte zu erkennen sind.«

Lächelnd schüttelte Marjann den Kopf über so viel Schwärmerei. Aber sie verspottete Fine nicht, sondern sagte: »Kind, Kind. Wie kannst du manchmal so wunderlich sein. Aber doch so treu und wahr in dem, was du sagst. Manchmal scheint es mir, als wäre tief in dir eine Dichterin verborgen.«

»Nein, Tante«, entgegnete Fine ernsthaft. »Eine Dichterin bin ich gewiss nicht, sondern nur eine Magd. Und vorletztes Jahr war ich bloß eine Gänsehirtin, dennoch habe ich den Dienst in guter Erinnerung. Auf den Hollerwiesen gibt es viele Lerchen, und mir wurde nie langweilig, ihnen zu lauschen, den ganzen Tag. Am Morgen singen sie anders als am Mittag, und am Abend nochmals anders. Auch dieses Jahr will ich ihnen wieder nachspüren, vom ersten zaghaften Frühlingsjauchzen an. Es ist so unglaublich: Man kann hören, wie ein einzelner Vogel im Frühling, im Sommer und im Herbst ganz unterschiedliche Töne in seinen Gesang mischt. Und schon wenn die ersten Stoppelfelder da sind, kann man eine neue Lerchenbrut singen hören.«

»Ja, mein Mädchen«, Marjann schenkte Tee nach, »es ist schon so eine Sache mit der Natur. Wir werden geboren und wachsen heran. Und ehe wir uns versehen, sind wir alt, und unsere Kinder übernehmen unsere Aufgaben. Und dann müssen wir auch schon bald sterben.«

»Aber Tante!« Liebevoll nahm Fine die Schwarze Marjann in den Arm. »So gesund wie Ihr seid, werdet Ihr noch lange leben«, wieder sah sie in den keimenden Garten hinaus und meinte: »Ich weiß selbst nicht, aber irgendwie kommt es mir vor, als brächte dieses Jahr große Veränderungen. Wenn ich auch nicht sagen kann, um was es dabei gehen mag.«

Wieder lächelte Marjann, sie tätschelte Fines Hand. »Das ist dein Alter, Kind. Du bist nun eine junge Frau. Da fühlt sich jeder Tag so an, als würde das Leben ganz neu erwachen. Wie jetzt im Garten.«

»Ja«, entgegnete Fine. »Wie schön Ihr das sagt, Tante. Genau so empfinde ich.« Und in ihre Augen traten Tränen des Glücks und der Hoffnung.

Fine sollte recht behalten mit ihrer Ahnung. Dieses Jahr, man zählte 1863 nach Christi, brachte große Veränderungen, und zwar schon bald. Kurz vor Ostern traf beim Oberlandbauern ein Schreiben ein, das für Fine und Basti viel entscheiden sollte.

Eines Nachmittags, sie war gerade dabei, eine kupferne Pfanne zu putzen, kam der Bauer mit einem Brief zu ihr in die Küche.

»Als Vormund von dir und Basti habe ich eine Nachricht für euch«, erklärte er ohne Umschweife. »Du weißt wohl, dass ihr einen Onkel habt? Einen Bruder eures Vaters.«

Einen Moment lang zögerte Fine, so überrascht war sie. Dann fiel ihr ein, um wen es offenbar ging: »Ja, unser Onkel Tonnes. Aber der lebt doch längst in Amerika. Ich kenne ihn nur daher, dass unser Vater ihn manchmal erwähnte.«

»Richtig«, der Oberlandbauer straffte die Schultern, so als wollte er seinen eigenen Worten mehr Bedeutung beimessen. »Antonius Aldenhoven heißt euer Onkel. Er ist kurz nach deiner Geburt ausgewandert. Ich erinnere mich an ihn, denn wir gingen gemeinsam zur Schule. Es heißt, dass er es zu einigem Wohlstand gebracht hat.«

Fine blickte angestrengt auf das Papier, das ihr Vormund in den Händen hielt. Sie gierte danach zu erfahren, was dort geschrieben stand. Doch allzu fordernd wollte sie nicht nachfragen. Also wartete sie, bis der Bauer fortfuhr: »Euer Onkel wird bald in unser Dorf zurückkehren. Es drängt ihn, dich und deinen Bruder zu sehen.«

»Aber warum denn nur?« Fine stellte die Pfanne beiseite und wischte sich die Hände trocken. Zu gern hätte sie den Brief selbst gelesen.

Doch der Vormund machte keinerlei Anstalten, ihr das Schriftstück zu reichen. »Das teilt euer Onkel nicht mit«, erwiderte er kurz. »Er wird in der nächsten Woche hier eintreffen, um mit mir etwas zu besprechen, was dich und deinen Bruder angeht.«

»Aha?« Fine hätte gern noch mehr gefragt, doch sie merkte, dass für den Bauern alles gesagt schien.

»Mach dir keine Gedanken, Kind«, meinte er noch. »Schon nächste Woche werden wir erfahren, worum es geht.«

Dann steckte er den Brief ein und verließ die Küche.

Des Abends ging Fine in das Haus des Ravenzachers, um Basti die Neuigkeit zu überbringen.

»Wir haben einen Onkel in Amerika?!«, er riss die Augen auf. »Ist er wohlhabend? Will er uns was schenken, sodass wir die reichsten Leute im Dorf werden und die anderen uns bewundern müssen?«

Fine schüttelte lachend den Kopf. »Mein lieber Basti! Du hast zu viele Schundgeschichten gehört, die sich die Leute so erzählen. Noch haben wir keine Ahnung, was er überhaupt will, wenn er nächste Woche kommt.«

»Aber der Bauer weiß etwas über unseren Ohm. Dass er viel Geld verdient hat. Du hast es eben selbst gesagt.«

Fine seufzte. »Ja, es ist die Rede davon, er sei zu einigem Wohlstand gekommen. Das muss jedoch nichts heißen.« Sie legte ihrem Bruder eine Hand auf die Schulter. »Wenn Menschen nach Amerika gehen, bedeutet das noch lange nicht, dass sie dort ihr Glück machen. Ich habe von vielen gehört, die schon auf der Überfahrt gestorben sind. Oder die sich bei krummen Geldgeschäften selbst ins Unglück gestürzt haben.«

Basti erschrak. »Also könnte es sein, dass unser Ohm ganz arm ist? Dass er deswegen aus Amerika zurückkommt, weil er nach seiner alten Familie sucht, die ihn jetzt unterstützen soll?«

»Basti!«, entfuhr es Fine nun nicht mehr belustigt, sondern eher mahnend. »Du fällst von einer wilden Idee in die nächste. Lass uns in Ruhe abwarten, was Onkel Tonnes mit uns zu besprechen hat, und dann sehen wir weiter.«

Sie verabschiedete sich von ihrem Bruder und ging hinüber in Marjanns Haus, wo noch ein kleines Nachtmahl auf sie wartete.

»An den Tonnes erinnere ich mich wohl«, meinte Marjann, während sie für Fine einen Hagebuttentee aufbrühte. »Er war damals ganz wild darauf, nach Amerika zu gehen. Manch einer ist leichtfertig nach Amerika gegangen. So als riefen die jungen Leute: ›Mutter, wirf mir ein frisches Hemd heraus. Ich will nach Amerika spazieren.‹«

»War unser Onkel denn auch so leichtsinnig?«

»Das wohl weniger. Er ist zumindest nicht überstürzt aufgebrochen. Aber er hat übertrieben in dem, was ihn hier störte. In der Heimat war ihm nichts mehr recht, alles hat er schlechtgeredet.«

»Hat er hier denn Hunger leiden müssen, dass es ihm deswegen so wichtig war, nach Amerika zu kommen?«, fragte Fine neugierig.

Marjann zuckte mit den Schultern. »Eigentlich nicht. Jedenfalls nicht mehr zu der Zeit, als er sich aufmachte. Da waren die schlimmsten Notjahre schon überstanden und viele Leute, die oft davon gesprochen hatten auszuwandern, entschlossen sich schließlich doch zu bleiben.«

»Aber Onkel Tonnes wollte unbedingt fort?«

»Ja. Er hat gesagt: ›Auch wenn die Not nicht mehr so groß sein mag, die Eifel ist einfach keine Gegend, sein Glück zu machen.‹ Er war damals frisch verheiratet, und seine Braut hat ihn wohl auch gedrängt.«

»Und meine Eltern?«, fragte Fine nun mit einem Eifer, als hätte sie Feuer gefangen. »Wollten die denn jemals auswandern?«

»Nein«, Marjann setzte sich zu ihrem Zögling. »Soweit ich weiß, nie. Deine Eltern hingen sehr an der Heimat. Wenn ich mich recht erinnere, versuchte dein Onkel, deinen Vater zum Mitgehen zu überreden. Aber für den war immer entschieden, dass er bleiben wollte. Hier in den Wäldern, die er so gut kannte.«

»Das stimmt«, entgegnete Fine nachdenklich. »Die Wälder liebte unser Vater. Er hat ja oft gesagt: ›Selbst wenn durch schlechte Ernten auf den Feldern kein Halm mehr wächst, solange im Wald die Bäume stehen, muss kein Mensch, der sich dort auskennt, jemals Hunger leiden.‹«

»Ja, das meinte er wohl«, Marjann lachte kurz auf. »Und wenn er damit auch übertrieben hat, denn im schlimmsten Kältehunger konnten unsere Wälder uns auch nicht mehr retten, so hatte dein Vater doch im Kern recht.«

Fine nahm einen Schluck vom heißen Tee. Sie lehnte sich im Stuhl zurück und überlegte. Nach einer Weile fragte sie: »Bei allem, was Ihr erzählt: Bedeutet das, die beiden verstanden sich nicht gut, unser Vater und unser Onkel Tonnes?«

Marjann seufzte. »Das weiß ich nicht, und ich will dir nichts Falsches sagen. Als Brüder hatten sie wohl oft verschiedene Ansichten. Aber damals waren sie noch jung. Dreizehn Jahre sind seitdem vergangen, und Menschen ändern sich. Heute ist euer Onkel sicherlich ein gereifter und besonnener Mann.«

Diese letzte Bemerkung enthielt eine verdeckte Botschaft über den Onkel. Offenbar wollte Marjann nicht deutlicher werden, doch Fine hatte längst aufgenommen, was die alte Frau ihr zu verstehen gab. Also fragte sie nicht nach, sondern trank den Becher aus und legte sich schlafen.

Die kommenden Tage vergingen für Fine qualvoll langsam. Immer wieder musste sie daran denken, was der Besuch des Onkels wohl bringen mochte. Doch verstand sie, dass es keinen Sinn hatte, darüber zu grübeln. Die Geschwister mussten seine Ankunft abwarten, erst dann würden sie Gewissheit haben.

Zum Glück brauchten sie nicht länger zu warten, als Onkel Tonnes es angekündigt hatte: Eine Woche nach Eintreffen des Briefes ließ der Vormund die Kinder zu sich in sein Arbeitszimmer kommen, wo sie ihren Ohm begrüßen konnten. Ihr Vater hatte manchmal erzählt, wie gleich die Gesichtszüge von ihm und seinem Bruder waren und dass auch eine große Familienähnlichkeit zu Fine und Basti bestand. Schon deswegen waren sie begierig, ihn zu treffen.

Als sie das Kontor betraten, erkannten sie den Onkel gleich, denn tatsächlich sah er ihrem Vater ähnlich. Allerdings war er etwas kleiner und hatte einen dickeren Leib, um den sich eine dunkelbraune Leinenhose spannte. Darüber trug er eine wollweiße, ebenfalls aus Leinen gewebte Joppe zu einer seidenen Weste in der gleichen Farbe. Eine breite, goldene Kette mündete in die Westentasche und ließ keinen Zweifel an dem hohen Wert der Uhr, die daran hing. Die Bekleidung schien einerseits zu leicht für die Temperatur, andererseits bei Weitem zu elegant für einen Besuch in dem bescheidenen Eifeldorf.

Sein Haar musste früher wohl einmal blond gewesen sein, also heller als das seines jüngeren Bruders. Jetzt war es grau geworden, doch im Schein der Kontorlampe wirkte es eher gelblich, vermutlich war es ausgeblichen. Denn so viel wusste Fine schon: Der Ohm lebte weit im Süden der Vereinigten Staaten, wo die Sonne brannte. Dies erkannte man auch an seinem gebräunten Gesicht.

»Seid mir gegrüßt, Kinder«, die Stimme des Onkels klang auf fremdartige Weise rau und trocken. Und er sprach die Worte so aus, dass man merkte: Dies war nicht mehr seine Heimatsprache. »Es wird Zeit, einander kennenzulernen.« Beide Hände streckte er ihnen entgegen. »Komm her, Johanna. Und auch du, Sebastian.«

Auf Anhieb spürte Fine, dass sie diesen fremden Mann nicht mochte. Sie beschloss, höflich zu sein, so wie es ein guter Umgang eben erforderte – aber mit einem falschen Namen angeredet zu werden, das wollte sie sich nicht gefallen lassen.

»Ich heiße nicht Johanna. Ich heiße Josefine«, entgegnete sie mit klarer Stimme und schlug nur zaghaft in die dargebotene Hand des Onkels ein.

Doch er entschuldige sich nicht für seinen Irrtum, sondern griff mit hartem Druck ihre Finger. »Wie dem auch sei«, meinte er leichthin. »Jedenfalls bist du meine Nichte. Und es freut mich, dass du endlich vor mir stehst.«

In Fine stieg heißer Ärger auf, den sie unterdrückte, denn sie wollte die Begegnung nicht verderben. Darum schlug sie einen durchaus freundlichen Ton an, als sie sagte: »Wenn Ihr Euch so freut, dann solltet Ihr doch meinen richtigen Namen wissen.«

Aber die höflich gewahrte Form konnte nicht darüber hinwegtäuschen, dass die beiden Männer Fines Verhalten für ungehörig hielten.

Sofort herrschte der Oberlandbauer sie an: »Du bist ein vorlautes Kind, gleich entschuldigst du dich bei deinem Onkel für deine Unart.« Er wandte sich an den Gast. »Deine Nichte ist kein unebenes Kind, Tonnes. Aber ihre Gedanken sind oft ungewöhnlich. Manchmal glaube ich, die Schwarze Marjann hat dem Kinde zu viel Wunderliches in den Kopf gesetzt.«

Der Onkel nickte und höhnte: »Ach ja, Marjann, die alte Eigenbrötlerin. Sie treibt also immer noch ihre seltsamen Bräuche. Kein Wunder, Kind, wenn sie dich verzogen hat. Aber merke dir, für vorlaute Weibsbilder gibt es einen Satz, der sich noch immer bewahrheitet hat: Wenn eine Henne kräht wie ein Hahn, schlägt das Wetter ein oder es gibt ein Unglück.« Er lachte hämisch auf.

Am liebsten hätte Fine sich auf der Sohle umgedreht und den Raum verlassen. Doch weil sie das Zusammentreffen nicht weiter verschlimmern wollte, schwieg sie mit starrer Miene.

Derweil schenkte der Oberlandbauer sich und dem Gast einen selbst gebrannten Apfelschnaps ein. Die Männer prosteten einander zu.

Der Ohm kippte das Glas rasch hinunter, und seine Stimmung schien sich schlagartig zu bessern. Denn er wandte sich Basti zu und fragte launig: »Und du, mein lieber Neffe? Wie geht es dir? Was hast du deinem alten Onkel zu sagen?

Basti schien durchaus zu merken, dass der Humor aufgesetzt war, doch er zeigte keine Scheu vor dem fremden Mann. »Es geht mir gut, Onkel«, und freundlich fügte er hinzu: »Hast du uns etwas mitgebracht?«

Der Ohm lachte laut. »Ich wusste doch, dass diese Frage kommt. Darum sage ich dir gleich: Ich habe nicht viel zum Mitbringen. Ich bringe nur mich selbst mit.« Und als er Bastis enttäuschte Mine sah, fügte er hinzu. »Aber da ist doch noch etwas, das ich für euch habe. Nämlich eine große Überraschung.«

»Eine Überraschung?!«, rief Basti nun erfreut.

»Jawohl«, meinte der Onkel bedeutungsvoll, »und zwar etwas sehr Wichtiges: Ich bin nämlich gekommen, um euch abzuholen. Ihr geht mit mir nach Amerika.«

Basti jubelte laut: »Das habe ich mir so gewünscht, dass du deswegen kommst!« Er lief dem Ohm in die weit geöffneten Arme und ließ sich an dessen Leib drücken.

Fine hingegen erschrak und wich unwillkürlich einen Schritt zurück. Mit flacher Hand schlug sie sich vor den Mund, um einen Aufschrei zu unterdrücken. »Nach Amerika?!«, entfuhr es ihr mit matter Stimme.

»Was ist?«, fuhr der Oberlandbauer sie an. »Es wird euch dort gut gehen. Ihr werdet Arbeit und einen guten Lohn haben auf dem Anwesen eurer Verwandten.«

»Gewiss«, ergänzte der Ohm, während er Basti unvermittelt losließ. »Es ist alles für euch bereitet, die Karten für die Überfahrt sind reserviert. Ich will mich hier noch einige Tage aufhalten, um einen alten Freund zu besuchen. Aber nächste Woche werden wir aufbrechen nach Bremerhaven, wo unser Schiff ablegt.«

Basti hätte wohl gern weiter gejubelt, doch er verstummte, so ernst war Fines Blick.

Sie schaute zwischen den Männern hin und her. »Ich will darüber nachdenken«, sagte sie höflich.

»Was nachdenken?!«, entfuhr es dem Oberlandbauern. »Da gibt es nichts zu denken. Ich bin euer Vormund und verfüge es. Euer Ohm und seine Frau wollen euch beide an Kindes statt annehmen. Sie zahlen die Überfahrt und werden euch Unterkunft und Brot geben. Alles ist geklärt, auch der Gemeinderat wird zustimmen. Dabei bleibt es.«

»Und wenn ich lieber hierbleiben will? Weiter bei der Marjann wohnen und hier als Magd arbeiten? Herr Vormund, Ihr habt neulich selbst gesagt, dass Ihr zufrieden seid mit meiner Arbeit auf Eurem Hof.« Mit aller Festigkeit sah Fine dem Oberlandbauern ins Gesicht. Sie merkte wohl, dass den Ohm, der daneben stand und ihre Hartnäckigkeit noch nicht kannte, ein leichter Schreck durchfuhr ob der ruhigen Kraft ihrer Worte.

»Josefine«, nun sprach er sie mit richtigen Namen an. »Auch eure Tante Henriette freut sich darauf, euch in die Arme zu schließen, nun wo es feststeht, dass wir keine eigenen Kinder haben können. Wir wollen euch adoptieren, was bestimmt im Sinne eurer Eltern wäre. Und in Amerika braucht ihr euch nicht zu fürchten vor Missernten und Hungersnöten.«

Noch immer kämpfte Fine gegen eine heiße Wut an. Besser als eben noch, gelang es ihr, sich zu beherrschen. »Lieber Onkel Tonnes«, entgegnete sie verbindlich. »Ich weiß Eure Großzügigkeit zu schätzen. Aber selbst in der größten Hungersnot wollten Eure Eltern, die meine Großeltern sind, und auch meine Eltern nie das Dorf verlassen. Und nun denke ich nicht, sie wollten, dass ich es gegen meine Überzeugung und vor allem entgegen meiner tiefen Liebe zur Heimat täte.«

Fines Worte, so respektvoll und dabei so verständig, machten den Oberlandbauern und den Ohm sprachlos.

Fine nutzte das kurze Schweigen. »Ich werde mich morgen entscheiden«, sagte sie, und zum Oberlandbauern gewandt: »Jetzt ginge ich gern zurück in die Küche. Dort warten noch zwei Kaninchen darauf, dass ich sie häute und ausnehme. Am Sonntag soll es den Braten geben.«

Die beiden Männer ließen Fine ziehen. Sie kehrte in die Küche zurück zu den anderen Mägden und erzählte nicht von der Begegnung mit dem Ohm. Wenn ihre Kameradinnen nachfragten, entgegnete sie, dass sie nachdenken müsse und erst danach alles berichten wolle.

Am Abend aber, als sie nach ihrem Dienst die Oberdorfstraße hinunter zum Haus der Marjann ging, fing Basti sie ab.

»Ich will mit nach Amerika«, sagte er fordernd. »Ich muss fort vom Ravenzacher, ich leide nicht mehr länger seine schlechten Launen und Ärgereien.« Bastis Ton wurde zornig. »Und wenn du sagst, du bleibst hier, Fine, dann kann es sein, dass der Ohm mich auch hierlässt.«

»Aber warum sollte er dich nicht mitnehmen?«, entgegnete sie besonnen und merkte, wie ihr schwer ums Herz wurde. »Du bist nun zwölf Jahre alt, deine Schulzeit ist um, und du kannst arbeiten. Also wirst du gehen, wohin du magst, wenn der Vormund und der Gemeinderat nur zustimmen.«

»Doch du weißt schon, wie gut wir es dort haben würden?«, erwiderte Basti flehentlich. »Unser Onkel ist Verwalter von einem riesigen Gehöft, wo man nichts als Zitrusfrüchte anpflanzt. Er hätte uns wohl ein paar solcher Früchte mitgebracht, wenn sie nicht auf der langen Überfahrt verdorben wären. Auf dem Gut käme auch nur leichte Arbeit auf uns zu, denn das Schwere erledigen dort Menschen mit ganz schwarzer Haut, die nicht viel anders sind als starke Tiere. Bis vor einigen Jahren waren sie sogar noch Sklaven. Jetzt sind sie zwar frei, und man muss ihnen einen geringen Lohn zahlen, aber sie arbeiten wie eh und je. Glaube mir, Fine, wir hätten dort ein Leben wie im Paradiese. Bitte komm doch mit!«

Mit Schrecken sah sie, wie ihrem Bruder Tränen in die Augen traten. »Ich kann nicht«, entgegnete sie leise.

»Und genauso wenig kann und will ich hier bleiben«, Basti heulte auf. »Aber wenn wir uns trennten, du und ich? Das täte dir nicht weh?«

»Und wie mir das weh täte!« Bis eben war Fines Gesicht reglos geblieben, doch nun weinte auch sie. »Ein jeder muss den Weg gehen, den er für richtig hält«, sagte sie unter Schluchzen.

Die Geschwister hielten einander lange in den Armen und überlegten noch einige Male hin und her. Doch es blieb bei ihren jeweiligen Entschlüssen – sie konnten beide nicht anders. Obwohl es schon fast Nacht war, gingen sie gemeinsam zum Weiher neben dem Haus ihrer Eltern und schlangen ihre Arme um den Stamm des Vogelbeerbaums. Fine lehnte ihre Wange gegen die schroffe Rinde und hörte den Baum rauschen und wusste, dass sie dableiben würde, auch wenn ihr Bruder gehen sollte.

Miteinander versöhnt machten sie sich auf den Weg in ihre Quartiere.

Marjann war zwar schon zu Bett gegangen, stand aber gern noch einmal auf, um ihrer Pflegetochter in deren Kummer zuzuhören.

»Basti verliere ich ohnehin«, klagte Fine. »Auch wenn wir gemeinsam beim Ohm in Amerika wären, könnte ich nicht mehr so wie jetzt zusammen sein mit ihm. Denn er ist bald erwachsen und führte dort sicher sein eigenes Leben. Dieses Dorf aber, mit dem Haus und dem Garten, hier haben Vater und Mutter voller Liebe mit uns gelebt, und hier will ich bleiben.«

Marjann nickte berührt.

Dieselben Worte sagte Fine am nächsten Morgen auch dem Ohm und dem Vormund.

In der Antwort des Onkels lag eine seltsame Mischung von Bitterkeit und Wohlwollen. Immerhin, er drängte Fine nicht mehr, sondern meinte: »Freilich, mein Mädchen, du artest deiner Mutter nach, und die hat nie etwas von uns wissen wollen. Also nehme ich allein den Basti mit.«

Seine Worte brannten wie eine Wunde in ihrem Herzen, aber sie entgegnete: »Grüßt mir Eure Frau und sagt ihr, es fällt mir schwer, dass ich sie als meine nächste verbleibende Anverwandte nun nicht sehe.«

»Das will ich gewiss tun«, entgegnete der Ohm. »Es hat wohl wenig Sinn, dich gegen deinen Willen zu übersiedeln.«

Fine bedankte sich herzlich dafür, dass er ihrem Wunsch folgte.

Nun war es also eine beschlossene Sache: Sie sollte bis zu ihrer Volljährigkeit oder Heirat das Mündel des Oberlandbauern bleiben, musste für ihren Lebensunterhalt aber selbst sorgen und hatte keinerlei Ansprüche mehr aus der Gemeindekasse. Für Basti hingegen begannen die Vorbereitungen zu seiner großen Reise.

In der folgenden Woche besuchte Tonnes Aldenhoven seinen ehemaligen Arbeitskameraden in Euskirchen und einige andere Bekannten aus der Gegend. Als jedoch Bastis letzter Schultag anstand, kehrte er zurück nach Reetz und nahm teil am Gottesdienst, in dem wie jedes Jahr der Vikar die Schulabgänger segnete.

Schon tags darauf machte sich der Onkel mit Basti auf zur Postkutsche nach Köln, von wo es weitergehen sollte den Rhein hinab und später die Weser entlang bis Bremerhaven.

Die Geschwister fielen sich um den Hals und beklagten unter Tränen ihre Trennung, blieben aber beide bei der Entscheidung. Sie beschworen ein nicht allzu fernes Wiedersehen. Und dennoch: Als Fine ihrem Bruder nachwinkte, brach es ihr fast das Herz.

Die Dorfbewohner aber begegneten Fine mit gemischten Gefühlen. Einige meinten, sie habe recht getan, in der Heimat zu bleiben. Andere verspotteten sie, dass sie ihr Glück so mit den Füßen gestoßen hätte, besonders der Ravenzacher, der mit Bastis Abreise nun einen billigen Hausknecht verloren hatte.

»Du hättest mitgehen sollen, Mädchen«, rief er ihr zu. »Eine solche Gelegenheit einfach auszuschlagen – das ist die reinste Dummheit.«

Doch Fine entgegnete: »Ob es dumm ist oder nicht, das kann ich wohl nur an meiner eigenen Zufriedenheit messen. Im Übrigen: Wenn ich es mir anders überlegen sollte, kann ich jederzeit nachreisen. Das steht mir weiterhin offen.«

Da schwieg der Ravenzacher, denn diese Möglichkeit war ihm selbst noch nicht in den Sinn gekommen.

Mit Marjann sprach Fine über das Verhalten der Dörfler.

»Ja, Kind«, sagte die alte Frau. »Du hast einen Trotzkopf, und ganz Reetz nimmt daran Anteil. Aber wer weiß, ob Amerika wirklich dein Glück geworden wäre.«

Fine nickte dazu. Nach außen hin verteidigte sie ihren Entschluss, im Dorf zu bleiben. Doch tief in ihrem Herzen war sie noch längst nicht sicher, ob sie richtig entschieden hatte. Alles Weitere musste die Zeit ergeben, sagte sie sich selbst.

Die Lüge

Am ersten freien Sonntagnachmittag nach Bastis Abreise saßen Fine und Marjann über der Landkarte der Vereinigten Staaten von Amerika. Mit dem Zeigefinger fuhren sie die Küstenlinie des Atlantischen Ozeans entlang. Ganz im Norden lebte Hannes im Staate Maine, und im Süden lag Florida: eine längliche Halbinsel, die weit ins Meer ragte. Dorthin war Basti jetzt unterwegs.

Auch nahmen die beiden Frauen sich noch einmal den Brief vor, den Hannes zum letzten Weihnachtsfest geschrieben hatte. Er teilte darin mit, dass er in der Lager-Firma zum Vorarbeiter ernannt worden sei. Dadurch steige sein Lohn, und er könne mehr zurücklegen für das Auskommen seiner Mutter.

»Du kannst stolz sein auf deinen Sohn«, meinte Fine und seufzte gleich darauf. »Ich wünschte, ich hätte schon die Nachricht von Basti, dass er und der Onkel wohlbehalten in Florida eingetroffen sind.«

»Das verstehe ich gut«, entgegnete Marjann, »aber es wird dauern. Noch haben sie ja nicht einmal das Schiff erreicht. Einen ganzen Monat wird die Überfahrt brauchen, und dann müssen sie noch wochenlang im Land reisen, bis sie den Gutshof erreichen.«

Fine wollte etwas antworten, da klopfte es an der Tür. Draußen stand Gudrun, in der Hand hielt sie eine mit Tinte beschriebene Karte aus feinem, weißem Papier. Marjann und Fine freuten sich über den unerwarteten Gast, baten die junge Frau herein und reichten ihr eine Tasse Minztee.

»Nun, Gudrun«, meinte Marjann. »Du strahlst ja so, da hast du uns sicher etwas Schönes zu sagen.«

Mit glänzenden Wangen überreichte Gudrun das Billett. »Das Trauerjahr ist nun um. Natürlich vermissen wir meinen Vater noch sehr, aber wir werden tun, was wir ihm noch auf seinem Totenbett versprochen haben: Am letzten Donnerstag im Mai wollen Gerd und ich heiraten. Und dazu laden wir aufs Herzlichste ein.«

Augenblicklich sprang die Freude der jungen Braut auf Fine und Marjann über. Zu dritt standen sie inmitten der Küche und hielten sich umarmt.

Marjann las schmunzelnd Gudruns Karte. »Wie fürnehm. Eine schriftliche Einladung. Da sieht man gleich, dass Gerd an wichtiger Stelle arbeitet. So etwas Elegantes bekommen wir Dörfler ja nur selten zu sehen.«

Gudrun errötete wegen des Lobs. »Die Billetts zu schreiben, hat uns große Freude bereitet. Und was Blau auf Weiß steht, lässt sich leichter merken.«

»Na, eure Hochzeit werden wir schon nicht verschlafen«, lachte Fine. »Aber das Billett ist wirklich schön. Nach eurer Feier möchte ich es mir gern neben den Spiegel stecken.« Sie wandte sich an Marjann. »Falls Ihr es mir überlasst, Tante.«

»Fine, Fine«, gab die alte Frau gewitzt zurück. »Das werde ich mir noch überlegen. Vielleicht brauche ich es ja noch als Vorlage. Wer weiß, ob mir nicht schon bald ein schöner junger Mann über den Weg läuft, der mein Feinsliebchen wird? Und bei der nächsten Hochzeit im Dorf werde ich dann selbst die Braut sein.«

Gudrun und Fine stimmten in Marjanns Lachen ein, und so saßen sie ausgelassen beieinander und besprachen noch dies und das.

»Willst du dir denn ein Kleid nähen?«, fragte Fine im Überschwang. »Aus schwarzer Seide und Spitze? So wie du es dir schon immer gewünscht hast?«

»Aber sicher.« Gudrun sagte das ohne Hochmut. »Einiges Geld dafür konnte ich sparen, und mein Vater hat uns auch noch einige Taler hinterlassen. Doch nach der Hochzeit werde ich das Kleid umarbeiten zu einem schlichten Feiertagsgewand. Das kann ich dann noch oft tragen.«

Sie trank den Tee aus und machte sich auf. Denn das ganze Dorf ward eingeladen, und es galt, noch viele Billetts zu verteilen.

Nachdem Gudrun gegangen war, seufzte Fine vor Freude. »Ich fühle so sehr mit den beiden. Sie sind einander ja schon so lange versprochen, und auch das Trauerjahr haben sie geduldig eingehalten. Nun wollen wie ihnen ihr Glück von ganzem Herzen gönnen.«

»Unbedingt«, stimmte Marjann zu. »Wenn wir es zwei Menschen wünschen, dann doch wohl diesen beiden.«

Zu den Worten der alten Frau konnte Fine nur heftig nicken. Sie hatte einen Kloß im Hals vor lauter Rührung.

Am frühen Abend, kurz vor Einbruch der Dunkelheit, stand Fine unbewegt am Türpfosten des Hauses. Sie schaute hinauf in den Himmel und sah dabei zu, wie einige Vögel aufflogen. Ihre Gedanken schweiften in die Ferne. Wie mochte es Basti gehen auf seinem Weg in die Neue Welt und sein neues Leben?

Früher als sonst legte sie sich zu Bett, immer noch erfüllt von der Freude über die anstehende Hochzeit der Menschen, die ihr in den letzten Jahren so ans Herz gewachsen waren.

Doch völlig ungetrübt war Fines Stimmung nicht, denn ihr war ein Gedanke gekommen, der sie immer stärker beschäftigte. Einerseits hatte sie etwas sehr Schönes im Sinn – aber leider musste sie dafür etwas tun, was in argem Widerspruch zu ihren Gefühlen stand und was sie nie zuvor getan hatte: Sie musste einen innig geliebten Menschen belügen.

Tags darauf, auf der Tenne des Oberlandhofes, nutzte Fine die Gelegenheit und bat ihren Vormund um eine Unterredung.

»Worum geht es denn, Kind?«

Wie sie es schon von ihm kannte, hatte er viel zu tun und wenig Zeit, sich um ihre Belange zu kümmern. »Wenn Ihr gestattet, würde ich gern zu Euch ins Kontor kommen und die Sache da in Ruhe besprechen.«

Der Oberlandbauer lenkte ein. »Dann komm nach dem Abendbrot zu mir. Aber überlege dir gut, was du sagen möchtest, und fasse dich kurz. Derzeit habe ich viel mit dem Saatguthandel zu tun und muss mich noch um etliche Schriftstücke kümmern.«

Fine versprach, dass sie die Zeit des Bauern nicht lange beanspruchen würde.

Wie verabredet kam sie am Abend zu ihm ins Kontor und bat darum, ihr den Taler auszuhändigen, den sie vom Lohbauern erhalten hatte.

»Du sollst ihn haben«, entgegnete der Vormund wohlwollend. »Denn schließlich ist es dein Eigentum. Aber trotzdem wüsste ich gern, wofür du ihn ausgeben willst.«

»Ich sage es euch gern, Herr. Von Gudrun möchte ich mir etwas schneidern lassen: Ein Festtagskleid aus guten Stoffen, die nicht so schnell verschleißen. Mein Kommunionskleid ist mir zu klein geworden, also brauche ich für feierliche Anlässe ein neues Gewand. Und bei der Hochzeit von Gerd und Gudrun will ich es zum ersten Mal tragen.«

Der Oberlandbauer nickte, auch er hatte eine Einladung erhalten. »Das scheint mir vernünftig. Und ich sehe ein, dass du dafür keine billigen Stoffe kaufen willst, denn wenn möglich, soll das Kleid ja dein Leben lang halten.« Er stutzte. Offenbar hatte er bemerkt, dass sein letzter Satz unpassend sein könnte. Halb scherzend fügte er hinzu: »Also mindestens noch hundert Jahre, das will ich dir herzlich wünschen.« Er holte eine Kassette hervor und nahm daraus eine Talermünze, die er Fine mit feierlicher Geste überreichte. »Möge das Geld dir Glück bringen. Bei deinen guten Absichten sollte das wohl gelingen.«

Fine bedankte sich, denn so herzlich hatte der Vormund noch nie zu ihr gesprochen. Auf Anhieb erkannte sie, dass es sich genau um dasjenige Geldstück handelte, welches der Lohbauer ihr auf den Hollerwiesen überreicht hatte. Obwohl es noch wenig gebraucht zu sein schien und stark glänzte, trug es eine große Schramme quer über den Flügeln des Reichsadlers.

»Da ist noch etwas, Herr Vormund, das ich Euch sagen muss.« Fine knickste höflich. »Es dauert auch nicht lange.«

»So sprich schon!« Offenbar überkam den Bauern wieder die gewohnte Ungeduld.

»Es geht darum: Wenn die Leute im Dorf mein neues Gewand sehen, dann fragen sie sicher, wie ich es mir leisten kann. Schließlich besaß ich noch nie zuvor ein ganz neues. Bisher stammten alle meine Kleider von meiner Mutter oder von Marjann und wurden für mich umgeändert.«

Zu Fines Erstaunen begriff der Oberlandbauer auf Anhieb, worauf sie hinaus wollte: »Und nun möchtest du vor den Leuten geheim halten, dass du den Taler vom Lohbauern erhalten hast?«

»So ist es, Herr Vormund. Obwohl ich mir sicher bin, dass er ihn mir in ehrenwerter Absicht gegeben hat.«

»Natürlich hat er das!« Entschieden schlug der Bauer die Kassette zu. »So viel ist gewiss. Der Lohbauer ist ein anständiger Mann. Also kannst du ruhig in aller Offenheit erzählen, dass das Geld für das Kleid vom Oberlandbauern stammt. Aus einer Spende für dich als Waisenkind.«

»Es geht weniger um die Leute im Dorf«, entgegnete Fine, »sondern vor allem um die Schwarze Marjann. Sie hat mir eingeschärft, nie und nimmer, wirklich niemals von einem unbekannten Mann Geld als Geschenk zu nehmen. Wirklich nie, unter keinen Umständen. Doch damals auf den Hollerwiesen tat ich es trotzdem. Wenn Marjann nun davon erführe, wäre sie äußerst enttäuscht von mir.«

Der Oberlandbauer seufzte tief und schien mit letzter Kraft seine Fassung zu wahren. »Nun Kind. Mir scheint das alles zwar unnötig. Aber ich gebe zu: Du solltest die Schwarze Marjann nicht gegen dich aufbringen. Ich traue dieser alten Vettel einiges zu, falls sie von dem Taler erfahren sollte. Sogar, dass sie den Lohbauern auf seinem Hof besucht und gegen ihn hetzt.« Er kratzte sich am Kopf. »Wir brauchen für die Schwarze Marjann also eine Ausrede. Was schlägst du vor?«

Rasch antwortete Fine: »Ich könnte sagen, dass mein Onkel Tonnes aus Amerika mir einen Taler hiergelassen hat.«

»Kein schlechter Gedanke«, der Vormund nickte. »Das klingt glaubwürdig und ist schwer zu widerlegen«, er klopfte Fine auf die Schulter. »So machen wir es.«

»Ja, Herr. Danke, dass Ihr mich versteht. Und bevor ich gehe, will ich noch kurz sagen: Außer Euch weiß nur noch die Polizei von der wahren Herkunft des Talers. Ich musste es bei unserem Gendarm Gerd zur Protokoll geben, als er mich nach Bärbels Tod befragte.«

Der Oberlandbauer horchte auf. »Aha? Und was hat Gerd dazu gesagt?«

»Dass der Lohbauer ein Alibi hat für die Zeit von Bärbels Tod«, erklärte Fine ohne Umschweife. »Da war er in Bonn bei der Landwirtschaftsbehörde.«

»Ganz recht. Von seiner Reise nach Bonn hat er mir erzählt.« Fines Vormund nickte entschieden und machte eine kleine Pause, als wollte er über etwas nachsinnen. Dann meinte er: »Nun gut, Kind. Dann wissen also nur die Polizei und ich darüber Bescheid. Natürlich auch der Lohbauer selbst. Aber er wird schweigen, da bin ich mir sicher. Und die Gendarmerie ist ohnehin gezwungen, Stillschweigen zu bewahren. Falls die Rede also darauf kommen sollte, werde ich sagen, dass dein Onkel dir den Taler für das Kleid gespendet hat. Der Lohbauer ist ein guter, alter Freund. Ich werde nicht zulassen, dass die Schwarze Marjann gegen ihn hetzt.«

Dankbar verabschiedete Fine sich. Ihr war nun bedeutend leichter ums Herz. Ihr eigener Vormund hatte sie darin bestärkt, eine Notlüge zu gebrauchen.

Als es dann aber soweit war, Marjann vom Geld für das neue Kleid zu erzählen, schämte Fine sich dennoch. Ganz genau beobachtete sie ihre Quartiersmutter dabei, wie sie die Nachricht vom Taler des Onkels aus Amerika aufnahm.

Doch alle Sorge erwies sich als grundlos, denn die alte Frau schaute ihre Pflegetochter liebevoll an. »Es freut mich für dich, dass Tonnes dir ein so großzügiges Geschenk gemacht hat. Er konnte das Geld sicher leicht entbehren, schließlich lebt er in Wohlstand. Außerdem hast du auf die Überfahrt nach Amerika verzichtet und verdienst hier dein eigenes Auskommen. Das sollte deinem Onkel doch einen Taler wert sein.«

Fine fiel der Schwarzen Marjann um den Hals und küsste sie auf beide Wangen. Sie hielt die alte Frau noch lange umarmt, denn so konnte sie verbergen, wie ihr wegen ihrer Lüge die Schamesröte ins Gesicht stieg.

Schon am nächsten Tag gab Fine das Kleid in Auftrag. Gudrun machte sich sofort daran, Maß zu nehmen. »Die Stoffe holen wir in Blankenheim. Dort ist die Auswahl zwar nicht groß, doch wir finden schon das Passende.«

Nachdem Gudrun die Maße notiert und mit Fine den Schnitt für das Kleid besprochen hatte, machte die Jungmagd sich zufrieden auf den Weg zurück an ihre Arbeit.

Der Oberlandbauer zeigte sich großzügig. Da er von Fines Plänen wusste, gab er ihr ein paar Stunden frei und erklärte sich sogar bereit, Gudrun und Fine in seinem Pferdewagen mit nach Blankenheim zu nehmen. Dort hatte er ohnehin zu tun.

Vorm Gemischtwarenladen angekommen half er den beiden jungen Frauen vom Kutschbock und ermahnte sie, nicht zu viel Geld auszugeben. Gudrun lachte nur und versicherte, dass ein Taler allemal reiche, das nötige Material zu kaufen und auch ihren Schneiderlohn davon zu bezahlen.

Fine betrat voll freudiger Erregung den Laden. Von Gudrun gut beraten kaufte sie einen schwarzen Stoff für einen Rock und einen weißen für eine Bluse. Für das Mieder fand sie einen Samt in herrlichem Himmelblau. Davon ließ sie sich gleich ein paar Zoll mehr abschneiden, sodass es auch für einige Haarbänder reichte. Gern wechselte Fine den Taler ein, auf dem Rückweg zum Dorf strahlte sie vor Glück. Gudrun versprach, sich gleich an die Arbeit zu machen und die Stoffe zuzuschneiden.

Herrliche Wochen folgten für Fine. Sie war ganz und gar eingenommen von der Vorfreude auf die Feier. Alle paar Tage ging sie zu Gudrun, um Rock, Bluse und Mieder zu probieren und an einigen Stellen neu abstecken zu lassen. Da der Oberlandbauer um das neue Kleid wusste, gab er Fine für die Anproben frei. Sie zeigte sich dafür erkenntlich, erledigte ihre Aufgaben gewissenhaft und verband die Gänge zu Gudrun mit Besorgungen, die ohnehin nötig waren. So waren alle zufrieden.

Es ging auf Mitte Mai zu, und je weiter der Frühling voranschritt, umso leichter und froher wurde Fine ums Herz. Das

Kleid nahm Gestalt an und wurde noch schöner, als sie es sich vorgestellt hatte. Über dem schwingenden, schwarzen Rock betonte das Mieder in züchtiger Weise ihre weibliche Büste. Die Perlmuttknöpfe auf dem veilchenblauen Mieder unterstrichen vortrefflich die schlanke Taille. Bei jeder Anprobe kam es Fine vor, als würden die Knöpfe noch stärker schimmern als beim letzten Mal, und die Schönheit des Kleides spiegelte sich in ihrem Antlitz.

»Und was ist mit deinem Hochzeitskleid?«, fragte sie übermütig ihre wackere Schneiderin. »Hast du denn überhaupt noch Zeit, dich darum zu kümmern?«

Doch Gudrun lachte nur und meinte: »Da mach dir keine Sorgen, Fine. Und überhaupt: So schön dein Kleid auch sein mag. Es wird dir nicht gelingen, mich an Pracht und Anmut zu übertreffen.«

»Das soll ja auch so sein«, gab Fine gleich darauf zurück. »Du bist schließlich die Braut. Gerd muss dich nehmen und nicht mich.«

Die beiden steckten die Köpfe zusammen und kicherten wie Schulmädchen.

In solchen Momenten war Fine überglücklich. Früher hatte sie sich oft eine ältere Schwester gewünscht und nun – so kam es ihr vor – standen mit Gudrun und Ulla gleich zwei davon an ihrer Seite.

Je weiter der Frühling seine Pracht ausbreitete, umso mehr blühte auch Fines Seele auf. Sie schlief so gut wie schon lange nicht mehr. Und wenn sie morgens vom ersten Hahnenschrei erwachte, stellte sie sich vor, wie die Blüten der Bäume im Garten den Nachttau eingesogen hatten und nun den ganzen Tag über ihren Duft abgaben. Fine schwebte wie auf Wolken.

Inzwischen war sie doch sicher, richtig entschieden zu haben: Sie war hiergeblieben im vertrauten Eifeldorf. Den oberflächlichen Verlockungen hatte sie widerstanden, und war nicht abgewandert in eine unwägbare Fremde. Darüber war sie höchst zufrieden und freute sich nun umso mehr auf das anstehende Fest.

Eines Vormittags, es war noch eine gute Woche bis zur Hochzeit, klopfte sie für eine weitere Anprobe an Gudruns Haustür.

Die junge Braut öffnete mit gewohnter Freundlichkeit, doch Fine spürte sogleich die gedrückte Stimmung. Kaum war sie eingetreten, da kam Gerd ihr entgegen.

Auf die Frage, warum er nicht wie üblich auf der Polizeiwache sei, entgegnete er: »Es ist etwas vorgefallen, deswegen gehe ich heute erst später nach Blankenheim. Vorher muss ich dich befragen.«

Ein heftiger Schreck durchfuhr Fine. »Doch nicht etwa ...«, unwillkürlich hielt sie ihre Hand vor den geöffneten Mund.

»Nein«, erwiderte Gerd rasch. »Es ist nicht, was du vermutlich denkst. Zum Glück geht es nicht um einen weiteren Mord. Aber es gibt neue Erkenntnisse, wir brauchen deine Zeugenaussage.«

Während Gudrun draußen nach den Hühnern sah, bot er Fine einen Platz am Tisch an und setzte sich mit Kladde und Bleistift zu ihr. »Die Mutter von Bärbel hat etwas gefunden«, erklärte er. »Wohl nur aus Zufall und in der hintersten Ecke einer Kommode. Es handelt sich um ein Tagebuch. Bis zu ihrem Todestag hat Bärbel darin Eintragungen gemacht.« Er sah Fine fragend an.

»Darüber weiß ich nichts«, sagte sie sogleich. »Sie hat mir nie erzählt, dass sie ein Tagebuch führt.«

Gerd machte sich Notizen. »Denk bitte genau darüber nach. Vielleicht hat Bärbel ja doch so etwas erwähnt.«

»Sicherlich nicht«, entgegnete Fine. »In unserem letzten Schuljahr haben wir in der Klasse über Tagebücher gesprochen. Damals sagte Bärbel, sie habe keins. Das weiß ich noch gut. Wenn sie mir später doch von einem erzählt hätte, würde ich mich gewiss erinnern. Aber ihr könnt doch auch die anderen Mägde danach fragen.«

Gerd seufzte auf. »Das ist unsere Schwierigkeit, Fine. Die Polizei muss sich genau überlegen, wen sie in dieser Sache befragt. Denn es geht um etwas sehr Heikles.«

Fine blickte verständnislos.

Bevor sie etwas erwidern konnte, fuhr Gerd fort: »Bärbel schreibt darin, sie habe einen Geliebten, der viel älter sei als sie«, Gerd machte eine Pause und sah Fine eindringlich an. »Und dieser Mann ist angeblich der Lohbauer.«

»Der Lohbauer!«, entfuhr es ihr vor Schrecken, und sogleich verstand sie, warum die Polizei so vorsichtig mit der Sache umgehen musste. »Bärbel und der Lohbauer haben sich geliebt?«

»So steht das jedenfalls in ihrem Tagebuch: eine ernste Liebschaft. Demnach waren die beiden zusammen, wie erwachsene Männer und Frauen es eben sind.«

Fine hielt sich die Hände vor ihr Gesicht, so entsetzt war sie von der Neuigkeit.

»Ob es tatsächlich so war, wissen wir nicht«, fügte Gerd hinzu. »Nun überlegen wir, wer davon verlässlich gewusst haben könnte.«

Fine legte ihre Hände wieder auf die Tischplatte. Sie suchte nach klaren Gedanken. »Und Bärbels Mutter? Was sagt die?«

»Es tut mir leid, Fine. Aber darüber muss ich Stillschweigen wahren«, erwiderte Gerd freundlich. »Nur soviel sollst du wissen: Wir brauchen Zeugen, die eindeutig bestätigen, dass es diese Liebschaft gab.«

»Aber dann hätte der Lohbauer doch gegen die Gesetze verstoßen?«, fragte Fine aufgeregt. »Und er müsste vielleicht sogar ins Gefängnis. Oder etwa nicht?«

»Falls es sich bestätigen sollte, bekäme er eine harte Strafe«, entgegnete Gerd ruhig. »Wegen Unzucht mit einer minderjährigen Schutzbefohlenen. Aber solange wir keine handfesten Beweise haben, können wir gegen ihn nichts unternehmen.«

Fine überlegte. »Und warum zweifelt die Polizei daran, dass Bärbel die Wahrheit geschrieben hat? Etwa nur, weil sie noch nicht erwachsen war?«

»Nichts gegen die Jugend«, erwiderte Gerd beschwichtigend, offenbar hatte er Fines Verstimmung wahrgenommen. »Auch junge Menschen, sogar Kinder, können glaubhafte Zeugen sein. Aber in diesem besonderen Fall müssen wir uns fragen: Kann es sein, dass der Tagebucheintrag nur eine Phantasterei ist? So, wie sie bei jungen Mädchen eben oft vorkommt? Möglicherweise war Bärbel zwar ihrerseits in den Lohbauern verliebt, hat sich das Weitere aber nur ausgedacht.«

»Stellt der Lohbauer das so dar?«, fragte Fine rasch. »Weil er damit jeden Vorwurf von sich wenden könnte?«

»Du hast eine gute Auffassungsgabe«, Gerd zog anerkennend die Stirn hoch. »Ich darf dir zwar nicht sagen, was der Lohbauer zu Protokoll gegeben hat. Aber wenn du es selbst durch die Zusammenhänge erkennst, kann dir das niemand verbieten.«

Fine freute sich über das Lob, wurde dann aber wieder ernst. »Ich kann nicht mit Gewissheit sagen, was wirklich war. Damals in der Schule sprach Bärbel oft ganz traurig davon, dass sie ohne Vater groß werden musste.«

»In diese Richtung überlegen wir auch«, Gerd sah Fine eindringlich an. »Steckt dahinter womöglich das Wunschdenken einer Halbwaisen, die sich nach einem gütigen Vater und Liebhaber in einer Person sehnt?«

Fine atmete tief. Die Unterredung strengte sie an. »Aber zumindest einen Teil dessen, was Bärbel im Tagebuch schreibt, lässt sich doch zweifelsfrei nachweisen. Die Leichenärzte in Bonn haben sie doch bestimmt untersucht. So wie Lisbeth auch.«

»Richtig«, entgegnete Gerd sachlich. »Und ich verstehe schon, worauf du anspielst. Die Ärzte haben herausgefunden, dass Bärbel schon mit einem Mann zusammen war.«

Fine nickte eifrig. »Das würde ja vielleicht erklären, warum sie zuletzt so seltsam verändert war.«

»Aber es beweist leider noch nicht, dass sie tatsächlich eine Liebschaft mit dem Lohbauern hatte. Denn es mag ja auch ein anderer Mann gewesen sein, bei dem sie gelegen hat. Oder noch schlimmer.«

Fine stutzte. »Noch schlimmer? Wie meinst du das?«

»Ich will dir nicht zu viel zumuten, Fine. Du bist ein unbescholtenes Mädchen. Da sollte ich wohl vorsichtig sein mit dem, was ich dir sage.«

Doch Fine hatte Gerd schon verstanden. »Dass Bärbel nicht nur einen, sondern mehrere Liebhaber hatte?«

»Genau das überlegen wir.«

Fine schwirrte der Kopf. »Du mutest mir nicht zu viel zu, Gerd. Keine Sorge. Aber trotzdem muss ich mich einen Moment besinnen.«

»Natürlich«, er stand auf. »Magst du ein Himbeerwasser?«

»Ja bitte.«

Sie schloss die Augen und saß einige Minuten still am Tisch. Im Raum hing der Geruch von Herdfeuer und geräuchertem Speck. Sie hörte das Gackern der Hühner im Hof, das Ticken der Küchenuhr und Gerd, wie er neben ihr mit Geschirr hantierte. Als sie die Augen wieder öffnete, sah sie vor sich zwei Trinkgläser, fingerbreit gefüllt mit tiefrotem

Sirup, und Gerd, in der Hand einen Krug voll klarem Brunnenwasser.

Er lächelte ihr zu. »Wie weit soll ich dir auffüllen?«

»Ganz voll, bitte.«

Sie beobachtete, wie die Flüssigkeiten sich mischten. Anfangs sah es so aus, als wollte der Sirup schwer und klebrig am Boden der Gläser haften bleiben. Kurz darauf zogen erste tiefrote Schlieren nach oben und schienen im zulaufenden Wasser zu schweben. Und dann, als die Gläser bis an den Rand gefüllt waren, war das Sirupwasser von einem einheitlichen, durchscheinenden Rosa, das an Frühlingsblüten erinnerte.

Gerd setzte sich wieder. »Zum Wohlsein, Fine. Die kleine Stärkung können wir beide gut gebrauchen.«

Sie hoben die Gläser.

Nachdem sie die ersten Schlucke genommen hatten, fragte er: »Und? So wie du eben deine Gedanken gesammelt hast, ist dir da etwas Wichtiges in den Sinn gekommen?«

»Ja«, sie suchte seinen Blick. »Gesetzt den Fall, es wäre so: Der Lohbauer hatte eine Liebschaft mit Bärbel? Müsste man da nicht denken, dass er auch ihr Mörder ist?«

»Nicht unbedingt«, erwiderte Gerd, während er sein Glas abstellte. »Dieser Gedanke liegt natürlich nahe. Aber wir Polizisten müssen Schritt für Schritt vorgehen und dürfen keine vorschnellen Schlüsse ziehen.«

Doch mit dieser Antwort wollte Fine sich nicht zufriedengeben. »Nehmen wir Folgendes an«, hakte sie nach. »Bärbel wollte anderen Leuten von der Liebschaft erzählen. Das hätte der Lohbauer doch unter keinen Umständen zulassen dürfen.«

»Gewiss nicht, Fine. Schließlich hätte der Lohbauer Unzucht mit einer minderjährigen Schutzbefohlenen begangen. Und damit schwer gegen die Gesetze verstoßen. Sogar dann, wenn Bärbel mit der Liebschaft einverstanden gewesen war.«

»Wenn sie ihm nun aber gedroht hat, anderen davon zu erzählen? Dann hätte er doch einen Grund gehabt, sie zu ermorden.«

»All diese Überlegungen sind uns vertraut, Fine.« Seufzend lehnte Gerd sich im Stuhl zurück. »Aber selbst, wenn wir mit Sicherheit wüssten, dass es diese Liebschaft gab: Wir dürften daraus nicht ableiten, dass er Bärbel auch ermordet hat.«

Fine nahm einen neuen Schluck, dann atmete sie tief durch. »So viel ich auch darüber nachdenke, Gerd: Ich kann nichts Sicheres sagen. Und gerade weil so viel davon abhängt, will ich mich in nichts versteigen, was ich mir womöglich selbst einrede.«

Gerd schloss die Kladde. Seine Enttäuschung konnte er nicht verbergen, dennoch nickte er Fine freundlich zu. »Dann ist es recht. Ich danke dir.«

»Bitteschön«, Fine lächelte. »Werdet ihr denn noch andere Leute fragen?«

»Das wird sich noch zeigen. Jedenfalls verlassen wir uns auf dein Stillschweigen.«

»Selbstverständlich.«

Sie tranken ihre Gläser aus.

Gerd stand auf und griff zu seiner Joppe. »Die Arbeit auf der Wache wartet.«

Im Weggehen rief er in den Garten, kurz darauf kam Gudrun herein. Sie führte Fine in die Stube, die auch als Nähraum diente.

Gudrun ließ Fine auf einen Schemel steigen, denn es galt, den Saum anzustecken. Das Kleid war nun beinahe fertiggestellt, und Fine hätte alle Freude haben können. Doch die schwierige Unterredung wirkte in ihren Gedanken nach.

Die beiden jungen Frauen besprachen sich. Als Gerds Verlobte war Gudrun eingeweiht, doch auch sie wusste nicht, was sie von Bärbels Tagebuch halten sollte.

»Sag einmal«, meinte Fine schließlich, »der Lohbauer kommt doch nicht zu eurer Feier, oder?«

Entschieden schüttelte die junge Braut den Kopf. »Nein, er ist ja zum Glück aus Freilingen und nicht aus unserem Dorf. Da brauchten wir ihn nicht einzuladen.«

»Das ist gut.«

Fine drehte sich auf dem Schemel langsam um die eigene Achse, während Gudrun ihren prüfenden Blick auf dem Kleidersaum hielt.

»Denk nicht weiter darüber nach, Fine«, sagte sie beim Abschied. »Lass die Polizei ihre Arbeit machen. Meinem Gefühl nach hat der Lohbauer unsere Bärbel nicht ermordet. Doch selbst, wenn er der Täter sein sollte, so hätte das ausschließlich mit dem zu tun, was zwischen den beiden war. Ein blindwütiger Mörder ist er sicher nicht. Darauf kannst du vertrauen.«

Fine bedankte sich und ging zurück zum Oberlandhof. Sie sprach mit niemandem darüber, was sie eben bei Gerd und Gudrun erfahren hatte. Doch die Gedanken daran ließen sie nicht los. Konnte es tatsächlich wahr sein, was Bärbel ins Tagebuch geschrieben hatte?

Sie fand keine Antwort darauf und musste schließlich Gudrun recht geben: Es führte nicht weiter, sich darüber den Kopf zu zerbrechen. Fine beschloss, sich lieber auf ihr Kleid und die bevorstehende Feier zu freuen, und dank des heranziehenden Frühlings gelang ihr das leicht. Am Tag vor der Hochzeit war es dann endlich soweit: Fine konnte ihr neues Kleid bei Gudrun abholen.

Der Reitersmann

Am Nachmittag der Hochzeit flocht Marjann ihrer Pflegetochter zwei von den veilchenblauen Bändern in den Zopf ein, die farblich so gut zum samtenen Mieder passten. Dann führte Fine das neue Festtagsgewand vor. Einen großen Spiegel, in dem sie sich von Kopf bis Fuß hätte betrachten können, gab es im Haus leider nicht. Also verließ sie sich auf Marjanns Urteil, sie wiegte und drehte sich vor der alten Frau.

Marjann war von allem begeistert, sie lobte den guten Geschmack bei der Stoffauswahl und Gudruns Geschick. Denn die hatte das Kleid so gefertigt, dass es mit leichten Änderungen auch noch passen würde, wenn Fine als erwachsene Frau rundlichere Formen haben sollte. »Nun wollen wir schleunigst zur Kirche gehen und anschließend zum Tanz«, sagte sie. »So schön wie du bist, sollte es wohl nicht lange dauern, dass sich einer der Jungen im Dorf in dich verliebt, und du schneller als du denken kannst die nächste Braut wirst.«

Marjann hatte dies scherzend gemeint, dennoch entgegnete Fine in großem Ernst. »Dabei halte ich mich doch an das, was Ihr mich gelehrt habt, Tante. Ich werde gleichmäßig freundlich sein zu den jungen Männern. Aber ehe ich mein Herz verschenke, schaue ich mehr als zweimal hin. Dann werde ich schon merken, wenn ich dem Mann gegenüberstehe, der der richtige ist, um mein ganzes Leben mit ihm zu verbringen. Bis jetzt habe ich so einen jedenfalls noch nicht in unserem Dorf gefunden.«

Wie Fine es fast schon geahnt hatte, erwiderte Marjann: »Ach, du solltest meinen Hannes kennen lernen. Ich wette, du verliebtest dich auf der Stelle in ihn, und ich wüsste meine liebsten Kinder miteinander verbunden und könnte in Ruhe sterben.«

In stiller Umarmung standen die beiden einige Sekunden. Genau zu diesem Moment begann das Läuten der Kirchglocken. Fine und Marjann machten sich zur Feier auf.

Die Messe wurde an einem Donnerstag gehalten – wie es dem Brauch in dieser Gegend entsprach. Wer es nur irgend einrichten konnte, seinem Haus fernzubleiben, kam zur Kirche. Für das anschließende Beisammensein hatte man sich besprochen: Die Gäste wechselten sich ab mit dem Feiern und der Versorgung des Viehs. So konnte ein jeder zumindest stundenweise an der Hochzeit teilnehmen.

Das Orgelspiel setzte ein, und bald darauf betraten Gerd und Gudrun Arm in Arm das Gotteshaus. Bei ihrem Weg zum Altar lagen alle Blicke auf ihnen. Manch junge Frau hielt sich die flache Hand vor den Mund, wenn ihr ein Ah! und Oh! entglitt.

Gudruns Gewand entfachte die Bewunderung aller Gäste. Es war gewirkt aus schlichter, schwarzer Atlasseide mit einem Spitzenbesatz an Ärmeln und dem Halsausschnitt. Alles krönte eine aufwändige Frisur, wie sie in diesen Jahren gern bei festlichen Anlässen getragen wurde. Sie ging zurück auf die österreichische Kaiserin Maria Theresia und bestand aus nicht weniger als vierzehn einzelnen, kunstvoll ineinander geschlungenen Zöpfen. Eva und Anna, Gudruns beste Freundinnen aus Kindertagen, hatten sich diesen Dienst nicht nehmen lassen. In stundenlanger Arbeit hatten sie das Haar der Braut zu dieser Pracht entfaltet. Wie ein Diadem umkränzten zudem weißen Margeriten Gudruns Haupt. Die gleichen Blumen fanden sich, ergänzt um ein Sträußchen Grün, am Revers von Gerds Landjäger-Uniform wieder. Nur selten – darüber waren sich später alle Gäste einig – hatte man im Dorf ein so vortrefflich ausgestattetes, und dabei doch bescheidenes Brautpaar erlebt.

Der Vikar hielt eine wohlgesetzte Traupredigt und gab dem jungen Paar einen Spruch aus den Korintherbriefen mit auf den Weg: »*Alle eure Dinge lasst in der Liebe geschehen.*« Es gab wohl niemanden unter den Gästen, den diese Worte nicht tief bewegten. Selbst den stattlichsten Männern standen Tränen der Rührung in den Augen.

Nach der Messe folgten einige Bräuche. Beim Heraustreten aus der Kirche wurde das junge Paar nicht weitergelassen. Freunde hatten vor der Pforte ein Seil gespannt. Erst als Gerd süßes Fladenbrot und Wacholderschnaps reichen ließ, machte man den Weg frei. Doch gleich darauf geriet die ganze Gesellschaft erneut ins Stocken: Gerds Mitstreiter von der Gendarmerie standen Spalier und gaben unter lautem Jubel der Gäste aus ihren Landjäger-Gewehren etliche Schüsse Salut ab. Auf das glückliche Paar!

In der Mitte des Ortes gab es eine Kreuzung zwischen der Hauptstraße nach Blankenheim und einem schmaleren Weg, der zur Kirche führte. Auf halber Strecke zwischen Kreuzung und Gotteshaus lag ein Gasthof. *Zum Schlösschen*, so stand es gut lesbar auf einem Schild über dem Eingang. Dieser Name musste für mancherlei Scherz herhalten. Denn es handelte sich bei dem Wirtshaus selbstredend nicht um eine hochherrschaftliche Anlage. Vielmehr kam der Name daher, dass der erste gewerbliche Wirt von Reetz ein gelernter Schlosser gewesen war. Als Gesellenstück fertigte er ein kleines Vorhängeschloss an, das bemerkenswert fein und raffiniert gearbeitet war. Viele Jahre später, nachdem seine Sehkraft nachgelassen hatte, war er Wirt geworden. Das kleine Schloss hing seitdem über dem Tresen und hatte dem Gasthaus seinen Namen gegeben.

Vor einigen Jahren hatte hier ein junger Mann seinen Dienst angetreten. In fünfter Generation der Wirtsfamilie führte nun Peter Sevenich das Gasthaus. Die Reetzer riefen ihn Pitterwirt. Er war ein Junggeselle von gut zwanzig Jahren, und es drängte ihn offenbar nicht, den heiligen Stand der Ehe aufzusuchen. Dabei mangelte es ihm nicht an Angeboten. Mit seiner Schankstube machte er gute Geschäfte. So mancher Vater im Dorf hätte seine Tochter beim Pitter als Ehemann in guten Händen gewusst, denn er verfügte über flinke Augen und Hände.

Obwohl noch jung, leitete Pitter sein Gasthaus mit Umsicht. Die Leute durften ihre Zeche anschreiben lassen, aber er wies sie verbindlich darauf hin, wo die Grenze für ihren Kredit lag. Wenn ein Gast sich zu sehr am Alkohol gelabt hatte, laut pöbelte oder gar randalierte, bewies Pitter ein gutes Händchen, ihn hinaus zu setzen. In Bierkeller und Küche achtete er auf Sauberkeit, und seine Bedienungen, beides junge Frauen, waren züchtig gekleidet. So sicherte er dem *Schlösschen* den Ruf einer soliden Gaststätte, in die Frauen ihre Männer unbesorgt ziehen ließen.

Pitter betrieb sein Haus so erfolgreich, dass er es in den letzten Jahren sogar vergrößern konnte. An der Rückseite ließ er einen Anbau errichten für eine geräumige Gaststube und einen Keller für Weinflaschen und Bierfässer, zu dem eine breit angelegte Rampe führte.

Seit der Erweiterung meinten die Reetzer anerkennend: »Pitter, nun hast du kein Schlösschen mehr, jetzt ist es ein richtiges Schloss.«

Und der junge Wirt galt endgültig als eine der besten Heiratspartien im Dorf.

Im *Schlösschen* also, in der neuen großen Gaststube, wollte man die Hochzeit feiern. Gleich am Eingang standen

Gudruns alte Freundinnen Eva und Anna. Beide waren längst Eheweiber und Mütter. Gudrun hingegen galt mit ihren dreiundzwanzig Jahren nicht mehr als ganz junge Braut. Doch jeder im Dorf wusste, dass sie wegen der Krankheit ihres Vaters so lange mit dem Heiraten gewartet hatte.

Sobald ein Gast sich dem Festsaal näherte, steckten Eva und Anna ihm eine Schleife an. Entweder in Blau, wenn der Gast verlobt oder verheiratet war, oder in Rot als Zeichen für das Ledigsein.

»Wie schön das aussieht auf dem Samt«, meinte Anna, während sie ein rotes Bändchen um einen Perlmuttknopf auf Fines Mieder knotete. »Und es fällt gleich auf.«

»Das soll es ja auch«, ergänzte Eva. »Es wäre doch zu schade, wenn sich hier nicht der Richtige für dich finden ließe.«

Fine lächelte nur und sorgte sogleich dafür, dass auch Marjann unter fröhlichem Johlen eine rote Schleife auf der schwarzen Bluse bekam.

Sie betraten den geschmückten Saal. Girlanden von Efeu zogen sich von Wand zu Wand. Aus dem Grün stachen weiße und gelbe Margeriten hervor, von derselben Art, wie Gudrun und Gerd sie an ihren Festgewändern trugen. Auch auf den Tischen standen kleine Margeritensträuße. Alles stimmte aufs Vortrefflichste.

An einer Seite des Saals waren die Hochzeitsgeschenke aufgebahrt. Ursprünglich hatten Gudruns Eltern eine reichhaltige Aussteuer für sie vorgesehen. Doch wegen der langen Krankheit des Vaters war das eine oder andere Betttuch durchgelegen, darum hatte sich das Paar vor allem Hausrat und neues Linnen gewünscht. Nun lagen die Geschenke in großen Kisten, mit bunten Bändern und Feldblumen besteckt.

Die Gäste brauchten nicht lange zu warten. Zügig reichte der Pitterwirt Speisen und Getränke. Schüssel um Schüssel, Krug um Krug trugen er und seine Bedienungen auf.

Die Brautleute hatten sich nicht lumpen lassen. Eingangs reichte man eine sämige Suppe von Linsen und Erbsen. Später gab es kalten und warmen Braten in Fülle, dazu Kartoffeln, Rüben und Mangold. Zum Abschluss dann eingelegte Früchte und eine Dickmilchspeise – und zu allem Bier, Schnaps und Wein. Aber auch Wasser schenkte man reichlich aus. Auf einige Gäste wartete nach der Feier noch harte Stallarbeit, zu der sie nicht betrunken anrücken wollten. Erst vor zwei Jahren hatte der versoffene Knecht eines großen Hofs im Stall eine Petroleumlampe umgeworfen. Nur mit Mühe ließen sich das benachbarte Haus und das Vieh retten. Der Stall selbst brannte gänzlich ab.

Nach dem Essen spielte der Ravenzacher mit seiner Geige zum Tanz auf, begleitet von zwei Musikanten, die emsig Klarinette und Flöte bliesen. Gleich zu Anfang stimmten sie einen Walzer an, so zart und lieblich, als bestünde er aus Wogen von weichem Wasser. Umringt von allen Gratulanten begannen Gerd und Gudrun ihren Hochzeitstanz. Bald darauf folgten Gerds Eltern, die noch rüstig waren. Und schließlich fanden sich die übrigen Gäste paarweise zusammen. Fine konnte sich gar nicht satt sehen an dem, was auf dem Tanzboden geschah. Wie alles hüpfte und stampfte und sprang, wie sie alle jauchzten und ihre Augen glänzten. Selbst der Oberlandbauer, sonst eher steif und förmlich, ließ sich mitreißen und wirbelte seine Frau über die Holzbohlen. Nur einige alte Männer und Weiber, denen nicht mehr nach Tanzen zumute war, saßen auf ihren Stühlen und klatschten im Takt.

Walzer folgte auf Walzer, Polka auf Polka. Fine, die für ihr neues Kleid viel Bewunderung erhielt, tanzte mit allen Burschen aus dem Dorf. Sie fühlte sich frei, wie getragen von der Musik, und drehte sich an den Armen der jungen Männer, dass es für alle eine Freude war. Dabei lachte und scherzte sie ohne Unterlass. Wenn aber einer den Versuch machte, näher anzubändeln, ging sie geschickt darüber hinweg, als hätte sie es nicht bemerkt. Auf diese Weise verdarb sie es sich mit niemandem und machte keinen eifersüchtig.

Der Pitterwirt und seine Bedienungen trugen derweil die Speisen ab, spülten Schüsseln und Kummen und versorgten die Gäste weiterhin mit allerlei Flüssigem. Immer wenn Pitter am Tanzboden entlangkam, versuchte er, Fines Blick zu erhaschen.

Einmal, als sie eine Pause machte, ging er auf sie zu. »Im Moment habe ich noch zu tun. Aber warte nur, später tanzen wir, da darfst du mir keinen Korb geben.«

»Das werde ich gewiss nicht tun, Pitter«, entgegnete Fine scherzend. »Wo ich doch mit den anderen Burschen tanze, warum solltest du mir da nicht ebenso recht sein.«

Pitter schmunzelte. »Du bist so schön und hast dabei ein geschicktes Mundwerk. Schlagfertig und charmant zugleich. Das ist nicht oft bei jungen Frauen. Wenn ich einmal heiraten sollte, dich täte ich nehmen.«

»Ich gebe mich aber nicht her!« Fine warf ihren Kopf in den Nacken. »Und was mein Mundwerk angeht, solltest du dich lieber davor hüten. Daraus kommen nicht nur süße Worte.«

Gemeinsam lachten sie. Fine stieß niemandem vor den Kopf, wenn sie andeutete: Unter euch ist keiner, der mein Herz erobern kann.

Als es vom Kirchturm neun schlug, machten sich einige ältere Gäste, darunter auch Marjann, auf den Heimweg. Sie hatte gut gegessen, getrunken und sogar ein wenig getanzt. Für sie war nun genug gefeiert.

Fine wollte noch längst nicht nach Hause, dennoch fragte sie: »Soll ich Euch begleiten, Tante? Ich kann danach ja noch weiterfeiern.«

»Danke, Kind«, Marjann tätschelte Fines Hand. »Den kurzen Weg sollte ich wohl noch allein schaffen. Bleib du hier und hab noch deine Freude. Ich schaue morgen nach dir, damit du rechtzeitig aus den Federn kommst.«

Doch Fine ließ es sich nicht nehmen, Marjann wenigstens bis vor die Tür zu bringen. Die alte Frau bog nach rechts in Richtung Kirche.

Fine sah ihr nach. Es war ein kühler Abend. Die Sonne hatte sich erst am Nachmittag blicken lassen und nicht mehr die Kraft gefunden, die letzten Stunden des Tages noch mit Wärme zu füllen. Doch Fine genoss die klare Luft, die den Duft der mannigfachen Blüten mit sich trug. Sie fasste ihr Wolltuch enger um die Schultern und blieb ein paar Minuten am Weg stehen.

Als sie sich eher zufällig nach links in Richtung der Hauptstraße wandte, sah sie dort einen Reiter auf sich zukommen. Er saß auf einem Schimmel, der sich in der Dämmerung hell vom Wald im Hintergrund abhob.

Einen Moment lang überlegte Fine, sich unter das Vordach der Wirtshauspforte zu begeben, um dort abzuwarten. Doch in ihr passierte etwas, das sie sich selbst nicht erklären konnte. Obwohl es als unschicklich hätte gelten können, blieb sie stehen und sah dem Reiter entgegen. Offenbar handelte es sich um einen jungen Mann, dessen Oberkörper mit etwas Rotem bekleidet war.

Sie wusste nicht, was sie da antrieb. Als wäre es nicht schon auffällig genug, auf der Straße zu bleiben, setzte sie sich nun in Bewegung. Wie an Fäden gezogen, ging sie Ross und Reiter entgegen. Etwa hundert Ellen von der Gasthoftür entfernt trafen sie zusammen.

Es handelte sich um einen ebenmäßig fahlen Schimmel. Eine Stute von edlerem Geblüt, sicher nicht dazu vorgesehen, schwere Feldarbeit zu verrichten. Darauf saß ein junger Mann, wohl etwas über zwanzig Jahre alt, gekleidet in einen dunkelroten Wams und eine schwarze Hose sowie Stiefel aus kräftigem Leder. Auf seinem schulterlangen, hellbraunen Haar trug er weder Hut noch Kappe.

In gebührlichem Abstand blieb Fine stehen.

Der Fremde brachte sein Pferd zum Stehen und tat, als zöge er einen großen Hut. Dabei beugte er sich zu Fine hinab. »Guten Abend, verehrtes Fräulein.« In den Winkeln seiner großen, braunen Augen bildeten sich kleine Falten. Die Stimme klang eigentümlich, wie ein warmes Gurren. Fine hatte solchen Dialekt noch nie gehört. »Wie gut gekleidet Ihr seid«, meinte er. »Ist das so üblich bei Euch im Dorf?«

Obwohl er recht forsch auftrat, musste Fine lächeln. Sie wies hinter sich auf den Gasthof. »Dort feiern liebe Freunde ihre Hochzeit. Ich bin nur hier draußen, um etwas Luft zu schöpfen.«

»Ach so, dann müsst Ihr sicher gleich wieder zu den anderen«, entgegnete der Reitersmann.

Sein Blick traf Fines Augen, und ihr war so, als berührte ein Sonnenstrahl ihre Seele. Etwas schnürte ihr die Kehle zu, und ein warmes Gefühl stieg in ihr auf, das sie nicht kannte.

Offenbar spürte er ihre Befangenheit, denn er sagte: »Meine Eltern wollen, dass ich etwas vom weiten Land sehe, bevor ich den Hof übernehme und an Haus und Scholle gebunden bin. Und nun reite ich rheinabwärts mit einigen Schlenkern nach rechts und links, wie es mir eben gefällt. Mein Ziel ist wie beim Rhein die Nordsee, denn mindestens einmal im Leben will ich am rauen Meer stehen. Für heute habe ich noch ein gutes Stück Weg vor mir.«

Obwohl der fremde Reiter so sachlich sprach, fühlte Fine sich immer noch gefangen von seinem Blick. Sie musste sich räuspern, bevor sie erwidern konnte: »Dann eine angenehme Reise.«

»Danke, verehrtes Fräulein. Auch Euch alles Gute.«

Beide hoben schon die Hand zum Abschied, da merkte Fine, wie ein Mann aus einer Seitentür des Gasthofs trat und auf sie zueilte.

»Ich komme sofort, Pitter«, rief Fine ihm entgegen.

Doch der Wirt ließ es sich nicht nehmen, den Fremden zu begrüßen. »Nun?«, fragte er freundlich, wie es seine geschäftliche Art war. »Braucht Ihr gutes, kaltes Wasser für Euch und Euren Gaul? Oder ein Quartier für die Nacht?«

»Nein danke, Herr Wirt«, der junge Reiter wies auf seinen gefüllten Mantelsack und einen ledernen Köcher, der mit einer Flasche bestückt am Sattel hing. »Ich habe genug Proviant dabei, und meine Stute hat eben noch am Bach getrunken. Und nun muss ich weiter.«

»Dann gute Reise«, erwiderte Pitter. »Gehabt Euch wohl.«

Er blieb neben Fine stehen, als der Reiter sein Pferd wendete und sich in Richtung Hauptstraße aufmachte. Noch einmal hob er die Hand und warf Fine einen kurzen, aber herzlichen Blick zu.

Kaum war er fünfzig Fuß entfernt, da legte Pitter seine Hand auf Fines Schulter und führte sie zum Gasthof zurück.

»Du hast mir versprochen zu tanzen. Nun habe ich Zeit dafür.«

»Sicher, Pitter. Mit Vergnügen«, entgegnete sie milde.

Als sie die Schwelle des Hauses erreichten, blieb er stehen und sah Fine eindringlich an. »Wie heißt dieser Fremde auf dem Pferd?«

»Ich weiß es nicht«, entgegnete sie arglos. »Wir haben uns unsere Namen nicht gesagt. Und ja auch nur kurz miteinander gesprochen.«

In Pitters Blick lag Missmut. »Du hast dich unschicklich benommen. Aber ich werde meinen Mund halten, weil ich es gewiss gut mit dir meine. Niemand braucht zu wissen, dass du dich von einem fremden Reiter auf der Straße hast ansprechen lassen.«

Sie gingen ins Wirtshaus, Fine schwieg. Pitters Worte taten ihr weh, doch sie musste zugeben: Ganz unrecht hatte er nicht.

Doch er nahm sie freundschaftlich am Arm und sagte: »Nun wollen wir fröhlich sein, schließlich feiern wir hier eine Hochzeit.«

Aufmunternd führte er Fine zurück ins Gasthaus, beide zeigten sich den anderen in guter Stimmung. Gerade wurde ein Ländler gespielt, Fine warf ihr Schultertuch ab und begann, mit Pitter zu tanzen. Lebhaft und lustig war die Melodie. Er wirbelte Fine herum, und sie lachte ihm oft zu. Doch in Gedanken war sie längst andernorts.

In der folgenden Stunden rückte Pitter kaum von Fines Seite, und sie ließ es zu, dass er ihr auf die Wange küsste. So manch freundlichen Blick warf er ihr an diesem Abend noch zu, den sie stets erwiderte, doch nie sah sie ihm lange in die Augen.

Als die Uhr elf schlug, verabschiedete Fine sich und dankte dem Paar herzlich für die Feier.

»Warte noch eine halbe Stunde«, rief die Ravenzacherin ihr mit schwerer Zunge zu. »Dann gehe ich auch.«

Doch Fine lehnte höflich ab. Sie hatte beobachtet, wie das ältliche Weib den ganzen Abend lang den geistigen Getränken zugesprochen hatte.

Die sollte der Ravenzacher selbst nach Hause bringen, dachte Fine und entgegnete freundlich: »Nun muss ich schlafen gehen, denn morgen um fünf beginnt mein Dienst, so wie alle Tage. Und überhaupt. Die Schwarze Marjann sagt immer: ›Allein zu laufen ist das beste Fuhrwerk, das ist immer eingespannt.‹«

Also machte Fine sich ohne Begleitung auf den Weg. Sie ging schneller als sonst, denn von den Ahrbergen her zog ein kalter Wind auf. Fest zog sie sich ihr wollenes Tuch um den Oberkörper. Das Dorf lag schon in nächtlichem Frieden. Nur aus dem einen oder anderen Fenster drang der schwache Schein einer Lampe. Der Mond stand klar im Dreiviertelrund. Für Fine war es hell genug. Sie kannte den Weg so gut, dass sie ihn auch in völliger Dunkelheit hätte nehmen können. Nur noch wenige Laute drangen auf die Straße, aus den Ställen war einiges Muhen und Quieken zu hören, Vögel huschten im Gebüsch am Wegrand, ein Käuzchen schrie im benachbarten Wald.

Nachdem sie die Ortsmitte durchschritten hatte, näherte sie sich einem Haus, das von einer hohen, wild wuchernden Hecke umgeben war. Die einstigen Bewohner hatten schon vor langer Zeit das Dorf gen Amerika verlassen, seitdem stand ihr Haus leer. Gerade warf Fine einen Blick in den Himmel, wo Wolken aufzogen und den Mond halb verhüllten, da sprang eine Gestalt auf sie zu.

Fine blieb stehen. Der Teufel!, fuhr es ihr im ersten Moment in den Sinn. Sie hätte vor Entsetzen wohl laut aufgeschrien, doch die panische Angst ließ sie im Schock erstarren. Es war ein Mensch, der sich ihr da in den Weg stellte, so viel konnte sie noch wahrnehmen. Ein stattlicher Mann. Im schwachen Licht erkannte sie einen riesigen Kopf und Hände, groß wie Schaufeln. Er legte seine Pranken auf Fines Schultern ab. Sie erstarrte und atmete kaum. Ihren Herzschlag spürte sie bis in die Schädeldecke.

Der Riese beugte sich herab. Sein gewaltiger, ballrunder Kopf kam Fine immer näher. Der keuchende Atem stank nach faulem Branntwein. Angewidert wollte Fine ihr Gesicht abwenden. Doch eine Stimme in ihr mahnte sie: Du musst hinsehen! Schau hin! Sie zwang sich, ihren Blick auf ihm zu halten, und nun erkannte sie den Mann: Es war der Lohbauer!

Er hielt die Augen weit aufgerissen, während er immer lauter Luft in die Lunge sog und wieder ausstieß. Kein Zweifel: Er war heftig betrunken. Wieder versuchte Fine zu schreien, doch ihre Stimme versagte.

»Mädchen!«, sagte er leise, fast flüsternd, und doch so bedrohlich, dass Fines Beine zitterten. Die Last seiner Hände auf ihren Schultern drückten sie beinahe in die Knie, aber noch hielt sie ihm stand. »Mädchen!«, er führte seine Finger unter den Rand ihres Schultertuchs. Seine Daumenkuppen berührten ihren Hals.

Fine fasste Mut. Sie drängte ihren Körper nah an seinen und riss mit aller Kraft ihr rechtes Knie hoch. Ihr Stoß landete in seinem feisten Unterbauch.

Offenbar war der Hieb kaum schmerzhaft, denn er verzog keine Miene. Jedoch erschrak er so sehr, dass der Druck seiner Hände auf ihren Schultern nachließ. Der Lohbauer geriet ins Torkeln. Für den Bruchteil einer Sekunde war es Fine, als würde sie von seinem schweren Körper zu Boden gerissen. Während er schwankte, riss sie sich los und rannte wie von Sinnen davon.

Zwei Minuten später erreichte sie Marjanns Haus. Erst dort blickte sie sich um. Die Straße lag ruhig und dunkel, als sei nichts geschehen. Sie schlug die Tür hinter sich zu, schob den

Riegel vor und stand keuchend in der Küche. Nach wenigen Augenblicken kam Marjann aus der Schlafkammer, Fine warf sich ihr in die Arme. Und als sie sich ein wenig beruhigt hatte, berichtete sie sogleich, was sich ereignet hatte.

»Du gehst morgen zur Polizei«, meinte die alte Frau besorgt, nachdem sie zugehört hatte. »Unbedingt!«

Zwar zitterte Fine noch, doch sie konnte wieder klare Gedanken fassen. »Gerd hat morgen dienstfrei«, wandte sie ein. »Es ist doch seine Hochzeitsnacht.«

»Dann warte eben noch einen Tag. Oder geh morgen zu seinen Kameraden nach Blankenheim. Willst du heute Nacht hier auf der Ofenbank schlafen?«

»Nein«, entgegnete Fine mit Bestimmtheit. »Ich lasse mir keine Angst machen. Vom versoffenen Lohbauern nicht und von sonst keinem. Meinen Schuppen kann ich ja von innen verriegeln.«

Marjann nickte. »Gut, Kind. Lass dich von niemandem unterkriegen.«

Fine ging hinüber in ihre Schlafkammer. Dort lag sie noch einige Zeit wach. Denn so rasch, wie sie gewollt hätte, konnte sie die Ängste nicht beiseitedrängen. Und auch ihr schlechtes Gewissen quälte sie. Denn sie hatte Marjann zwar vom Übergriff des Lohbauern erzählt, nicht aber von der Vorgeschichte: dem aufgedrängten Taler und Bärbels Eintrag ins Tagebuch.

Erst weit nach Mitternacht schlummerte Fine ein.

Verliebt

Am frühen Morgen klopfte Marjann an die Schuppentür. Fine schlug die Augen auf. Die schönen, aber auch die schlimmen Erlebnisse des letzten Tages kamen ihr in den Sinn. Dennoch fühlte sie sich vom kurzen Schlaf erquickt und begann mit dem Fünfuhrschlagen der Kirchglocke ihren Dienst auf dem Oberlandhof.

Die Stimmung unter den Mägden war ausgelassen. Gemeinsam erinnerten sie sich an manche lustige Begebenheit auf der gestrigen Feier. So konnte Fine sich ablenken und verbrachte den Tag mit den üblichen Arbeiten. Über den Vorfall mit dem Lohbauern schwieg sie.

Am nächsten Tag ließ sie sich von der Großmagd schon am frühen Morgen zu einem Botendienst im Dorf einteilen.

Es war halb sieben, als sie an die Tür des frisch vermählten Paares klopfte. Gerd, der zuvor noch eine kleine Kammer bei seinen Eltern bewohnt hatte, war nun als Ehemann in Gudruns Haus eingezogen. Wie Fine erhofft hatte, traf sie ihn an, bevor er zum Dienst nach Blankenheim aufbrach.

Die jungen Eheleute strahlten vor Glück, inniger noch als während ihrer Verlobungszeit.

Gudrun aber erkannte Fines kummervollen Ausdruck. »Du kommst wohl nicht mit guter Nachricht?«, fragte sie einfühlsam.

Fine erzählte, was sich auf dem Heimweg von der Hochzeitsfeier ereignet hatte. Die Brautleute erschraken.

Zu dritt setzten sie sich an den Küchentisch, Gudrun stellte eine Tasse Malzkaffee und Milch vor Fine.

Jetzt, da sie die Einzelheiten benennen sollte, fühlte sie erneut das Entsetzen der vorletzten Nacht. Ihre Stimme zitterte, doch sie überwand ihre Angst und erzählte, woran sie sich erinnern konnte.

»Glaubst du, er hätte dich gewürgt, wenn du nicht weggelaufen wärest?« Gerd machte wieder Notizen in seine Kladde.

»Ich weiß es nicht.« Fine nahm einen großen Schluck Malzkaffee, bevor sie weiterreden konnte. »Aber seine Hände waren ganz nah an meinem Hals, er hätte leicht zudrücken können.«

»Und ein Messer hatte er nicht dabei?«

»Zumindest habe ich keins bemerkt. Er war sehr stark betrunken. Er wollte mir wohl auch irgendetwas sagen, aber selbst das konnte er nicht mehr.«

»Ich gehe gleich nach Freilingen und vernehme ihn«, versprach Gerd. »Dann kann ich entscheiden, ob wir ihn auf die Wache einbestellen.«

»Sonst nichts?«, entfuhr es Fine gereizt. Gleich darauf mäßigte sie sich, denn sie wollte ihren Ärger nicht an Gerd auslassen, der sicher alles tat, was in seiner Macht stand. »Ihr nehmt den Lohbauern also nicht gleich fest?«

»Ich verstehe schon, was du meinst.« Gudrun strich tröstend über Fines Arm. »Man müsste ihn doch sofort einsperren bei allem, was vorgefallen ist.«

Fine nickte entschieden, doch Gerd entgegnete: »So einfach ist das nicht. Wenn ich dich recht verstehe, gab es bei dem nächtlichen Überfall keine Zeugen.«

»Glaubt die Polizei mir denn nicht?«, fragte Fine fassungslos.

»Wir glauben dir, Fine«, Gerd verzog bedauernd die Miene. »Aber wir brauchen Beweise. Wir wissen nicht, was den Lohbauern angetrieben hat, als er dich bedrängt hat. Er war heftig betrunken. Und es ist mitten im Dorf passiert.

Wenn du hättest schreien können, wären sofort Leute bei dir gewesen. Das alles hat nicht die Handschrift der Morde an Lisbeth und Bärbel.«

Gern hätte Fine ihrer Wut Luft gemacht, doch sie wusste ja, dass Gerd ihretwegen nicht die Gesetze brechen durfte. Wieder trank sie vom Kaffee und fragte dann besonnen: »Also brauche ich keine Angst zu haben, dass er so was noch mal tun könnte? Oder gar Schlimmeres?«

»Wir werden das klären«, versprach Gerd. »Jedenfalls dürfen wir keine voreiligen Schlüsse ziehen. Wenn du in Gefahr wärst, würden wir dich warnen, Fine. Führe dein Leben wie gewohnt. Und lass dich auf keine zweifelhafte Liebe ein, aber das tust du ja ohnehin nicht. Dies ist das Wichtigste, was ich dir sagen kann.«

Fine nickte, wenn auch ihr Argwohn blieb.

Gerd stand auf und zog seine Uniformjacke an. »Jetzt gehe ich zu ihm. Wenn du heute nichts mehr von mir hörst, ist die Sache vorerst geklärt.«

Nachdem auch Gudrun ihr gut zugesprochen hatte, war Fine wohler ums Herz. Was sollte sie auch anderes tun, als auf die Polizei zu vertrauen?

Weder an diesem noch am nächsten Tag meldete Gerd sich, demnach brauchte Fine vom Lohbauern nichts mehr zu befürchten. Alles im Dorf folgte dem gewohnten Gang.

Je wärmer der Frühling wurde und hinüberglitt in den frühen Sommer, umso mehr verblasste in Fine der Schrecken jener Nacht. Und einige Tage später, an einem warmen Abend vor einer Vollmondnacht, traf Fine während ihres Heimwegs auf Gerd. Auch er war noch im Dorf unterwegs.

»Wie schön, dich zu sehen, Fine«, begrüßte er sie und erzählte gleich: »Ich habe mich nicht mehr bei dir gemeldet, denn mit dem Lohbauern ist alles geklärt. In ihm wühlt immer noch der Kummer über das, was in Bärbels Tagebuch steht. Deswegen hatte er stark getrunken. Und als er dich sah, fuhr der Gedanke in ihn, dir etwas sagen zu müssen.«

»Und was, bitteschön?«, erneut musste sie sich zwingen, ihren Zorn nicht an Gerd auszulassen.

»Er wollte dir sagen, dass du wirklich mit niemandem über den Taler sprechen sollst, den er dir damals auf den Hollerwiesen gab.«

»Aber das habe ich doch auch nicht«, empörte Fine sich. »Außer mit meinem Vormund und mit der Polizei.«

»Ja. Dafür ist der Lohbauer dir dankbar. Aber in seinem Rausch wollte er es dir noch einmal einschärfen. Dabei hatte er sicher keine bösen Absichten, und es wird nicht wieder vorkommen.«

Fine zog die Stirn hoch. »Nun gut, Gerd. Wenn du als Polizist das sagst, kann ich mich wohl darauf verlassen. Aber ob es eine Liebschaft zwischen ihm und Bärbel gab oder nicht, das ist wohl immer noch ungewiss?«

»Leider«, Gerd seufzte. »Der Lohbauer behauptet nach wie vor, das alles seien nur Hirngespinste. Doch Angst brauchst du nicht zu haben.«

Fine nickte, wenn auch mit Unbehagen. Sie richtete an Gudrun herzliche Grüße aus und verabschiedete sich.

Den weiteren Abend gab sie sich alle Mühe, die Gedanken an den Lohbauern beiseitezuschieben. Als sie zu ihrer Kammer im Schuppen hinüberging, nahm sie sich eine Lampe mit. Am Morgen hatte sie auf dem Markt in Blankenheim ein Leseheft gekauft. Es war eine Liebesgeschichte, und sie wollte sich vorm Einschlafen noch für einige Minuten in die schönen Gefühle vertiefen, die mich solcher Lektüre einhergingen.

Sie stellte die Lampe auf den Nachttisch und wandte sich zum Stuhl, um Rock und Mieder abzulegen. Da durchfuhr sie ein Schreck: Ein Nachtfalter hatte sich in den Schuppen gewagt. Nun umkreiste er das Licht und warf Schatten an die Wand, die aussahen, als wäre eine riesige Fledermaus in die Kammer eingedrungen. Grau und grauenhaft. Fine überwand ihre Abscheu, fing den Falter beherzt ein und warf ihn hinaus.

Schnell kehrte sie in die Kammer zurück und schlug die Tür zu. Mit dem Licht wollte sie nicht noch weiteres Ungeziefer anlocken. Doch als sie ihr Mieder abstreifte, merkte sie, dass sie noch nicht schlafen konnte. Auch wenn es ihr lächerlich vorkam: Der Falter hatte ihr zugesetzt. Ihre Vorfreude auf das Leseheft war vergällt. Nun musste sie sich auf andere Weise ablenken, um zur Ruhe zu kommen.

Sie knöpfte ihr Mieder wieder zu, löschte die Lampe und ging in die warme Nacht. Wolken, die eben noch den vollen Mond verdeckt hatten, waren vorübergezogen. Fine machte sich zu einem Spaziergang auf. Sie verließ den Garten durch die hintere Pforte. Von dort aus folgte sie den kleinen Wegen zwischen den Grundstücken und traf schließlich auf die Straße, die zu den Hollerwiesen führte.

Sie nahm sich vor, die Gänse zu besuchen. Natürlich wusste sie, dass es bis auf wenige Muttertiere längst nicht mehr dieselben waren, die sie vor zwei Jahren gehütet hatte. Und trotzdem hatte sie das Bedürfnis, nach den Vögeln zu schauen.

Während sie lief, atmete sie tief die Nachtluft, in der die Düfte zahlloser Blüten standen. Sie hatte keine Angst. In dieser Nacht würde der Lohbauer ihr nicht auflauern, dessen war sie sich sicher. Sobald sie die Hollerwiesen betrat, überkam sie ein Gefühl von Frieden. Wie schön, hier im Dorf leben zu dürfen. Wie richtig, dass sie nicht nach Amerika gegangen war.

Fine erreichte den Pferch. In einiger Entfernung, um die Gänse nicht aufzuschrecken, blieb sie stehen. Die Tiere schliefen immer nur stundenweise, wie bei Tag so auch in der Nacht. Die meisten kauerten am Boden. Manche standen aufrecht und reckten ihre Hälse, als wollten sie den Mond betrachten, der ihr weißes Gefieder beschien.

Fine ging weiter zum Brunnen und setzte sich auf den Rand des ausgehöhlten Baumstumpfs. Dies war einer ihrer Lieblingsplätze, an dem sie im vorletzten Sommer so manche Stunde verbracht hatte. Die Holzbirnenbäume standen unbewegt.

Wie war doch so ein Baum in der Nacht ganz anders als am Tage, dachte sie. Im Mondlicht sah er aus wie ein Riese in seinem Mantel. Kein Windhauch regte sich, und doch kam es Fine vor, als würde etwas von den Bäumen herabtropfen. Das waren wohl Raupen und Käfer, die niederfielen, sagte sie sich. Gleich darauf fiel ihr das entsetzliche Gewitter ein, der nicht enden wollende, dichte Regen. Und Basti, der zu ihr gelaufen kam, um ihr vom Mord an Bärbel zu berichten.

Mit klaren, lebendigen Sinnen erinnerte Fine sich an die Ereignisse der letzten Jahre. Und bei all dem Schlimmen, was geschehen war, gab es auch so viel Schönes. Wo mochte der fremde Reiter jetzt sein, der vor wenigen Tagen erst ihre Seele so eigentümlich berührt hatte? Er weckte eine Sehnsucht in ihr, die sie nicht kannte. Sie saß dort auf dem Brunnen und lauschte dem Gesang einer Nachtigall. Der Abendstern, der beim Sonnenuntergang entfernt und tief unter dem Mond gestanden hatte, leuchtete jetzt nah über der hellen Scheibe. Und je länger Fine den Stern ansah, umso mehr schien er zu glänzen. Spürte er wohl die Blicke von liebenden Menschen?

Gern hätte Fine wohl noch die ganze Nacht so verbracht, doch vom Wald her zog leichter Nebel auf. Eingenommen vom Rausch ihrer Sinne brachte sie doch die Vernunft auf, zu ihrer Kammer im Schuppen zurückzukehren. Doch auch auf dem Weg dorthin war sie von einem Sehnen durchdrungen, das schrankenlos schien und alles erfasste, was sie nur irgend empfinden konnte. Es fühlte sich an, als sei etwas Altes, Morsches in ihr abgestorben, und etwas Neues bahnte sich seinen Weg, das sie leben ließe bis in die Ewigkeit.

Sie ging wieder über die Wege zwischen den Grundstücken und durch die hintere Gartenpforte. Alles, was sie roch, sah, fühlte, hörte, kam ihr so eindringlich vor wie noch nie.

Fine wollte sich schon zum Schuppen wenden und den Riegel öffnen, da hielt sie inne. Was war das? Es erschien ihr, als huschte etwas Dunkles zwischen Marjanns Haus und der Straße entlang. Träumte oder wachte sie? Sah sie tatsächlich eine Gestalt in schwarzem Umhang? Sie starrte in die Nacht. Niemand war mehr zu erkennen. Vermutlich trogen ihre Sinne sie.

Bevor sie ihre Kammer betrat, sah Fine noch einmal in den Himmel. Mond und Abendstern glänzten über dem Schuppen.

Der Verdacht

Dem Vollmond folgten heiße Tage, die frühen Obstsorten reiften rasch heran. In den Gärten des Oberlandhofes hatten die Mägde alle Hände voll damit zu tun, die Ernte unter Dach und Fach zu bringen. Denn die Früchte sollten nicht an den Stängeln verfaulen.

An einem Freitag im Juni beauftragte die Oberlandbäuerin ihre Jungmagd Fine damit, rote Johannisbeeren zu pflücken. Die Bäuerin bereitete daraus Sirup und Wein und tat sich so auch im Winter an ihren Lieblingsfrüchten gütlich.

Bestückt mit vier Körben und einem Schemel ging Fine in den hinteren Teil des Gartens, wo sorgfältig aufgereiht die Sträucher mit den leuchtend roten Beeren standen. Schon der frühe Morgen war unerwartet heiß gewesen, und nun ging es auf Mittag zu. Vorsichtig, um sich die Hände nicht an den Zweigen aufzureißen, pflückte Fine Rispe um Rispe und legte sie sorgfältig in den Korb. Ab und zu wanderten ein paar Früchte in ihren Mund, denn dies gestattete die Oberlandbäuerin ihren Mägden gern.

Als es vom Kirchturm zwölf Uhr schlug, überkam Fine eine plötzliche Müdigkeit. Gerade war sie dabei, die unteren Zweige eines Strauches abzupflücken. Sie musste sich mühen, nicht einzuschlafen. Vor ihren Augen verschwammen Beeren und Blätter. Für einen Moment schloss sie die Lider und sprach sich gut zu. Wenn sie die Früchte bis zum Nachmittag erntete, gäbe die Bäuerin ihr für den übrigen Tag sicher eine leichtere Arbeit.

Sie stand vom Schemel auf und streckte den Rücken. Ihr Blick schweifte hinüber zum Wald, der gleich hinter dem

Beerengarten begann. Vor stahlblauem Grund stand hoch die Sonne, und es fühlte sich an, als würden noch heißere Tage folgen.

Beherzt befreite Fine nun auch den oberen Teil der Zweige von deren roter Last, dann stellte sie den Schemel an den nächsten Strauch. Bevor sie sich wieder setzte, lauschte sie dem leisen Rascheln der Blätter. Wie friedlich alles war, dachte sie.

Da!

Fine schreckte auf. Was war das? Ein hoher, gellender Schrei drang aus dem Wald, und gleich darauf der nächste. Jemand war in höchster Not!

Fine stürmte los.

Nicht weit vom Waldrand floss ein Bach, in dem Forellen schwammen. Der Oberlandbauer wollte an diesem Tag noch Gäste bewirten. Von einer Ahnung getrieben rannte Fine zu der Stelle, an der die Fische sich am leichtesten fangen ließen. Während sie sich zwischen den dicht stehenden Bäumen durchs Gestrüpp kämpfte, hörte sie laute Hilferufe. Doch nun war es nicht dieselbe Stimme wie noch eben. Es kam Fine vor, als würde sie den Rufenden kennen. Sie stutzte. Konnte das denn sein? Täuschte sie sich? Wieder und wieder vernahm sie die Rufe, und je näher sie dem Forellenbach kam, umso sicherer wurde sie: Der da so klagend um Hilfe rief, war niemand anderes als ihr Bruder Basti!

Außer Atem erreichte sie die letzte Baumreihe und schrie auf vor dem Bild, das sich ihr bot: Ulla lag ausgestreckt auf dem Boden, die Augen weit aufgerissen, den Kopf nach hinten geneigt auf dem schmalen Abhang des Bachbetts. Unter ihrem Kinn klaffte eine riesige Wunde, aus der das Blut hinabrann ins Wasser. Ein Fischernetz an einem langen Stiel trieb eingeklemmt zwischen zwei Steinen im Strudel der kleinen Wellen.

Neben Ulla kniete Basti. Als er seine Schwester sah, lief er ihr entgegen. »Komm nicht näher, Fine! Schau nicht hin! Wir können nichts mehr tun!«

Vor Angst und Schrecken blieb Fine stehen. Nun bemerkte sie neben Basti eine große Weidenkiepe. Offenbar hatte er sie hastig abgeworfen, Holzscheite lagen verstreut am Boden. Er rannte auf Fine zu und wollte sie in den Arm nehmen, da stürmten drei weitere Menschen heran: Der Oberlandbauer, die Großmagd und Alex, der stärkste Knecht auf dem Hof. Er maß mehr als sechs Ellen, seine Schultern waren breit wie von zwei gewöhnlichen Männern, und wo er zupackte, gelang jede Arbeit. Kaum hatte Alex die tote Ulla erblickt, machte er einen Satz auf Basti zu, riss ihn von Fine fort und überwältigte ihn. Blitzschnell griff er in Bastis Hosentasche und holte ein Taschenmesser hervor. Mit einem Arm hielt er den Jungen wie in einem Schraubstock gefangen, derweil zog seine freie Hand das Messer auf. Eine blanke, spitz zulaufende Klinge kam zutage.

Fine starrte fassungslos auf das Metall. Noch begriff sie nicht, was sich hier abspielte.

Alex klappte das Messer wieder zusammen und steckte es in seine eigene Tasche.

Basti versuchte, sich dem Zwangsgriff des Knechts zu entwinden. »Ich war das nicht!«, schrie er. »Das war ein Mann mit schwarzem Umhang! Ich habe ihn noch gesehen! Da drüben!«

Er wollte seinen Arm ausstrecken und zum Wald zeigen, doch gegen die Kräfte des Knechts konnte er nichts ausrichten. Nicht nur, dass Alex ihn festhielt. Er hob ihn auch eine halbe Elle vom Boden ab. Basti strampelte und wand sich, obwohl es ihm nichts nützte. Erst als er den entsetzten Blick seiner Schwester sah, wurde er ruhiger und heulte laut auf.

Von einer Sekunde auf die andere rannen ihm Tränen wie Sturzbäche über die Wangen.

Fine wäre gern zu ihm gegangen, um ihn zu trösten. Doch der Oberlandbauer stellte sich dazwischen. »Um den kümmern sich die Landjäger.« Mit einer Kopfbewegung gab er seinem Knecht zu verstehen, Basti auf den Hof zu bringen.

Verzweifelt musste Fine zusehen, wie Alex ihren Bruder mit nach hinten gedrehten Armen vor sich herschob. Es war ihr, als legte sich um ihr Herz ein Band aus kaltem Eisen. »Wehr dich nicht«, rief sie Basti mit geschwächter Stimme nach. »Es wird sich alles klären!«

Sie erkannte noch, wie er versuchte, sich zu ihr umzuwenden. Doch Alex' riesige Hand drehte Bastis Kopf wieder nach vorn.

Weitere Mägde und Knechte waren dem Geschrei folgend an den Bach gekommen. Die Großmagd lief ihnen entgegen, um sie vor Ullas grausamem Anblick zu warnen. Fine stand wie erstarrt, das Blut war aus ihrem Gesicht gewichen, und sie atmete schnell.

Der Oberlandbauer merkte, wie nah sie der Ohnmacht war. »Setz dich auf den Boden«, befahl er. »Und bleib da. Rühr dich nicht.«

Fine tat, wie ihr geheißen. Der Bauer ließ nach einem weißen Laken schicken. Er selbst schloss Ulla mit sanfter Hand die gebrochenen Augen und bekreuzigte sich. Viele vom Gesinde, auch Fine, taten es ihm nach. Nach einem kurzen Gebet bat er seine Großmagd, Fine zum Haus zu begleiten.

Schon als sie die Tenne betraten, kam es Fine vor, als läge ein dunkler Nebel der Trauer über dem Hof. Selbst die Tiere in ihren Ställen bewegten sich leiser als sonst. Schweigend kam ihr die Oberlandbäuerin entgegen. Sie dankte der Großmagd und führte Fine in eine Krankenstube. Dies war ein kleiner Raum nicht weit von der Küche, der üblicherweise nur den Mitgliedern der Bauersfamilie vorbehalten war. Doch die Ereignisse wogen so schwer, dass die Oberlandbäuerin eine Ausnahme machte. Sie war von entschlossenem Gemüt, stets sicher in dem, was zu tun war. Ullas Tod berührte sie sicherlich tief, wenn sie auch nicht weinte. Wie es ihre Art war, blieb sie gefasst und half Fine, sich aufs Bett zu legen. Dann bracht sie Baldriantee und einige gebutterte Brotscheiben. Fine aß das Brot und trank den Becher leer. Von Zeit zu Zeit schaute die Bäuerin nach ihr, und als sie merkte, dass ihre Jungmagd wieder zu Kräften kam, erlaubte sie ihr aufzustehen.

»Wo ist mein Bruder?«, fragte Fine schüchtern.

»Sorge dich nicht«, entgegnete die Bäuerin. »Die Männer haben ihn in den Holzschuppen gesperrt. Aber alles Werkzeug haben sie vorher daraus entfernt, damit er sich nichts antun kann in seiner Angst. Wir haben ihm zu essen und zu trinken gegeben, und er verhält sich friedlich. Trotzdem muss er dort bleiben, bis die Gendarmen eintreffen. Denn wir wollen uns nicht nachsagen lassen, dass wir ihn nicht gut bewacht hätten.«

»Darf ich bitte zu ihm?«, flehte Fine.

»Gehe zu deinem Bruder«, die Bäuerin lächelte milde. »Doch Alex muss dabei sein, wenn ihr miteinander sprecht.«

Fine eilte zum Schuppen. Bastis Kiepe war an die Bretterwand gelehnt, die Holzscheite darin wieder sorgfältig aufgestapelt. Vor der Tür stand Alex und hielt Wache. Auch er schien tief ergriffen über Ullas Tod, denn sein Blick war schmerzverzerrt. Wohl gerade deswegen erfüllte er seine Pflicht mit großem Ernst. An ihm vorbei hätte Basti niemals entweichen können. Aus dem Schuppen drang lautes Schluchzen. Alex öffnete die Tür und hielt sie einen Spalt offen, damit er hören konnte, was die Geschwister beredeten. Doch vorerst war an sprechen nicht zu denken, denn als Fine ihren Bruder sah, fielen die beiden sich in die Arme und weinten herzzerreißend.

So hielten sie sich minutenlang, dann sagte Fine: »Die Landjäger kommen bald. Lass uns reden, denn viel Zeit haben wir nicht.«

Sie setzten sich einander gegenüber auf zwei Schemel.

Mit jammervollem Gesicht sah Basti seine Schwester an. »Alles war so grausam und voller Blut. Das werde ich mein Lebtag nicht vergessen.« Wieder schluchzte er auf, Fine nahm seine Hände. Dies schien ihn zu erleichtern, denn gleich darauf begann er zu erzählen: »Das Messer habe ich vom Onkel, das hat er mir noch in Köln geschenkt. Aber je weiter wir von der Eifel fortkamen, umso mehr habe ich sein wahres Gesicht erkannt. Er ist nämlich nicht großzügig, sondern im Gegenteil: So geizig, als hätte er ein Sperrholz im Genick und einen steifen Daumen dazu. Ich will nicht wissen, wie es mir ergangen wäre, wenn ich ihm tatsächlich nach Amerika gefolgt wäre. Aber dazu ist es ja nicht gekommen.« Basti blickte zu Boden. Fine wollte ihm gut zureden, da fuhr er schon fort: »Wir waren eine Woche unterwegs, erst mit der Postkutsche nach Westfalen und dann auf der Weser bis nach Bremerhaven. Dort haben wir auf den Ozeandampfer gewartet und zwei Tage in einer Herberge übernachtet. Da ist etwas passiert.« Basti schluckte, doch er sah seine Schwester mit ruhigem Auge an. »Der Onkel wollte, dass ich mich zu ihm lege, ganz nah, weil es kalt war. Und dann hat er mich gestreichelt. Aber nicht wie ein Vater sein Kind, sondern anders.« Er sah das Entsetzen in Fines Miene und sagte rasch: »Es ist zum Glück nicht mehr passiert. Ich bin ja gleich fortgelaufen und habe mich durchgeschlagen bis nach Reetz zurück. Der Onkel hat mich gewiss nicht suchen lassen und wird es auch nicht mehr tun. Denn der Herbergsvater kann bezeugen, dass unser Ohm unbedingt eine Kammer mit nur einem einzigen Bett wollte für sich und mich. Und nicht mit zwei Betten, obwohl das nicht mehr gekostet hätte.« Basti atmete tief. »Also bin ich geflohen, und seit einigen Wochen nun wieder hier.«

»Einige Wochen schon?!« Vor Erstaunen blieb Fine der Mund offen stehen.

»Ja, im Wald beim Meiler. Der Köhlmattes und die Köhlgretel haben mich aufgenommen und nicht verraten. Auf die Gendarmen sind sie schlecht zu sprechen, weil der Mord an Lisbeth seit zwölf Jahren nicht geklärt ist. Irgendwann wollten sie mit mir ins Dorf und alles erzählen. Aber nicht so bald, denn ich hatte Angst, dass der Oberlandbauer mich auf seinen Hof holt. Ich möchte aber das Köhlerhandwerk lernen. Wenn ich darin erst einmal Geselle bin, wird mich wohl niemand mehr zum Bauernknecht machen.«

»Nicht einmal bei mir hast du dich gemeldet«, erwiderte Fine. Doch gleich darauf zog sie ihren Bruder zu sich und küsste ihn auf die Wange, als Zeichen dafür, dass sie es nicht böse meinte.

»Vorhin war ich im Wald Holz holen«, fuhr Basti zitternd fort, »für den Meiler. Da habe ich die Schreie gehört und bin hingelaufen.« Seine Stimme brach, wieder kamen ihm die Tränen.

Nach einigem Schweigen fragte Fine: »Aber diesen Mann? Hast du den erkannt?«

»Nein. Er war schon fast in den Wald verschwunden. Darum habe ich nur einen schwarzen Umhang mit Kapuze gesehen.«

Fine nickte traurig, sie hielt ihren Bruder fest umarmt, bis Gerd und ein weiterer Landjäger in den Schuppen kamen.

Um Bastis Handgelenke banden sie ein Seil, er wehrte sich nicht.

»Wir behalten ihn vorerst auf der Wache«, erklärte Gerd der verzweifelten Fine. »Sorge dich nicht. Er ist ja erst dreizehn Jahre alt, und noch ist seine Schuld nicht bewiesen. Wir schließen ihn ein, aber mehr wird er nicht zu leiden haben.«

»Darf ich ihn denn besuchen?«

Gerd nickte. »Zwar nicht jeden Tag, aber doch einen um den anderen.«

So musste Fine mit ansehen, wie sie Basti abführten. Tapfer kämpfte er gegen seine Tränen an und versuchte noch, ihr zuzulächeln.

»Deine Unschuld kommt ans Tageslicht«, rief sie ihm nach und hatte selbst das Gefühl, der Boden unter ihren Füßen würde ihr entgleiten.

Zu fünft waren die Gendarmen tätig. Während zwei sich um Basti kümmerten, gingen die übrigen zum Forellenbach und betrachteten mit aller Genauigkeit die Stelle, an der sich die Gräueltat ereignet hatte. Dann nahmen sie Ulla mit. Ärzte in Bonn wollten das tote Mädchen untersuchen – wie zuvor schon Lisbeth und Bärbel.

Weil keine Zeit blieb, Ulla aufzubahren, kamen die Bauernfamilie und ihr Gesinde in der Küche zusammen. Sie zündeten Kerzen an und hielten Andacht. Liebevoll erinnerten sie sich der jungen Magd, die für alle Menschen ein freundliches Wort gehabt hatte und dabei fromm und arbeitsam gewesen war.

Anschließend sprach der Oberlandbauer zu Fine: »Du wirst ab sofort hier wohnen. Es ist zu gefährlich, dass du morgens und abends bei Dunkelheit zu Fuß unterwegs bist. Nur noch am helllichten Tag erlaube ich dir, allein zu gehen, und auch das nur innerhalb des Dorfes. Außerhalb und in den dunklen

Stunden wirst du dir eine Begleitung suchen. Dies gilt auch für die anderen jungen Mägde auf meinem Hof.«

Fine nickte gehorsam und widersprach selbst dann nicht, als er hinzufügte: »Nun holen wir deine Sachen.«

Gleich darauf gingen sie zu Marjanns Haus. Die alte Frau hatte inzwischen erfahren, was sich Schreckliches am Bach zugetragen hatte. Sie drückte Fine an sich, und beide weinten heftig. Doch auch Marjann hieß es gut, wie der Oberlandbauer die jungen Frauen schützen wollte.

Fine packte ein Bündel mit ihrer Kleidung und einigen Utensilien. Als sie das Leseheft mit der Liebesgeschichte einsteckte, dachte sie kurz an den unbekannten Reitersmann, der ihr Herz so seltsam berührt hatte. Nein, es war ausgeschlossen, was der Pitterwirt angedeutet hatte. Unmöglich konnte dieser Mann mit seinen weichen Augen verantwortlich sein für die schrecklichen Verbrechen in Reetz. Fine war voller Verzweiflung über Ullas Tod. Sie konnte sich kaum vorstellen, dass wieder strahlendere Tage kommen würden.

Zum Abschied überreichte Marjann ihr den Schlüssel zum Haus. »Du bist jederzeit willkommen. Es bleibt dein Heim, auch wenn du nicht mehr hier wohnen kannst.«

»Danke, Tante« Noch einmal umarmte Fine ihre einstige Quartiersmutter.

Auf dem Rückweg zum Hof konnte Fine nicht aufhören zu weinen. Sie ließ ihren Tränen freien Lauf.

In dieser Nacht ließ die Bäuerin sie in der Krankenstube schlafen. Solange Ulla nicht mit den Aussegnungen der Heiligen Kirche bedacht war, wagte niemand, ihr Bett in der Gesindekammer an eine andere Magd zu vergeben.

Am nächsten Morgen fuhren sie nach Blankenheim. Der Oberlandbauer, Axel, die Großmagd und Fine sollten als Zeugen aussagen. Und weil Gerd ohnehin zur Dienststelle musste, nahmen sie ihn mit. Axel und der Bauer saßen auf dem Kutschbock, die übrigen drei nahmen im Fond Platz.

»Als Bärbel starb, brauchten wir nicht auf die Wache«, meinte Fine zu Gerd. »Da hast du uns hier im Dorf befragt und alles aufgeschrieben.«

»Diesmal aber nicht.« Gerds Miene war steinern, wenngleich seine Stimme verbindlich klang. »Die Sache wiegt so schwer, da muss der Wachleiter selbst die Zeugen vernehmen.« Einige Augenblicke schwieg er und meinte dann: »Übrigens haben wir gestern Abend den Lohbauern in Gewahrsam genommen.«

»Was?!« Die Großmagd schlug ihre flache Hand vor den Mund.

Auch der Oberlandbauer auf dem Kutschbock war höchst erstaunt, ungläubig drehte er sich zu Gerd um. Fine dagegen beherrschte ihre Miene und ließ sich nicht anmerken, wie die Neuigkeit sie erleichterte. Und auch Alex zeigte keine Regung, er hielt die Zügel des braven Gauls sicher in seinen Händen.

»Ich darf euch nichts Näheres dazu berichten«, fuhr Gerd fort. »Ihr sollt nur vom Gewahrsam des Lohbauern wissen, denn das spricht sich ohnehin herum.«

Die anderen nickten. Während der weiteren Fahrt sprach man kaum noch, die Blicke von Fine und Gerd begegneten sich, und es kam ihr so vor, als drückte er Zuversicht aus.

Heinrich Schmitz hieß der Leiter der Blankenheimer Gendarmerie. Er stand im Rang eines Hauptmanns und führte die Wache mit Umsicht und Strenge. Aus Köln hatte man ihn hierher versetzt. Mit niemandem in und um Blankenheim war er verwandt.

Er beschloss, die vier Zeugen vom Oberlandhof einzeln zu vernehmen, in einer von ihm festgesetzten Reihenfolge.

Obwohl Fine nach Basti als Erste bei der toten Ulla gewesen war, wollte der Polizeihauptmann mit ihr erst an zweiter Stelle sprechen. Zunächst rief er den Oberlandbauern zur Aussage.

Zwischen Axel und der Großmagd saß Fine auf einer Bank vor dem Vernehmungsraum. Es war nicht einmal acht Uhr am Morgen, doch schon bahnte sich die Hitze des Frühsommers ihren Weg in das Wachgebäude. Fine schloss die Augen und lehnte ihren Kopf an die weiß verputzte Wand. Sie lauschte dem Summen der Fliegen und den gleichmäßigen Atemzügen der Menschen links und rechts neben ihr. Die Trauer um Ulla lähmte sie, dennoch arbeiteten ihre Gedanken heftig. Basti war also nicht bis Amerika gekommen. Seit Wochen schon hielt er sich wieder in Reetz auf, nur ein paar Tausend Fuß von ihr entfernt im Wald. Trotz aller Geheimhaltung war er doch aufgeflogen – und schlimmer, als es je denkbar gewesen wäre: Nun stand er unter Mordverdacht.

Hadernd mit dieser Überlegung mochte Fine wohl einige Minuten gesessen haben, als ein Geräusch ihr Dösen unterbrach. Sie riss die Augen auf: Das Posthorn!

»Ich muss kurz austreten«, sagte sie der Großmagd und stand auf.

Die ältliche Frau nickte nur, und Fine verließ das Gebäude. Doch statt zum Abort im Hof eilte sie zur Postkutsche, die einige Häuser weiter stand. Den Postillon kannte sie seit Langem, er lebte mit Frau und Kindern in der Nähe von Mechernich, wohin er nach seinen mehrtägigen Dienstfahrten stets zurückkehrte. Fine sprach kurz mit ihm, dann ging sie wieder hinein und setzte sich zwischen die Wartenden. Nichts ließ sie sich anmerken. Sie gab sich ruhig und traurig, genauso wie noch wenige Minuten zuvor. Doch ihre Gedanken drehten sich in wildem Kreis.

Endlich war sie an der Reihe. Mit einem Gefühl, als schlüge ihr das Herz bis in die Haarspitzen, betrat sie den Vernehmungsraum. Denn einerseits galt es, ihren Bruder zu verteidigen. Andererseits aber wollte sie das, was sie eben vom Postillon erfahren hatte, noch nicht preisgeben. Dafür schien es ihr zu früh.

Polizeihauptmann Schmitz ließ sie auf einem Stuhl am Schreibtisch Platz nehmen und setzte sich ihr gegenüber. Er war ein Mann um die sechzig Jahre, hager und mit weißen Koteletten, die in markanter Weise sein Gesicht prägten. Aus wachen, dunklen Augen sah er Fine an, und sie zweifelte nicht daran, wie erfahren er in seinem Beruf sein musste. Doch er wirkte durchaus väterlich. Sicher würde er korrekt vorgehen. Seitlich am Schreibtisch saß Gerd. Er nickte Fine aufmunternd zu und machte sich daran mitzuschreiben. Diesmal aber nicht in seine Kladde, sondern auf Bögen von weißem Papier.

Schon als man sie zu ihrer Person befragte, trat Fines Aufregung zutage. Einige Male verhaspelte sie sich und geriet ins Stocken. Doch den Hauptmann schien das nicht zu wundern, vermutlich ging es anderen Zeugen ähnlich. Besonnen stellte er seine Fragen zu den Ereignissen am Vortag. Fine schilderte alles, so gut und genau sie konnte. Als sie damit abgeschlossen hatte, fasste sie ihren ganzen Mut zusammen.

»Mein Bruder ist gewiss nicht der Täter«, brachte sie klar hervor. »Denn er ist nicht weggelaufen, sondern bei Ulla geblieben. Und es war auch kein Blut an seinem Messer.«

Der Wachleiter schien nicht verärgert über Fines ungefragte Äußerungen, sondern nickte verständig. »Das sind kluge Überlegungen, Fräulein Aldenhoven. Aber es könnte ja sein, dass er das Messer rasch im Bach abgewaschen hat. Und nicht fliehen ist manchmal die beste Tarnung für einen

Täter. Zumal das Opfer laut geschrien hat. Da musste der Mörder damit rechnen, dass Menschen herbeigelaufen kommen.«

Dem konnte Fine wenig entgegensetzen, dennoch wagte sie sich erneut vor: »Aber es heißt doch, dass es in allen drei Fällen vermutlich derselbe Täter war. Wie kann es da mein Bruder sein? Bei Lisbeths Tod war er noch in den Windeln und bei Bärbel erst elf Jahre alt.«

Nun lehnte Hauptmann Schmitz sich in seinem Bürostuhl zurück und faltete die Hände über seinem schmalen Leib. Wie ein gütiger Lehrer sah er Fine an und meinte: »Ob es in allen drei Fällen derselbe Täter war, können wir nicht sicher sagen. Das mag so sein oder auch nicht. Und noch eine dritte Möglichkeit gibt es: Vielleicht war es immer derselbe Drahtzieher, aber er hat die Taten nicht allein ausgeübt. Vielleicht hatte er Helfershelfer.«

Helfershelfer! Fine erschrak. Diese Idee war ihr nie gekommen. Und sie merkte wohl, wie genau er sie in dem Moment beobachtete. Schweigend sah sie zu Boden und hoffte, dass die Vernehmung bald zu Ende sein würde. Doch was nun geschah, hatte sie nicht erwartet:

Hauptmann Schmitz beugte sich weit über den Schreibtisch zu ihr und sah sie an. »Da ist noch etwas, Fräulein Aldenhoven. Uns liegt die Aussage eines Peter Sevenich vor. Den kennen Sie doch, oder?«

Wie ein Blitz durchfuhr es Fine. Sie ahnte, was nun kam. »Natürlich«, sagte sie rasch. »Das ist der Pitterwirt vom *Schlösschen*.«

»Richtig. Dem Gasthof in Reetz. Und da fand neulich eine Hochzeit statt.« Der Wachleiter sprach nicht weiter, sondern forderte mit einer Handbewegung seinen jungen Untergebenen dazu auf fortzufahren.

Gerd räusperte sich und sprach mit tieferer Stimme als sonst: »Es ist so, Fine. Der Pitterwirt hat ausgesagt, bei unserer Hochzeit habest du mit einem fremden Schimmelreiter geredet. Am Straßenrand soll er dich angesprochen haben, aber ohne seinen Namen zu nennen.«

»Das war nur ganz kurz«, brachte sie eindringlich hervor und schwieg gleich wieder.

»Der Reiter soll einen großen, schwarzen Mantelsack bei sich gehabt haben«, ergänzte Gerd. »Ein großes Stück Tuch, das sich wohl auch als Umhang tragen ließe.«

»Solche schwarzen Mantelsäcke habe ich schon oft gesehen, davon gibt es sicher viele«, entgegnete Fine. Aber um jeden Verdacht von sich und dem Reiter abzuwenden, erzählte sie weiter: »Ich stand ja nur zum Luftschnappen am Weg und wollte gleich wieder hinein zu den anderen. Mit dem Reiter habe ich bloß kurz gesprochen. Ich weiß nur, dass er aus dem Badischen stammt. Und er ist auf einer Reise den Rhein entlang ans Meer. Danach muss er den Hof seiner Eltern übernehmen.«

»Seinen Namen hat er also nicht genannt?«, fragte Hauptmann Schmitz.

»Aber nein!«, entgegnete Fine. »Und ich meinen sicher auch nicht. Die Unterredung war doch nur ganz kurz.«

Gerd sah über sein Protokoll zu ihr hinüber. »Weißt du denn, wo er sein nächstes Quartier nehmen wollte?«

»Auch das nicht«, entgegnete sie mit Bestimmtheit. »Das hat er nicht erwähnt, und dafür habe ich einen Zeugen: nämlich den Pitterwirt.«

Gerd und der Wachleiter nickten dazu nur. Weil die Männer bei all dem freundlich blieben, fragte Fine, ob sie nun Basti besuchen dürfe.

»Das habe ich ja versprochen«, meinte Gerd. »Wir haben seine Aussage zu Protokoll genommen, und er verhält sich ruhig. Deswegen darfst du sogar allein mit ihm sprechen, aber nicht länger als eine Viertelstunde.«

Fine bedankte sich. Ein Wachmann führte sie in den Anbau, wo sich die Zellen befanden. Nur mit Mühe konnte sie seinen schnellen Schritten folgen und musste Acht geben, auf dem unebenen Steinboden nicht zu stolpern. Allein die Unterredung mit dem Postillon hatte sie verwirrt, und nun stand nicht nur Basti, sondern auch noch ihr fremder Reiter im Verdacht, Ullas Mörder zu sein. Doch es blieb keine Zeit, über all das nachzusinnen. Jetzt musste sie stark sein für ihren Bruder.

Zu Fines Erleichterung sah der Zellentrakt nicht so schlimm aus wie sie befürchtet hatte. Ruhig und kühl war es hier, die Wände schienen frisch geweißt, und durch die vergitterten Fenster drang Sonne. Zwei Zellen lagen auf diesem Flur, die linke davon war unbelegt, in der rechten hielt man Basti gefangen. Sobald er Fine erblickte, sprang er von seinem Strohsack auf. Der Wachmann ließ die beiden allein. So gut es ihnen durch die Gitterstäbe der Tür möglich war, umarmten die Geschwister sich.

Unter Bastis Augen lagen tiefe Schatten. Er bekomme gut zu essen und zu trinken, beteuerte er. Doch er war blass wie ein Geist, Fine verbarg ihren Schrecken.

»Gestern Abend hat man den Lohbauern hergebracht.« Basti wies nach links, von wo eine Tür in den nächsten Flur führte. »Seine Zelle ist weiter hinten.«

Fine nickte. »Sicher will man nicht, dass ihr euch absprechen könnt. Auch der Lohbauer ist verdächtig an Ullas Mord.«

»Das sollte mich doch freuen«, gab Basti spöttisch zurück. »Dann bin ich wenigstens nicht der Einzige. Jedenfalls hat der Lohbauer die ganze Nacht laut geheult und geklagt, das konnte ich hören.«

»Der Lohbauer geheult und geklagt? So ein reicher und starker Mann?« Fine senkte ihre Stimme und erzählte vom nächtlichen Überfall durch den Lohbauern und von Bärbels Tagebuch.

Basti bekam große Augen. »Kannst du dir denn vorstellen, dass er Ullas Mörder ist? Dass er mit ihr eine Liebschaft hatte? Und früher auch mit Lisbeth und Bärbel? Dass er alle drei ermordet hat, damit sie es nicht verraten konnten?«

»Das weiß ich nicht. Aber neulich habe ich nachts etwas bemerkt. Anfangs habe ich gedacht, meine Sinne trügen mich. Doch inzwischen glaube ich, der Mann war tatsächlich da.«

»Wer denn nur?! Sag schon!«

Da berichtete Fine über den nächtlichen Spaziergang vor einigen Tagen, bei dem sie so berauscht war von den Düften der Frühsommernacht. »Als ich zurückkehrte, sah ich einen Mann, der wohl gerade aus Marjanns Haus gekommen war und zur Straße ging. Er trug einen schwarzen Umhang.«

»Aber das muss doch die Polizei erfahren«, trotz aller Aufregung flüsterte Basti nun. »Geh zu Gerd! Erzähl ihm alles!«

»Ich weiß nicht, ob das klug wäre«, entgegnete Fine bedächtig. »Denn ganz sicher bin ich mir ja nicht, weil es noch dunkle Nacht war. Ich habe Angst, die Gendarmen unterstellen mir, dass ich mit dem, was ich sage, lediglich meinen Bruder schützen will. Und damit würde ich alles vielleicht noch schlimmer machen.« Einen Moment hielt sie inne und senkte weiter die Stimme. »Aber vielleicht finde ich einen Beweis. Und du kannst mir helfen.«

»Wie das denn nur, wo ich doch noch hier bleiben muss?«, entgegnete Basti hilflos.

»Sag mir eins«, Fine suchte seinen Blick. »Kann man eine Briefmarke samt Stempel von einem Briefumschlag auf einen anderen übertragen? Ohne dass es auffällt?«

Basti erschrak. Doch bevor er antworten konnte, fuhr sie fort: »Keine Angst, ich habe nichts Ungesetzliches vor. Ich frage dich nur, ob so etwas möglich ist?«

Doch Basti hatte schon verstanden. Aufgeregt meinte er: »Das ist also deine Idee? Ich sollte in Amerika sein, aber bin es nicht. Und so könnte es bei Hannes auch sein. Das denkst du doch, oder?«

Fine nickte. »Nun sag schon«, drängte sie ihn. »Geht das mit den Marken und den Stempeln?«

»Sicher geht das.« Basti sprach nun noch leiser, dafür aber umso deutlicher. Zwischen zwei Gitterstäben rückte Fine ihr Ohr nah an seinen Mund.

»Das habe ich einmal aus Jux mit Spielkameraden getan«, fuhr Basti fort. »Es ist sogar recht einfach. Man braucht dazu nichts als eine frische Kartoffel.«

»Eine Kartoffel?!«

»Ja. Man schneidet sie durch und legt die gelbe Fläche auf den Stempel. Die Farbe zieht dort hinein. Dann löst man mit Wasserdampf die Marke und klebt sie mit Leim auf den anderen Umschlag. Und danach kann man die Stempelfarbe von der Kartoffel darauf drucken. Das ist der schwierigste Teil. Denn man muss die Kartoffel so ausrichten, dass der Stempel wird wie vorher.«

»Und das erkennt keiner?«, fragte Fine ungläubig.

»Nicht, wenn man geschickt vorgeht. Aber wer genau hinsieht, bemerkt schon, dass die Farbe von dem neuen Stempel verwischter ist. Man kann die Ziffern und Buchstaben nicht mehr so gut lesen.«

»Gut!«, sie nickte. »Ich danke dir. Dann werde ich nun etwas nachforschen.«

»Fine!«, flüsterte Basti entsetzt. »Ich kann mir schon denken, wonach du schauen willst.«

Sie erkannte die Angst in seinen Augen und entgegnete voller Zuversicht: »Keine Sorge. Es ist nicht gefährlich, und ich passe gut auf mich auf.«

Zwar konnten ihre Worte Basti kaum beruhigen, aber er widersprach nicht. Sie verabschiedeten sich unter Tränen, und Fine versprach, am übernächsten Tag wiederzukommen, denn eher war es ihr nicht gestattet. Bevor sie durch die Tür trat, sah sie sich noch einmal um. Fast blieb ihr das Herz stehen beim Anblick ihres Bruders, der ihr traurig und dabei noch gequält von Angst zuwinkte.

»Es wird sich alles klären!«, rief sie ihm noch einmal zu und ging zurück in den Flur vor dem Vernehmungsraum.

Einige Minuten musste sie noch warten, bis auch Alex als letzter der vier Zeugen vom Oberlandhof seine Aussage beendet hatte. Dann bestiegen sie die Kutsche und fuhren nach Reetz zurück. Dabei sahen sie sich kaum an. Niemand sprach etwas, lediglich Alex gab in gewohnt sicherer Manier dem Pferd die Befehle.

Sobald sie aber das Dorf erreichten, stand Fine von ihrer Bank auf und klopfte dem Oberlandbauern, der auf dem Kutschbock saß, gegen die Schulter. Mit Erstaunen drehte er sich um.

»Bitte, Herr Vormund«, brachte sie höflich vor. »Lasst mich vor Marjanns Haus aussteigen. Dort sind noch einige Dinge von mir, die wir gestern in der Eile nicht mitnehmen konnten. Ich hole sie und komme gleich nach.«

Der Oberlandbauer zog die Stirn hoch, dann lächelte er milde. »Wenn du sie rasch zusammensuchst, dann können wir doch auf dich warten.«

»Das ist sehr freundlich von Euch«, entgegnete Fine sogleich, »aber nicht nötig. Bei all dem Sitzen heute Morgen tut es mir gut, ein paar Schritte zu laufen. Und es ist ja heller Tag. In einer Viertelstunde bin ich auf dem Hof zurück.«

Der Oberlandbauer ließ sie aussteigen. Sie sah noch der Kutsche nach, dann näherte sie sich Marjanns Haus. Ihr Herz bebte. Dabei hatte sie bis zum Vortag noch hier gewohnt, und es sollte doch nicht ungewöhnlich scheinen, wenn sie zurückkehrte, um ein paar Dinge zu holen. Dass Marjann heute auf dem Kyllhof bei der Ernte half, wusste Fine. Trotzdem klopfte sie mehrmals an. Erst als sich im Haus nichts rührte, schloss sie auf und trat ein.

Drinnen war alles wie immer. In der Küche lag der Geruch vom Herdfeuer vermischt mit dem Duft der trocknenden Kräuter. Von der Wanduhr kam das gewohnte Ticken, es ging auf den Mittag zu. Einen Moment lang schien es Fine, als wollten die beiden hoch erhobenen Zeiger sie warnen vor dem, was sie vorhatte. Aber sie hatte keine Wahl. Was zu tun war, war zu tun. Tief holte sie Luft, sprach sich selbst gut zu und betrat Marjanns Schlafkammer, wo sie so viele Jahre die Nächte in der Obhut ihrer Pflegemutter verbracht hatte.

Das kleine Fenster lag nach Norden hin, nur wenig Licht drang in den Raum. Zu wenig, um die Stempel genau betrachten zu können. Kurz überlegte Fine, die Briefe mit an die helle Sonne zu nehmen, doch das erschien ihr leichtsinnig. Also holte sie eine Petroleumlampe aus der Küche, zündete sie an und stellte sie auf Marjanns Nachttisch ab. Vorsichtig zog sie die Truhe unter dem Bett hervor. Als sie den Deckel aufklappte, bot sich der vertraute Anblick. Die Briefe von Hannes, ordentlich eingefasst mit roten und grünen Bändern – den Farben für Liebe und Hoffnung. So oft hatte Fine zusammen mit Marjann die Briefe gelesen und dabei kaum auf die Umschläge geachtet. Die Marken waren ihr langweilig vorgekommen: Bilder von den Köpfen alter Männer. Doch nun schaute Fine so genau hin, wie sie nur konnte. Brief um Brief hielt sie in den Schein der Lampe. Der früheste stammte aus dem Jahr 1852. Fein gezeichnet in schwarzer Farbe das Absendedatum, eingerahmt vom Schriftzug: *Portland State of Maine*.

Jeden Stempel untersuchte Fine auf seine noch so kleinen Einzelheiten. Vom ältesten angefangen arbeitete sie sich vor. Mit den Briefen aus den Jahren 1852 bis 1859 schien alles in Ordnung. Doch dann betrachtete Fine den ersten Brief des Jahres 1860. Was war das? Täuschte sie sich etwa? Sie hielt den Umschlag so nah wie möglich an das heiße Glas der Lampe. Tatsächlich! Dieser Stempel war anders als die vorherigen, seine Linien wirkten breiter, die Farbe verwischt.

Mit einem Finger fuhr Fine über die Marke. Es kam ihr vor, als wäre sie mit einer dickeren Leimschicht aufgeklebt. Bei genauer Betrachtung ließ sich erkennen, dass die Marke zum umgebenden Stempel verschoben war. An einer Seite überlappten sich die Linien, an der anderen zeigte sich ein Spalt zwischen Marke und Stempel. Kaum atmend vor Aufregung untersuchte Fine die weiteren Briefe. Am Ergebnis hatte sie keine Zweifel: Sämtliche Umschläge ab 1860 zeigten diese Merkmale. Dabei war die Handschrift überall die gleiche. Fine kannte Marjanns Art zu schreiben. Von ihr kamen diese Briefe gewiss nicht. Dann also doch von Hannes? Aber der Postillon hatte an diesem Morgen gesagt, dass er schon seit Jahren keinen Brief mehr aus Amerika an Marjann zugestellt habe. Seit Jahren! Vielleicht seit vier Jahren? Seit dem Jahr 1859? Das passte!

Doch es war noch nicht alles. Als Fine den Umschlag in der Hand hielt, der zuoberst auf dem Stapel gelegen hatte, fiel ihr etwas auf: Diesen Brief kannte sie noch gar nicht! Marjann hatte ihn ihr nicht gezeigt. Aber warum nicht? Fine öffnete den Umschlag. Fünf Bögen lagen darin, von beiden Seiten eng beschrieben. Es würde lange dauern, alle zu lesen. Jetzt hatte Fine keine Zeit dazu. Sie hatte versprochen, in einer Viertelstunde auf dem Hof zurück zu sein. Daran musste sie sich halten. Die anderen durften keinen Verdacht schöpfen.

Eilig band Fine die Schleifen zu, legte die Briefe in die Truhe zurück und achtete darauf, alles so zu hinterlassen, wie sie es vorgefunden hatte. Sie nahm noch eine Jacke und einige Tücher mit, die ihr gehörten, schloss das Haus ab und ging schnellen Schrittes zum Oberlandhof zurück.

Den restlichen Tag verbrachte sie mit emsiger Arbeit und gab sich jede Mühe zu verbergen, was ihr durch Kopf und Herz ging. Noch bis tief in die Nacht schrubbte sie kupferne Pfannen und Kessel mit feinem Sand. Erst als die Großmagd ihr befahl, sich schlafen zu legen, begab sie sich zu ihrem Bett in der Krankenstube. Doch auch da lag sie noch lange wach, bis ein flacher Schlummer sie einstweilig von ihrem Grübeln erlöste.

Der schwarze Umhang

Am Tag darauf, einem Sonntag, machte sich das ganze Dorf zur Frühmesse auf. Weil die Ärzte den Leichnam erst untersuchen mussten, würde es noch Wochen dauern, bis Ulla in heimischer Erde ihre letzte Ruhe finden konnte. Nun galt es, die Zeit bis dahin mit Ritus und Gebet zu gestalten. Der Vikar wollte der jungen Magd in dieser Sonntagsmesse auf besondere Weise gedenken. Die Dorfbewohner, gezeichnet von Entsetzen und Trauer, füllten die kleine Kirche Sankt Magdalenen. Ullas Eltern waren seit Langem tot, doch sie hatte noch zwei Tanten in Reetz, denen nun alle Dörfler ihr Beileid bekundeten.

Fine betrat die Kirche mit einem Wust solch widersprüchlicher Gefühle, dass sie kaum noch einen klaren Gedanken fassen konnte. Was hatte es mit den Briefen auf sich? Warum hatte Marjann sie nicht in das Geheimnis eingeweiht? Ihre Qualen standen Fine ins Gesicht geschrieben. Doch weil das ganze Dorf noch tief von den Ereignissen ergriffen war, fragte niemand nach dem Grund für ihren Gram.

Gern hätte Fine an diesem Morgen zwischen den übrigen Mägden vom Oberlandhof auf der Bank Platz genommen. Andererseits saß sie seit dem Tod ihrer Eltern stets neben der Schwarzen Marjann in der Kirche. Warum sollte sie das ändern, nur weil sie auf Wunsch ihres Vormunds nicht mehr in Marjanns Haus wohnte?

Also begrüßte Fine die alte Frau herzlich und setzte sich neben sie. So gut wie möglich versuchte sie, sich nichts anmerken zu lassen von ihrem gestrigen Besuch in Marjanns Schlafkammer. Stattdessen sprach sie manch freundliches und tröstendes Wort mit ihr. Mit aller Kraft versuchte Fine, sich auf die Heilige Messe zu besinnen. Hier im Gotteshaus wollte sie an nichts anderes denken. So saß sie in der Kirchenbank, tief bedrückt von Schmerz und Trauer. Doch so sehr sie auch unter Ullas Tod litt – ihre Gedanken kreisten um die Briefe. Wenn Hannes also nicht in Amerika war – wo war er dann? Und was stand in dem jüngsten Brief?

Der Vikar predigte von der Schuld des Menschen und der Vergebung Gottes, der so gütig und groß war. Selbst das schwärzeste Herz eines Sünders würde im Himmelreich seinen Platz finden, wenn er nur seine Taten aufrichtig bereute. Dennoch sollte er nicht seiner irdischen Strafe entgehen, und so betete die Gemeinde dafür, dass die Polizei ihn bald finden möge.

Wieder und wieder musste Fine an das Flehen ihres Bruders denken: »Erzähl der Polizei, dass du einen Mann mit schwarzem Umhang gesehen hast!«

Einige Male sah sie zu Gerd hinüber, der auf der anderen Seite des Kirchenschiffs zwischen den Männern saß. Als der Vikar das Lied *Maria, breit den Mantel aus* anstimmen ließ, stand Fines Entschluss. Gleich nach der Messe wollte sie Gerd von der Gestalt im schwarzen Mantel und den gefälschten Stempeln erzählen. Das war sie ihrem Bruder schuldig. Und so sang sie voller Inbrunst:

O Mutter der Barmherzigkeit
Den Mantel über uns ausbreit.
Uns all darunter wohl bewahr,
zu jeder Zeit in aller Gefahr.

Unter dem Läuten der Totenglocken traten die Dörfler aus der Kirche. Allen stand die Trauer ins Gesicht geschrieben, viele weinten gramgebeugt. Vor der Kirchenpforte fanden sie in kleinen Gruppen zusammen und gaben einander Beistand. Keinem war danach zumute, gleich nach Hause zu gehen.

Auch Fine stand noch eine Weile bei Marjann und ließ sich von ihr trösten. Gern hätte die alte Frau sie mit nach Hause genommen und ein Mittagsmahl bereitet, doch an diesem Sonntag hatte Fine zu arbeiten.

»Bei dem, was du durchmachst, gibt der Oberlandbauer dir sicher ein paar Stunden frei«, meinte Marjann dazu.

Doch Fine erwiderte: »Das würde er wohl, Tante. Aber meine Kameradinnen auf dem Hof leiden ja nicht weniger als ich unter Ullas Tod. Auch sie brauchen Zeit, sich zu besinnen.«

Marjann nickte und trat mit vielen guten Wünschen ihren Heimweg an. Fine blieb, denn sie wollte sich ja Gerd anvertrauen. Doch er und Gudrun sprachen gerade mit Ullas beiden Tanten, die heftig weinten.

Um die vier nicht zu stören, wartete Fine zwischen den übrigen Kirchgängern. Für einen Augenblick schloss sie die Augen, um sich selbst zu beruhigen. Da hörte sie unerwartet eine Frau hinter ihr sagen: »Wie schlimm, dass es Ulla treffen musste. Sie war doch ein anständiges Mädchen.«

Diese Worte, die Fine ungewollt mit angehört hatte, durchfuhren sie wie ein Schlag. Noch wusste sie nicht, was daran sie so aufrüttelte, denn dass Ulla ein anständiges Mädchen gewesen war, zog ja niemand in Zweifel.

Fine riss die Augen auf, blieb aber ganz ruhig stehen und blickte sich vorsichtig um. Der Satz war von der Ravenzacherin gekommen, die im Gespräch mit einer anderen Frau vertieft war. Auch diese Frau kannte Fine: Es war die Schwägerin der Ravenzacherin, das Eheweib ihres Bruders.

Und gleich darauf konnte Fine die Antwort der Schwägerin vernehmen. Leise aber deutlich sagte sie: »Anständig war Ulla ganz sicher. Nie hat man gehört, dass sie sich einem Mannsbild hingegeben hat. Und auch wenn sie ein Kind getragen hätte. Sie hätte es wohl nie abgehen lassen so wie Lisbeth.«

»Ganz sicher nicht«, bestätigte gleich darauf die Ravenzacherin.

Fine erschrak. Hatte sie richtig gehört? Und alles richtig verstanden? Lisbeth hatte ein Kind abgehen lassen?! Kurz vor ihrer Ermordung?!

Sie versuchte, sich den Frauen zu nähern, und trat einen kleinen Schritt nach hinten, doch in diesem Moment verabschiedeten die beiden sich. Offenbar war ihnen entgangen, dass Fine mitgehört hatte.

Nun kreisten ihre Gedanken noch mehr. Sollte das alles stimmen, warum hatten weder Ulla noch Gerd davon erzählt, als sie über Lisbeths Tod gesprochen hatten? Zumindest Gerd hätte es doch wissen müssen, denn Lisbeths Leichnam war ja von Ärzten untersucht worden. Und so gut kannte Fine sich in diesen Dingen aus: Ob eine Frau schon einmal ein Kind unter ihrem Herzen getragen hatte, das konnte man bei einer Untersuchung feststellen.

Wieder sah sie hinüber zu Gerd, der noch immer in die Unterredung vertieft war. Konnte sie ihm noch glauben?

Nein!, entschied Fine. Sie würde sich Gerd nicht anvertrauen. Jedenfalls noch nicht heute. Stattdessen ging sie zum Oberlandbauern und bat darum, erst später auf seinen Hof zurückkehren zu dürfen. Sie wollte sich nach der Messe noch ein wenig sammeln. Er erlaubte es gern.

Also stellte Fine sich nah an die Kirchenmauer, faltete ihr Hände, ließ die Arme sinken und blickte zu Boden. Es sah aus, als ob sie noch einmal betete, doch von Zeit zu Zeit hob sie den Kopf. Schon bald konnte sie beobachten, wie der Ravenzacher mit einigen weiteren Männern aufbrach. Es sprach alles dafür, dass sie zum Pitterwirt wollten, um dort den sonntäglichen Frühschoppen zu begehen. Die Ravenzacherin hingegen schlug den Weg zu ihrem Haus ein.

In diesem Moment wusste Fine, was zu tun war. Sie verbrachte noch einige Minuten bei der Kirche, bedankte sich beim Vikar für die erbauliche Predigt und folgte dann dem Weg der Ravenzacherin. Sechs Jahre lang war sie Bastis Quartiersmutter gewesen, und in dieser Zeit hatte Fine das geräumige Fachwerkhaus nah bei der Dorfmitte oft betreten.

Kurz darauf klopfte Fine erneut bei der Frau an, die in ihrer direkten Art manchmal die Menschen vor den Kopf stieß, aber ihr Herz auf dem rechten Fleck trug.

Dass Fine sie besuchen kam, schien die Ravenzacherin nicht zu wundern. »Sicher möchtest du mit mir über Basti sprechen«, freundlich ließ sie das Mädchen eintreten. »Und ich sage dir gleich: Er sitzt ganz zu Unrecht in seiner Zelle, denn er war immer ein guter Junge. Und selbst wenn euer Onkel ein schlechter Mensch ist, so wird es ihm wohl kaum gelungen sein, in wenigen Wochen aus meinem Basti einen Mörder zu machen.«

Fine stimmte entschieden zu, dann zögerte sie. Die Ravenzacherin nickte ihr aufmunternd zu. Schließlich brachte Fine hervor: »Ich wollte gewiss nicht lauschen, Tante. Aber durch Zufall habe ich mit angehört, was Ihr mit Eurer Schwägerin besprochen habt. Lisbeth trug also eine Leibesfrucht? Und hat sie abgehen lassen?«

Nun schwieg die Ravenzacherin. Gewiss hatte sie nicht damit gerechnet, dass ein junges Mädchen etwas derart Heikles ansprechen würde.

Fine beeilte sich zu sagen: »Wir können frei darüber reden. Marjann hat mich über diese Dinge aufgeklärt, weil ich sie wissen muss als junge Frau.«

Noch immer zeigte sich die Ravenzacherin gehemmt, doch sie meinte: »Wenn du es sowieso gehört hast, will ich es dir erklären. Denn du bist für dein Alter sehr verständig, und dein Bruder ist unbescholten in Haft. Da darf ich wohl nicht schweigen.« Sie führte Fine in die Küche und schenkte Malzbier ein. »Ich weiß es von der Lohbäuerin, bei der Lisbeth damals Jungmagd war. Als sie von Hannes schwanger wurde, zählten beide erst fünfzehn Lenze und wollten kein Kind. Darum gab er ihr einen starken Sud von Gottesgnadenkraut. Das Kind löste sich aus Lisbeths Leib, und sie blieb ohne Schaden. Danach hätte alles gut sein können, denn Hannes liebte sie von Herzen und versprach, sie später zu heiraten. Aber sie wollte ihn nicht mehr. Alles war ihr zu viel, und sie verstieß ihn. Er hat darunter furchtbar gelitten.«

»Und deswegen hat er sie umgebracht?«

»Jedenfalls glaubt das wohl jeder im Dorf: Hannes hat Lisbeth aus verschmähter Liebe getötet und ist nach Amerika gegangen.«

»Aber gewiss ist das alles nicht?«

»Nein, Kind.« Die Ravenzacherin setzte ihren Becher ab und sah Fine lange an. »Genaues wissen wir nicht. Und die Köhlgretel hält den Ruf ihrer Tochter rein. Sie behauptet, dass Lisbeth schwanger gewesen sei und abgetrieben habe, seien nichts als böse Lügen.«

Fine schwieg. Nach einigem Nachdenken meinte sie: »Marjann meint immer, das soll eine Frau sich nicht antun. Denn es ist gefährlich, und viele sterben daran. Aber selbst, wenn es gelingt, hat die Frau ihr Kind ein Leben lang auf dem Gewissen. Und der Pfarrer gibt ihr nicht das *Absolvo Te*, sondern lässt sie in ihrer Schuld und sagt, dass sie in der Hölle schmachten wird und im Fegefeuer verglühen.«

Ernst legte die Ravenzacherin ihre rechte Hand auf die des Mädchens. »Mit Gewissheit können wir nur sagen, dass Lisbeth ermordet wurde. Das Weitere mögen Gerüchte sein. Und alles ist lange her, zwölf Jahre schon.«

»Ja.« Fine schaute an ihrem Becher vorbei auf den eichenen Tisch. »So lange. Siebenundzwanzig müsste der Hannes jetzt sein.« Sie trank aus und bedankte sich.

Die Ravenzacherin verabschiedete sie herzlich.

Auf dem Rückweg zum Hof fühlte Fine sich von einem Schwindel ergriffen. So verwirrend schien das, was sie in den letzten achtzehn Stunden erfahren hatte: Briefe, die wohl von Hannes stammten, aber nicht aus Amerika abgeschickt waren. Gerüchte über eine getötete Leibesfrucht und über einen Mord aus verschmähter Liebe.

Um sich abzulenken, stürzte Fine sich erneut in Arbeit. Alle trauerten noch um ihre Kameradin Ulla, doch das Leben ging weiter. Obst und Gemüse waren zu ernten, Tiere zu versorgen. Da Ulla am Morgen die Aussegnungen der Kirche erhalten hatte, durfte Fine nun deren Schlafplatz übernehmen. Die Gesindekammer lag unterm Dach. Tief in der Nacht, als die anderen beiden Mägde in der Kammer schon schliefen, lag Fine wach. Wie seltsam war ihr zumute: Hier am Schlafplatz fühlte sie sich der toten Ulla näher als je zu deren Lebzeiten. Immer wieder musste sie daran denken, wie die um fünf Jahre ältere Freundin damals bei der Pflege von Fines und Bastis Eltern geholfen hatte. Die Eltern waren längst gestorben, und seit einigen Tagen war nun auch Ulla nicht mehr auf der Welt. Dabei kam es Fine vor, als könnte sie noch immer Ullas helle Stimme hören und ihre Haare riechen, die sie jeden Sonnabend gewaschen und mit Lindenblütensud übergossen hatte.

Fine schlief kaum in dieser Nacht. Trotzdem fühlte sie sich morgens nicht müde – dazu war sie zu aufgeregt. Am Nachmittag wollte sie wieder Basti in seiner Zelle besuchen. Da sie nach Blankenheim nicht allein gehen durfte, hatte Gerds Vater sich erboten, sie auf seinem Leiterwagen mitzunehmen.

So verbrachte sie den Morgen mit reger Arbeit, rührte die Buttertrommel, pulte Erbsen, rupfte Hühner. Als aber der Nachmittag heranrückte, ging sie schon zeitig ins Dorf. Bis zum Treffen mit Gerds Vater blieb ihr noch mehr als eine halbe Stunde, und die wollte sie nutzen.

Immer wieder musste sie daran denken, wie es war, als sie neulich nachts die dunkle Gestalt gesehen hatte – den Mann mit dem schwarzen Umhang.

Auch an diesem Tag half Marjann bei der Ernte auf dem Kyllhof, das wusste Fine sicher. Sie näherte sich dem Haus wie in besagter Nacht: über die Wege zwischen den Gärten und dann durch die hintere Pforte des Grundstücks. Sobald sie Marjanns Garten betreten hatte, hielt sie inne und schaute sich um. Alles war, wie Fine es seit Jahren kannte. Sie konnte das Scharren der Hühner in ihrem Gehege neben dem Haus hören. Die Ziege meckerte kurz auf, vermutlich hatte sie das Quietschen der Gartenpforte vernommen.

Fine ging in Richtung Schuppen. Am Kräuterbeet blieb sie stehen. Es waren gewöhnliche Kräuter, die Marjann hier zog, sie ließen sich in jedem Garten finden. Salbei und Petersilie waren dabei, Liebstöckel und Majoran. Dazwischen prangten dunkelrot und violett die blühenden Verbenen. Und auch das Gottesgnadenkraut stand hier: hoch aufragend mit seinen schmalen Blättern und zarten, weißen Blüten. Fine selbst hatte es in ihrem Leben einige Male genommen, wenn sie hartleibig gewesen war. Doch immer hatte Marjann ihr diesen Tee nur in kleinen Mengen gegeben und sie vor der Giftigkeit gewarnt.

So hatte Fine auch erfahren, dass manche Frauen einen kräftigen Sud vom Gottesgnadenkraut tranken, wenn ihre monatliche Reinigung ausblieb, sie aber kein Kind haben wollten. Dann bekamen sie von dem Gift so starke Krämpfe, dass sie wieder zu bluten begannen. Einige starben auch daran.

Fine sah zu Marjanns Haus hinüber. Dort auf dem Dachboden trockneten die zu Sträußen gebundenen Kräuter, bis sich die brüchigen Blätter im Mörser zerstoßen ließen. Zwischen den verwitterten, roten Ziegeln konnte Fine drei Dachluken erkennen. An diesen kleinen, von Metall umrahmten Scheiben blieb ihr Blick hängen. Sie stutzte. Was war das? So oft schon hatte sie das Haus von außen betrachtet. Wie in einer Reihe lagen alle drei Fenster nach Süden hin. Zu den anderen Seiten gab es keine Öffnung im Dach.

Fine ging zur Haustür und klopfte an. Wie erwartet antwortete niemand, sie öffnete mit ihrem Schlüssel. Erst gestern hatte sie es genauso gemacht, doch diesmal war sie noch aufgeregter. Es kam ihr vor, als dröhnte jeder Herzschlag noch unter ihrer Schädeldecke und als lähmte die Angst ihre Glieder. Dennoch betrat sie das Haus. In der Küche sah alles wie immer aus. Sie ging weiter in Marjanns Schlafkammer und warf einen Blick unter das Bett. Die Truhe mit den Briefen stand am angestammten Platz. Zu gern hätte Fine nun den jüngsten Brief gelesen, doch die Zeit war auch jetzt wieder knapp. Es schien ihr wichtiger, sich auf dem Dachboden umzuschauen.

Zurück in der Küche stieg Fine die schmale Stiege hinauf. Hier oben war es stickig, die Wärme der letzten Tage hatte die Ziegel aufgeheizt. An den Holzbalken hingen kleine Sträuße von Waldmeister, den Marjann schon vor einigen Wochen geerntet hatte. Fine konnte sich noch gut daran erinnern, wie sie sonntags beim Binden und Aufhängen geholfen hatte. Einige Fuß nach links und rechts von den trocknenden Kräutern lagen die Dachluken. Es waren zwei. Keine dritte. Ein drittes Fenster gab es hier nicht.

Wie hat mir das nicht auffallen können all die Jahre?, wunderte Fine sich. Aber so war es wohl oft mit Dingen, die einem von Kindheit an vertraut waren.

Sie betrachtete die Lage der kleinen Fenster zueinander. Wo war das dritte? Lange brauchte sie in dem kleinen Raum nicht zu suchen. Ihr Blick fiel auf eine rechteckige Abmauerung ganz am Ende des Raums. Hinter der Schmalseite verlief ein Kaminschacht, der den Rauch von Ofen und Herd sammelte. Direkt darüber lag der Schornstein. Fine hatte es immer für selbstverständlich gehalten, dass hinter der Mauer nur der Kamin verlief – nichts weiter. Aber in einem Kamin gab es keine Dachluke.

Fine überlegte. Vor der Längsseite der Mauer stand ein alter Schrank. Er maß an die zwei Ellen in der Breite und eine in der Tiefe. Hier verwahrte Marjann Decken und Tücher, auch abgetragene Kleider und einige Wollsachen, die sie nur in strengsten Wintern benötigte. Fine kannte den Schrank gut, oft hatte sie auf Marjanns Anweisung etwas hineingelegt oder herausgeholt.

Nah trat sie an den Schrank, und ihr wurde schwarz vor Augen. Die Angst schien nach dem Kern ihrer Seele zu greifen. Doch Fine blieb standhaft. Behutsam drehte sie den Schlüssel um und zog daran. Die Holztür quietschte in den Angeln, wie sie es immer getan hatte. Auch der Inhalt des weit geöffneten Schranks bot sich ihr dar, wie Fine ihn kannte. Mäntel und alte Kleider hingen an Haken, daneben stapelten sich in schmalen Fächern Kissen und Decken, Westen und Joppen.

Fine schob die schweren Mäntel auseinander. So eng es auch sein mochte, sie drängte sich in den Schrank, obwohl sie kaum noch Luft bekam. Zum Schutz vor Motten hatte Marjann die Wolle mit einer Lösung aus Kampfer und Naphtalin eingesprengt. Fine begann zu würgen. Sie schloss die Augen und zwang sich, langsam zu atmen. Dann klopfte sie gegen die Rückwand – es klang hohl. Mit zehn gespreizten Fingern drückte sie gegen das alte Holz. Nichts geschah. Fine drängte sich tiefer in den Schrank. Vorsichtig tastete sie die Rückwand ab. An den rauen Brettern riss sie sich die Finger auf, doch es blieb keine Zeit, darauf zu achten. Da! Ganz links, an der Grenze zur Seitenwand, fühlte Fine ein breites Stück Holz, das auf der Rückwand zu liegen schien. Sie drückte dagegen, und tatsächlich: Das Holz bewegte sich nach oben. Es war ein Riegel, man konnte ihn lautlos verschieben. Die Rückwand gab nach, sie ließ sich öffnen wie eine gewöhnliche Tür. Vor Fines Augen wurde es heller, und sie wusste, woher das Licht kam: aus der dritten Dachluke.

Als sie die Wand ganz aufgeschoben hatte, blickte sie in eine Kammer, klein zwar, aber ausreichend, um lang gestreckt darin zu schlafen. Auf dem Boden lagen ein Strohsack, der beinahe die ganz Fläche einnahm, daneben zwei Decken, ein Teller und eine leere Trinkflasche.

Fine atmete tief ein. Die Luft roch nach Schweiß und Pfeifentabak. Und etwas Vertrautes lag noch darin: der Odem eines Menschen, der sich vor Kurzem noch hier aufgehalten hatte und den sie schon lange zu kennen schien. Es überkam sie das Bedürfnis, sich auf den Strohsack zu legen und ihr Gesicht darin zu vergraben. Doch sie riss sich zusammen. Eilig verkroch sie sich wieder im Schrank und zog die Rückwand zu.

Dann hielt sie inne. Was war das? Es kam ihr vor, als dränge ein Geräusch aus der Küche herauf, ein leises Klappern nur. Fine erstarrte. Sie hatte die Haustür von innen abgeschlossen und den Schlüssel bei sich. Niemand konnte merken, dass sie im Haus war. Aber was, wenn jemand heraufkommen würde? Hier in den Schrank? Sie drängte sich an den hängenden Kleidern vorbei ganz auf die rechte Seite. Das harte Holz drückte gegen ihre Schultern. Sie lauschte. Nichts! Das Klappern hatte aufgehört. Vielleicht hatte sie sich auch nur geirrt. Einige Minuten wartete sie noch ab, dann stieg sie nach vorn aus dem Schrank, hängte alle Kleider wieder gerade und schloss die Tür. An der Treppe horchte sie erneut. Nur das Ticken der Küchenuhr drang an ihr Ohr. Fine eilte nach unten. Bevor sie aus der Haustür trat, richtete sie ihr Haar und atmete tief durch.

Mit ruhigen Schritten ging sie einige hundert Fuß durchs Dorf zu Gerds Vater. Er war dabei, seinen alten Rappen vor den Wagen zu spannen, und begrüßte Fine freundlich. Sie gab höflich Antwort auf die Frage, wie es ihr gehe. Doch während der Fahrt nach Blankenheim sprachen die beiden kaum. Gerds Vater erkannte wohl, wie groß in Fine die Trauer um Ulla und die Sorge um Basti sein mochten. Ab und zu lächelte er ihr aufmunternd zu. Vor der Gendarmerie ließ er sie absteigen.

Der Wachmann, den Fine schon vom letzten Mal kannte, nahm sie in Empfang und führte sie zu Bastis Zelle.

»Ihr dürft allein sprechen«, meinte er, bevor er sich entfernte. »Aber nur eine Viertelstunde.«

Fine konnte sehen, wie alle Last der Welt von Bastis Schultern zu fallen schien, als er seine Schwester sah. Wieder umarmten die beiden sich, so gut es durch die Gitterstäbe möglich war. Sie hielten ihre Köpfe nah beieinander, und Fine wollte gerade von der geheimen Kammer berichten, da kam Basti ihr zuvor.

»Gestern hatte der Lohbauer Besuch von seiner Frau«, erzählte er aufgeregt. »Die beiden waren so laut, dass ich alles hören konnte. Ich weiß jetzt, warum auch er hier ist: Er hat kein Alibi für die Zeit von Ullas Mord.«

»Kein Alibi«, wiederholte Fine tonlos. Die Sinne schwirrten, sie versuchte, ihre Gedanken zu sammeln.

Da sprudelte es weiter aus Basti heraus: »Als Ulla ermordet wurde, war er mit seiner Frau unterwegs. Sie haben eine Vergnügungsfahrt gemacht wegen ihres Hochzeitstags. Mit einem Korb voll Kuchen und Wein und anderen Leckereien, die wollten sie auf einer Wiese im Wald essen. Aber niemand hat den Lohbauern gesehen und könnte das bezeugen.«

»Aber doch seine Frau«, wunderte Fine sich.

»Gerade weil sie seine Frau ist, gilt sie nicht als Zeugin«, Basti deutete auf das vergitterte Fenster. »Ich habe sie kurz gesehen. Sie ist fast so groß und breit wie ihr Mann und trägt einen riesigen Knoten von grauem Haar.«

Fine nickte nur, auch sie hatte einige Male die Lohbäuerin zu Gesicht bekommen, doch das schien ihr in diesem Moment nicht wichtig. Sie zog Basti nah an sich heran und erzählte von dem, was sie in Marjanns Haus entdeckt hatte.

Er konnte es kaum glauben. »Also versteckt Hannes sich dort!«, rief er so laut, dass Fine ihm den Mund zuhalten musste. Leise fuhr er fort: »Das ergibt doch alles Sinn: Seit drei Jahren tragen die Briefe die gefälschten Stempel. Solange ist er schon nicht mehr in Amerika, sondern führt hier ein geheimes Leben. Das musst du Gerd sagen. Sofort!«

Doch Fine schüttelte den Kopf. »Das werde ich nicht tun, Basti. Jedenfalls noch nicht.«

Verständnislos sah er seine Schwester an. »Aber warum nicht? Das ist doch die Lösung!«

»Nein, ist es nicht«, erwiderte Fine so scharf, dass Basti erschrak. Entschuldigend strich sie ihm über die Wange. »Es beweist nur, dass Hannes sich hier versteckt hält. Aber es beweist nicht, dass er der Mörder ist.«

»Fine!«, fast hätte Basti aufgeschrien. Er beherrschte seine Stimme. »Wie willst du das denn beweisen?!«

»Ich weiß es nicht.«

»Dann geh zu Gerd!«

»Nein!«, entgegnete sie wieder. »Denn als ich ihn nach Lisbeths Tod fragte, hat er das Wichtigste verschwiegen.«

»Vielleicht durfte er es dir nicht sagen«, wandte Basti ein. »Was willst du stattdessen tun?«

Fine brauchte einen Moment, um sich zu sammeln. Dann sagte sie: »Der letzte Brief. Der oberste auf dem Stapel. Als ich ihn vorgestern in Händen hielt, ist mir ein Licht aufgegangen: Diesen Brief hat Marjann mir vorenthalten.«

»Also weißt du nicht, was drinsteht?«

»Nein. Aber ich werde es herausfinden.«

»Fine!« Angstvoll riss Basti die Augen auf.

Sie beruhigte ihn. »Ich will nur den Brief lesen. Es geht ganz schnell. Und dann kann ich Gerd alles erzählen.«

Basti nickte. Doch in seinem Gesicht ließ sich lesen, wie wenig er einverstanden war mit dem, was sie vorhatte.

Fine streckte ihre Arme durch die Gitterstäbe. Bis zum Ende der Besuchszeit hielten die Geschwister einander fest. Basti begann zu weinen, Fine strich ihm tröstend durchs Haar. »Du wirst hier nicht mehr lange sitzen«, versprach sie zum Abschied.

Draußen wartete Gerds Vater. Sie stieg auf den Leiterwagen und fuhr mit zu einem Bauern, um eine Fuhre Heu abzuholen. So gut sie konnte, half sie dabei, beteiligte sich am Gespräch und gab sich alle Mühe zu verbergen, was sie wirklich bewegte. Auf dem Weg zurück kamen sie an Marjanns Haus vorbei. Die alte Frau würde bald von ihrer Arbeit auf dem Kyllhof zurückkehren. Heute konnte Fine ihn also nicht mehr lesen – den Brief, von dem sie sich so viel erhoffte.

Am nächsten Tag ließ sie sich für einen Botengang ins Dorf einteilen. Dass Marjann auch heute wieder aushäusig arbeitete, wusste Fine sicher. Dennoch erfasste sie eine Angst, so groß, als würde bald alles Denken und Handeln gelähmt sein. Doch davon wollte sie sich nicht beirren lassen.

Sie klopfte an Marjanns Tür – nichts rührte sich. Statt aufzuschließen, ging sie um das Haus. Niemand war hier zu sehen. Wie schon am Tag zuvor schaute Fine hoch zur dritten Dachluke, hinter der sich die geheime Kammer verbarg. Ob Hannes sich heute dort aufhielt? Sie holte eine Leiter aus dem Schuppen, stellte sie so geräuschlos wie möglich ans Dach und kletterte hinauf. Vorsichtig lugte sie durch das kleine Fenster. Die Kammer war menschenleer, der Strohsack lag auf dem Boden. Fine stieg hinab und versetzte die Leiter um einige Ellen. Nun warf sie einen Blick in den größeren Raum des Dachbodens. Auch hier wirkte alles wie gestern.

Fine legte die Leiter im Gras ab und ging zur Haustür. Rasch schloss sie auf und gleich darauf von innen wieder ab. Den Schlüssel steckte sie in ihre Schürzentasche. In der Küche blieb sie stehen und horchte. Nur die vertrauten Geräusche aus den Ställen drangen herein.

Sie zündete eine Petroleumlampe an. Während sie den Kien auspustete, spürte sie, wie die Angst gleich einem Eisenband ihre Seele umklammerte. Jeder Herzschlag fühlte sich an, als verdoppelte er sich und dröhnte bis unter die Schädeldecke. Aber es musste ja sein! Fine betrat die Schlafkammer und zog die Tür hinter sich zu, die Lampe stellte sie auf dem Nachttisch ab.

Wie gewohnt stand die Truhe unterm Bett. Lautlos öffnete Fine den Deckel. Dort lag er, ganz oben auf dem Stapel: Der jüngste Brief, dessen Inhalt Fine noch nicht kannte. Behutsam nahm sie ihn heraus und streifte die Bänder vom Umschlag ab. Da geschah es. Mit einem Ruck flog die Tür auf und eine Gestalt trat ein, eingehüllt in einen tiefschwarzen Umhang, die Kapuze weit ins Gesicht gezogen.

Fine schrie auf: »Hannes!«

Langsam kam der Mann auf Fine zu, und je näher er kam, umso stärker lähmte die Angst sie. Stocksteif stand Fine da, immer noch den Brief in den Händen, die nun so sehr zitterten, als gehörten sie ihr nicht mehr. Näher und näher kam der Mann. Sie hörte seinen keuchenden Atem, und in dem Moment, als er neben ihr am Bett stand, zog er die Kapuze vom Kopf. Es war nicht Hannes. Es war auch kein anderer Mann. Es war eine Frau, und Fine kannte sie gut.

»Marjann!«, flüsterte sie.

Mit einem Gesicht voller Wut, böse und grauenvoll zur Fratze verzogen, keifte sie: »Es steht nichts Besonderes im Brief. Aber gut, dass du kommst. In der Speisekammer habe ich auf dich gewartet.«

Sie riss den Brief an sich – und schneller, als Fine sehen konnte, griff sie beide Hände des Mädchens und legte eine Seilschlinge darum. Fine schrie laut auf, da stieß Marjann sie schon aufs Bett, zog die Schlinge fester und band das andere Ende des Seils an den Eisenpfosten. Mit Kräften, die Fine der alten Frau nie zugetraut hätte, setzte sie sich auf die Beine des Mädchens. Blitzschnell holte sie ein Messer hervor und hielt die Klinge gegen Fines Hals.

Fine zitterte am ganzen Körper. Als sie erneut aufschrie, stopfte Marjann ein Tuch so tief in Fines Mund, dass sie die Zunge nicht mehr bewegen konnte. Sie schloss die Augen und hoffte, sie möge versinken in ein erlösendes Schwarz, doch Marjanns Worte drangen zischend an ihr Ohr.

»Ich werde dich töten, so wie ich Lisbeth und Bärbel getötet habe. Und die Ulla, das lammfromme Ding. Doch bevor ich deinen schönen Hals zerschneide, sollst du wissen: Ihr jungen Frauen habt mein Glück zerstört mit eurer Gier und eurer Schönheit. Darum macht es mir Freude, euch sterben zu sehen.«

Fine wimmerte, da drückte Marjann ihr den Knebel noch tiefer in den Mund.

»Lisbeth trug ein Kind von meinem Hannes. Aber er bedrängte mich, ihr ein Kraut zu geben. Und als ihre Frucht abging, da wollte sie ihn nicht mehr. Er ist mit dem erstbesten Schiff nach Amerika aufgebrochen und dort zum Verbrecher geworden. Nur ich blieb einsam zurück. Darum musste Lisbeth sterben. Und dann eines Nachts sah ich Bärbel, wie sie vom Lohbauern kam. Sie hatte ihm den Kopf verdreht, obwohl er dreimal so alt war und mit einer anständigen Frau verheiratet. Aber er ließ sich ein auf das Flittchen, und ich wusste: Der Verdacht würde auf ihn fallen. Und dann hat er des nachts auch noch dich überfallen. Damit hat er mir gut in die Hände gespielt, denn nun wusste ich: Die Polizei würde ihn im Auge behalten. Und auch Ullas Tod würde man ihm in die Schuhe schieben. Ulla stand dir viel zu nah, sie hatte Einfluss auf dich. Dieser Gefahr wusste ich mich bei einer guten Gelegenheit zu entledigen.« Marjann verstummte.

Fine hielt die Augen geschlossen, und plötzlich spürte sie: Marjann streichelte sie – wie sie es so oft getan hatte. Die alte Frau liebkoste Fines Wange, während sie weiter die Klinge an ihren Hals hielt. »Nun zu dir, meine Schöne«, sagte sie mit einer Stimme schneidend und klar. Dich habe ich geliebt, denn ich glaubte, du würdest eines Tages meinen Hannes heiraten, und ich hätte wieder eine eigene Tochter. Aber dann hast du dich verguckt in einen anderen, das war nicht zu übersehen. Bis zuletzt habe ich gehofft, du nähmst doch noch meinen Sohn. Dann aber musste ich erfahren, dass auch er dich nicht wollte. Er bleibt ja in Belgien und hat da seine Braut. Darum sollst nun auch du dein junges Leben lassen, und ich vergrabe dich in meinem Garten, so habe ich dich stets in Erinnerung. Und niemand erfährt es, denn wenn ein Mädchen aus diesem Dorf verschwindet, wen wundert das?«

Fine spürte die Spitze des Messers an ihrem Hals. Jetzt! Jetzt würde er kommen, der grausame Schnitt. Fast schon sehnte sie ihn herbei, um endlich erlöst zu sein.

Da hörte sie Glas splittern. Sie öffnete die Augen und sah, wie die Leiter ins Fenster gestoßen wurde. Jemand riss von außen die Flügel auf und sprang in die Kammer. Ein junger Mann, bärtig und mit schwarzem Haar, das ihm wirr ins Gesicht hing. Hannes.

»Mutter!«, schrie er, und tatsächlich hielt Marjann inne, einen Moment nur, doch lang genug, dass er sie vom Bett wegzerren konnte. Er rang sie zu Boden, Sohn und Mutter verstrickten sich in wildem Kampf. Noch immer umgriff Marjann das Messer, und je stärker Hannes versuchte, es ihr aus der Hand zu schlagen, umso heftiger verkrampfte sich ihre Faust. Hannes zerrte an den Fingern seiner Mutter. Und endlich! Ihre Kraft versiegte, sie ließ das Messer fallen.

Blitzschnell nahm er es und richtete sich auf, um Fine loszuschneiden. Doch Marjann riss an seinen Beinen. Die beiden kämpften weiter. Dabei stieß Marjann gegen den Nachttisch. Die Lampe fiel um und entzündete augenblicklich den Strohsack, auf dem Fine lag. Hannes tat einen gewaltigen Satz nach vorn und hieb das Seil durch. Fine sprang vom Bett auf. Schützend legte er seine Arme um sie und zog sie zur Tür.

Marjann hockte keuchend neben dem Bett, aus dem die Flammen höherschlugen. Mit schmerzverzerrtem Gesicht holte sie ein zweites Messer hervor und schlug sich die Klinge in den Hals. Ihr Blut schoss einer Fontäne gleich in den Qualm, der sich im Raum verbreitete. Fine schrie, sie machte eine Bewegung auf Marjann zu. Aber Hannes packte das Mädchen und stürzte auf die Straße.

Nachbarn kamen gelaufen, zwei Männer wollten ins Haus, doch schon in der Tür schlug ihnen hell lodernd das Feuer entgegen. Nur noch die Ziege und die Hühner konnten sie aus den Ställen befreien.

Sekunden später stand auch der Dachstuhl in Flammen. Funken flogen zum Schuppen hinüber und entzündeten das sonnentrockne Holz. Fine wurde schwarz vor Augen. Sie fühlte noch, wie Hannes sie auffing.

Die Wendung

Die Mittagssonne drang durch das Fenster der Krankenstube auf dem Oberlandhof. Fine wachte benommen auf. Sie brauchte einige Minuten, um zu sich zu kommen.

Am Bett saß die Bäuerin, einfühlsam reichte sie einen Becher mit Wasser. »Wir haben gestern den Arzt kommen lassen. Du warst gerade dabei, aus der Ohnmacht zu erwachen, da hat er dir ein paar Tropfen Opiumtinktur gegeben, damit du weiterschlafen konntest. Aber das hast du wohl gar nicht mitbekommen.«

»Nein. Davon weiß ich nichts.« Fine trank den Becher leer.

»Und?«, die Bäuerin nickte ihr liebevoll zu. »Kannst du dich an gestern erinnern?«

»An jede Einzelheit.« Während sie zur Zimmerdecke schaute, ließ Fine sich zurück aufs Kissen sinken. »Es ist vorüber.«

»Ja. Und wir sind stolz auf dich. Du hast viel weiteres Unglück verhindert.«

Fine wandte ihr Gesicht wieder zur Bäuerin. Ernst fragte sie: »Was ist mit Hannes?«

»Er ist in Polizeigewahrsam. Man glaubt ihm wohl, dass er kein Mörder ist. Aber er muss in der Zelle bleiben.«

»Und Basti? Wo ist der?«

Die Oberlandbäuerin lächelte. »Schon wieder im Wald bei den Köhlern.«

»Ich will zu ihm«, Fine schlug die Decke beiseite und machte sich daran aufzustehen.

»Langsam«, die Bäuerin hielt sie zurück. »Erst musst du essen.«

Fine wusch sich und zog sich an, dann ging sie in die Küche, wo heiße Hühnersuppe, Brot und Schinken bereitstanden. Sie aß mit Appetit.

Die Großmagd bot an, Fine in den Wald zu begleiten, aber sie bestand darauf, allein zu gehen. Als sie aus dem Haus trat, bereitete ihr die Nachmittagssonne einen warmen Empfang. Sie nahm den Weg am Dorfrand entlang durch das Idyll des frühen Sommers. Doch so sehr sie sich auch wünschte, in freier Natur die Ereignisse des letztes Tages zu vergessen – es gelang ihr nicht. Im Gegenteil. Je weiter sie sich vom Hof entfernte, umso deutlicher wurden die Bilder vor ihrem inneren Auge: Marjanns Fratze, das Messer, das spritzende Blut, das Feuer. Ihr Leben lang müsste sie daran denken, wenn auch die Bilder mit der Zeit verblassen würden.

Fine versuchte, die Gedanken beiseitezuschieben. Um Basti zu finden, brauchte sie nur dem Geruch des Kohlemeilers zu folgen. In einiger Entfernung vom Meiler saß er am Boden und beobachtete den aufsteigenden Rauch. Als er Fine sah, sprang er auf und lief ihr entgegen. Sie fielen sich in die Arme. Und jetzt, als sie ihren Bruder wohlbehalten in Freiheit wusste, brach alles, was sich an Gefühlen seit dem Abend angestaut hatte, aus Fine heraus. Sie verbarg ihr Gesicht an Bastis Schulter und schluchzte laut.

Er zog sie zu sich. So saßen sie umschlungen im Gras, und zum ersten Mal in ihrem gemeinsamem Leben war er der Stärkere.

Den ganzen Nachmittag blieben sie beieinander und sprachen kaum. Abends auf dem Hof zog Fine sich früh in die Kammer zurück. Die anderen Mägde kümmerten sich um sie, schon bald konnte sie einschlummern. Das Weinen an Bastis Schultern hatte ihr gut getan, von argen Träumen blieb sie verschont.

Am nächsten Morgen fuhr sie mit dem Bauern nach Blankenheim zur Gendarmerie. Die Polizisten lobten sie sehr.

»Aber du weißt schon, in welch schreckliche Gefahr du dich gebracht hast?«, fragte Gerd.

»Ich weiß es heute«, entgegnete Fine. »Wenn ich geahnt hätte, wie gefährlich es wirklich war, hätte ich es nicht getan. Ich wollte ja eigentlich nur einen Brief lesen.«

Hauptmann Schmitz führte die weitere Vernehmung. Fine schilderte, was sich zugetragen hatte.

»Und da sind Sie sich sicher, Fräulein Aldenhoven?« Er sah sie eindringlich an. »Marianne Kürten wollte Sie töten?«

»Natürlich«, erwiderte Fine. »Mit dem Messer. Genau wie sie Lisbeth, Bärbel und Ulla auch umgebracht hat. Sie hat es ja gestanden, mir gegenüber. Und dann wollte sie mich töten. Aber ihr Sohn Hannes hat mich gerettet.«

Hauptmann Schmitz nickte bedächtig. »Könnte es denn vielleicht auch anders gewesen sein? Zum Beispiel so, dass Johannes Kürten der Mörder der anderen drei jungen Frauen war? Und dann wollte er auch Sie töten, Fräulein Aldenhoven. Aber seine Mutter wollte ihn daran hindern. Deswegen hat er seine Mutter umgebracht und wollte danach auch Sie töten, doch dann geriet das Haus in Brand und er konnte seinen Plan nicht mehr umsetzen?«

»Nein!« Fine schrie fast auf, so entsetzlich schien ihr der Gedanke. »Ganz sicher nicht! Hannes ist doch kein Mörder! Er hat doch mit der Leiter das Fenster aufgestoßen, um mich zu retten. Und er hat mit seiner Mutter gekämpft, als ginge es um sein eigenes Leben. Und die Schwarze Marjann hat die Mädchen getötet, weil sie wütend auf sie war! Und eifersüchtig ...« Fines Stimme brach, in ihren Augen standen Tränen, sie hatte sich in Rage geredet.

»Danke, Fräulein Aldenhoven« Der Wachleiter legte ihr beschwichtigend die Hand auf die Schulter. »Wir glauben Ihnen, aber wir mussten diese Fragen so stellen. Im Übrigen hat Johannes Kürten umfänglich ausgesagt. Er konnte sogar beweisen, dass er zum Zeitpunkt von Elisabeth Breidbachs Tod tatsächlich schon auf dem Weg nach Amerika war. Dafür gibt es Zeugen.«

Fine senkte verwirrt den Kopf. Etliche Augenblicke schwieg sie, dann meinte sie leise: »Aber Hannes wird in Belgien von der Polizei gesucht. Das hat die Schwarze Marjann gesagt.«

»Das wissen wir längst, Fine.« Gerd nickte ihr freundlich zu. »Wir waren auch einige Male in Marjanns Haus, als sie nicht da war. Doch sein Versteck haben wir nicht entdeckt. All das durfte ich dir nicht sagen. Niemand im Dorf sollte davon wissen, denn dann wäre Hannes ja gewarnt gewesen.«

Fine blickte erstaunt auf. »Was hat er denn überhaupt begangen?«

»Er hat alles umfänglich gestanden«, entgegnete Hauptmann Schmitz. »Darum kann er Ihnen selbst sagen, womit er sich strafbar gemacht hat.«

»Also darf ich jetzt zu ihm?«

Der Wachleiter schüttelte den Kopf. »Nicht so eilig, Fräulein Aldenhoven. Da ist noch ein anderer Herr, der mit Ihnen sprechen möchte.«

»Ein anderer Herr?«

»Ja«, sagte Gerd. »Nämlich der Lohbauer. Er hat gestanden, dass er tatsächlich eine Liebschaft mit Bärbel hatte. Dafür wird der Richter ihn zu einer hohen Geldstrafe verurteilen. Und nun möchte er dir persönlich noch etwas sagen.«

Gerd öffnete die Tür zum Nebenraum. Der Lohbauer kam auf Fine zu. Im ersten Moment erstarrte sie, so sehr musste sie an die schlimme Begebenheit auf dem Rückweg von der Hochzeit denken. Erst dann sah sie, dass dem Bauern die Tränen über beide Wangen liefen – vor Rührung und vor schlechtem Gewissen.

»Ich möchte mich von Herzen bedanken«, brachte er hervor, während er mit beiden Händen ihren Arm schüttelte. »Und natürlich entschuldigen für den Schrecken, den ich dir eingejagt habe. Aber das soll nicht alles sein, Fine. Ich will dir meine tätige Reue zeigen. Wenn du einen Wunsch hast, dann nur heraus damit.«

Fine verstand nicht gleich, so sehr verwirrte sie alles. Erst als Hauptmann Schmitz es ihr erklärte, begriff sie: Der Lohbauer wollte ihr einen größeren Geldbetrag schenken.

»Eure Taler nehme ich nicht, Herr Bauer«, meinte sie nach kurzem Überlegen. »Aber Ihr könnt meinem Bruder und mir einen großen Gefallen tun.«

»Und welchen? Sprich nur, Kind.«

Da straffte sie die Schultern und brachte klar hervor: »Ihr könnt unser einstiges Elternhaus kaufen und es gut instand halten. Derzeit brauchen wir es noch nicht. Aber wenn mein Bruder oder ich einen eigenen Hausstand gründen, so sollt Ihr es uns zu einem günstigen Zins überlassen.«

Der Lohbauer versprach, den Wunsch gern zu erfüllen. Auch Hauptmann Schmitz und Gerd zeigten sich von Fines Vorschlag angetan. Man entließ sie aus der Vernehmung und führte sie zu Hannes in den Zellentrakt.

»Wie geht es dir?« Hannes trat nah an die Gittertür.

»Das sollte ich wohl eher dich fragen«, entgegnete Fine, »denn ich bin frei und du bist gefangen, obwohl du mir das Leben gerettet hast.«

»Es ist nur recht, dass ich einsitze«, antwortete er freimütig. »Und ich werde es auch noch eine ganze Weile tun, aber in

Belgien, denn dorthin werde ich morgen überstellt. Aber ich habe alles gestanden. Und dass ich dir das Leben retten konnte, wird meine Strafe mildern.«

Er erzählte, wie er in Portland in schlechte Kreise geraten und zum Betrüger geworden war. Unwissende Bürger überließen ihm ihr Geld im Glauben, er lege es im Eisenbahnbau für hohe Zinsen gut an. Stattdessen verprasste er es in Spielhöllen. Nachdem die Polizei ihm auf den Fersen war, floh er nach Belgien, doch auch dort betrog er die Leute, denn er konnte vom Glücksspiel nicht lassen. Nur manchmal, wenn es zu brenzlig wurde, trat er durch die dichten Wälder den Rückzug über die Grenze an und suchte für einige Tage in Marjanns Haus nach Unterschlupf. Doch immer wieder kehrte er nach Belgien zurück. Denn dort hatte er seine große Liebe gefunden, ein Mädchen namens Yvonne.

»Und von all dem habe ich nichts bemerkt«, wunderte Fine sich.

Hannes lächelte. »Du hattest ja im Schuppen deine Schlafkammer.«

»Die vorher deine war.« In Fines Augen traten wieder Tränen. Denn wenn Hannes auch ein Verbrecher war, so fühlte sie sich doch mit ihm verbunden wie mit einem älteren Bruder.

»Wenn ich meine Strafe abgesessen habe, wollen Yvonne und ich heiraten«, fuhr er fort. »Sie hat einen kleinen Hof geerbt. Dort musst du uns dann besuchen kommen.«

Fine versprach es. Zum Abschied hielten sie einander lange an den Händen. Dann ging sie, und ihr wurde es schwer ums Herz.

In der Woche darauf kehrte Ullas Leichnam von der Bonner Universität zurück. In allen Ehren wurde sie begraben, nicht weit von Lisbeths und Bärbels Gräbern entfernt.

Das ganze Dorf kam zusammen, sogar die Eltern von Lisbeth und die Mutter von Bärbel. Denn wenn auch schlimme Dinge über ihre Töchter ans Tageslicht gekommen waren, so überwog doch die Erleichterung über die gefasste Mörderin.

Fine horchte genau hin. Wie sprachen die Menschen über Marjann? Würden sie sagen, dass sie es ja schon immer gewusst hatten? Dass Marjann nicht nur eine Eigenbrötlerin war, sondern eine böse Hexe? Doch es fiel kein Wort über die alte Frau.

Als der Vikar die letzten Worte für Ulla sprach, schaute Fine hinüber zum Grab von Marjanns drei Töchtern. Sechs Mädchen lagen hier nun nah beieinander, deren Schicksale eng miteinander verknüpft waren.

Nach der Totenfeier ging Fine zum Schindacker. Sie erkannte gleich das Viereck von frischer Erde, wo Marjanns verkohlter Körper verscharrt war. Unter den Buchen lag die alte Frau, neben ihrem Berthold, den sie schon vor vielen Jahren verloren hatte. Fine konnte sich gut erinnern, wie sie als Kind zu Allerheiligen hier gewesen war und Marjann ihrem Mann eine Kerze gebracht hatte, obwohl er in ungeweihter Erde lag. Nun kniete Fine nieder und sprach eine Fürbitte, dass trotz allem die Seelen der beiden erlöst werden mögen.

Es verging eine weitere Woche, angefüllt mit harter Arbeit, denn der Hochsommer bahnte sich seinen Weg. Doch dann, eines Nachmittags, ließ der Oberlandbauer Fine in seine Wohnstube rufen. Sie wunderte sich, denn auch die Bäuerin und die jüngeren vier Kinder waren zugegen.

»Ich hörte, du sprachst neulich mit einem Schimmelreiter, den du durch Zufall auf der Straße trafst«, hob der Bauer an. Seine Stimme klang streng, aber auf andere Weise, als Fine es gewohnt war. »Das war unschicklich von dir«, fuhr er fort, »und ich sollte dich dafür strafen. Aber in diesem Fall ist es wohl anders. Denn ich habe eine Überraschung für dich.«

Und in dem Moment, als Fine begriff, trat er auch schon hinter einem Vorhang hervor: ihr unbekannter Reiter! Noch schöner und strahlender, als sie ihn in Erinnerung hatte.

»Dies ist mein Neffe Damian Durlacher«, sagte der Bauer stolz. »Der Sohn meiner Schwester, die als junge Frau ins Badische geheiratet hat. Er ist dem klugen Rat seiner Mutter gefolgt und hat sich umgesehen nach einem Mädchen aus der Eifel. Und glaube mir: Wir haben von seinem Besuch im Dorf nichts gewusst. Aber selbst, wenn wir ihn gesehen hätten: Erkannt hätten wir ihn nicht, denn in den letzten Jahren ist ein kräftiger, junger Mann aus ihm geworden.«

Als Damian sich nun vor Fine verbeugte, hätte sie aufschreien mögen vor Glück und Seligkeit.

Er blickte in ihre Augen, und ihr war, als blickte er ihr direkt ins Herz. »Ich habe auf meiner Reise viel gesehen«, sagte er. »Aber immer habe ich dein Bild in mir getragen, denn du hast mich von Anfang an gefangen genommen. Du stammst aus dem Heimatdorf meiner Mutter, und nun habe ich auch erfahren: Du hast todesmutig eine Mörderin gestellt. Doch selbst, wenn alldem nicht so wäre, möchte ich dich näher kennen lernen.«

Fine konnte nur noch nicken, Worte brachte sie keine mehr hervor. Damian küsste sie auf die Wangen. Als er sie dann anlächelte und für alle Umstehenden das Rot auf Fines Wangen sichtbar war, jubelten die Kinder.

Schon am folgenden Tag trat Damian auf seiner Stute die Heimreise an, denn seine Eltern erwarteten ihn. Fine blieb zurück, und auch wenn die Sehnsucht ihr Herz zerriss, war sie doch überwältigt von Glück und Wonne. Schon im Oktober wollte die Bauernfamilie auf Besuch zum Durlacherhof nach Ettlingen reisen, und Fine durfte mitkommen.

Basti freute sich aus tiefstem Herzen mit seiner Schwester. »Wenn ihr zusammen bleibt, dann heiratest du reich. Du kommst vom Schwarzen ins Weiße. Der Hof hat viel Vieh, und alles ist wohlgenährt und gesund und so rund, dass kein Tropfen Wasser auf dem Fell stehen bleibt.«

»Aber du kannst doch mit mir gehen«, entgegnete Fine. »Dort gibt es sicher genügend Arbeit für dich.«

»Nein«, entgegnete er. »Das wäre nicht gut. Dies ist unsere Heimat, und wenn du schon gehst aus Liebe, was ehrenhaft ist, dann sollte ich hier bleiben. Ich will das Handwerk des Köhlers lernen. Vielleicht braucht man es nicht mehr lange, denn die Steinkohle kommt von überall her. Aber der Köhlmattes und die Köhlgretel haben ihre Tochter verloren. Ich möchte ihnen nicht nur ein geschickter Lehrjunge sein, sondern auch ein guter Sohn.«

Fine nickte. »Das sollst du tun. Denn jedes Leben will eigens gelebt sein.«

Am Abend vor der Reise nach Ettlingen ging Fine zu Marjanns Grundstück. Die verkohlten Reste von Haus und Schuppen waren abgetragen, alle umliegenden Gebäude hatte man retten können. Nur noch die Umrisse auf dem Boden zeugten von dem, was hier geschehen war. Fine blieb an der Straße stehen und sprach ein kurzes Gebet.

Dann ging sie weiter zu ihrem einstigen Elternhaus. Der Lohbauer hatte es gekauft und für Fine einen Strohsack und eine Decke hineinlegen lassen. Diese Nacht wollte sie hier verbringen. Doch bevor sie eintrat, besuchte sie den Vogelbeerbaum. Jedes Jahr zu Allerheiligen hatte sie mit seinen leuchtend roten Beeren das Grab ihrer Eltern geschmückt.

Nun strich ein milder Herbstwind durch die Zweige. Sie nickten ihr zu, als wollten sie sagen: Glück auf deinem Weg, Fine.

KBV KRIMINALROMAN

Nadja Quint

VERACHTE NICHT DEN TOD

Taschenbuch, 301 Seiten
ISBN 978-3-942446-64-8
9,90 EURO

Die Düsseldorfer Hauptkommissarin Evelyn Eick mutet sich zu viel zu. Ihr Vater liegt im Hospiz, und trotzdem übernimmt sie einen überaus schwierigen Fall.
Beim Tod einer jungen Frau deutet scheinbar alles auf einen natürlichen Tod hin, denn sie litt an Multipler Sklerose. Doch bei der Leichenschau entdeckt eine Amtsärztin, dass die junge Frau auf ungewöhnliche Weise vergiftet wurde. Der Hausarzt, der den Totenschein ausgestellt hat, behauptet, nichts davon bemerkt zu haben, aber von seiner Arzthelferin führt eine Verbindung zu einem dubiosen Notar, der mit seinem Verein ganz offen für aktive Sterbehilfe eintritt.
Bald darauf verschwindet die kleine Leonie aus einer Klinik. Sie ist unheilbar an Leukämie erkrankt. Und auch von Leonies Eltern führt eine Spur zu dem Sterbehilfe-Verein.
Während Evelyn ermittelt, rückt der Tod ihres eigenen Vaters unaufhaltsam näher.

»Man kann das Buch durch die gekonnten Cliff-Hanger am Ende jeden Kapitels kaum aus der Hand legen. ›Verachte nicht den Tod‹ ist ein intensiv geschriebener Roman, über den man noch lange nachdenkt. Absolut lesenswert!« (suite101.de)

Jürgen Ehlers

BLUTROT BLÜHT DIE HEIDE

Taschenbuch, 294 Seiten

ISBN 978-3-942446-67-9

9,90 EURO

Als Wilhelm Berger im September 1917 seinen Dienst als Kommandojäger auf der Försterei Jatty in Westpreußen antritt, erfährt er, dass in den Wäldern der Tucheler Heide ein Mörder sein Unwesen treibt. Ein Förster ist bereits getötet worden, und ehe die Polizei reagieren kann, schlägt der Mann ein zweites Mal zu. Der Täter ist bekannt. Es ist der Pole Franz Kleinschmidt, ein Wilddieb und Deserteur. Der Mann scheint nicht zu fassen; die kleinen Leute helfen ihm unterzutauchen. Paul Marquardt, der Polizist aus Berlin, würde den Mann am liebsten tot sehen. Berger will ihn lebend festnehmen. Gemeinsam mit der Polin Maria stellt er ihm eine Falle.

Der Kriminalroman beruht wie die anderen vier Romane um Wilhelm Berger auf einem historischen Fall. Dies ist Bergers erster Fall. Er ist noch kein Polizist, sondern Soldat, zum Schutz der Förstereien abkommandiert.

»Sowohl in die Recherche als auch in die sprachliche Präzision steckt Ehlers viel Arbeit. Er kann mit der atmosphärischen Dichte von Krimi-Größen wir Henning Mankell und Hakan Nesser durchaus mithalten.« (Harburger Anzeiger)

KBV HISTORISCH

KBV HISTORISCH

Regine Kölpin

DER MEERKRISTALL

Taschenbuch, 352 Seiten
ISBN 978-3-942446-82-2
9,90 EURO

Ostfriesland 1548 - Die Hebamme Hiske Aalken hat alle Hände voll zu tun, denn in der Herrlichkeit Gödens grassiert das Marschenfieber.
Als ihr in dieser schweren Zeit der Arzt Jan Valkensteyn zur Hilfe eilt, taucht auch ein holländischer Kaufmann namens Friso van Heek auf, der Hiske wenig sympathisch ist. Gleichwohl ist er ein faszinierender Mann, den offensichtlich ein großes Geheimnis umgibt. Ein Geheimnis, das mit einem wertvollen Medaillon – dem Meerkristall – und mit einer entstellenden Narbe zu tun hat, die der Kaufmann am Arm trägt.
Eines Tages wird Friso van Heek tot im Neuen Siel gefunden, und der Meerkristall ist spurlos verschwunden. Hiske glaubt, dass der Mord etwas mit dem Medaillon und mit Frisos geheimnisvoller Vergangenheit zu tun hat, aber sie findet mit ihren Vermutungen nur bei Jan ein offenes Ohr. Nach und nach wird ihr klar, dass der Kaufmann in der Herrlichkeit viele Feinde hatte …

»Regine Kölpin hat einmal mehr bewiesen, eine Meisterin ihres Faches zu sein«. (Westdeutsche Zeitung zu »Die Lebenspflückerin«)